KURT GEISLER
Bädersterben

TÖDLICHE HOCHSAISON Eigentlich wollte sich Frühpensionär Helge Stuhr aus Kiel nur eine Woche in St. Peter-Ording an der Nordsee erholen. Doch gleich bei seinem ersten Strandbesuch gerät er in die Ermittlungen in einem rätselhaften Mordfall. Unter einem Pfahlbau wurde eine furchtbar zugerichtete Leiche gefunden – festgebunden auf einer Holzpalette. Und das mitten in der Hochsaison! Panik unter den Urlaubsgästen scheint vorprogrammiert, wäre da nicht Stuhr, der Kommissar Hansen zusammen mit seinem flippigen Hamburger Freund Olli Heldt als »verdeckter Ermittler« zur Verfügung steht. Eine heiße Spur führt ihn auf die Hochseeinsel Helgoland und schnell gibt es auch erste Verdächtige: ein waghalsiger Pilot, der ehrgeizige Leiter der biologischen Anstalt und windige Investoren. Doch es bleibt nicht bei dem einen Mord ...

Kurt Geisler, Jahrgang 1952, stammt aus Kiel. Seit seinem Studium der deutschen, englischen und dänischen Sprache arbeitet er im Land zwischen den Meeren. Schleswig-Holstein und seine Menschen hält er nicht nur im Wort, sondern auch im Bild fest. Seine Fotografien wurden bereits in verschiedenen Ausstellungen gezeigt. Der Krimi »Bädersterben« ist Kurt Geislers Debüt als Romanautor.

KURT GEISLER
Bädersterben
Kriminalroman

Personen und Handlung sind frei erfunden.
Ähnlichkeiten mit lebenden oder toten Personen
sind rein zufällig und nicht beabsichtigt.

Besuchen Sie uns im Internet:
www.gmeiner-verlag.de

© 2010 – Gmeiner-Verlag GmbH
Im Ehnried 5, 88605 Meßkirch
Telefon 07575/2095-0
info@gmeiner-verlag.de
Alle Rechte vorbehalten
3. Auflage 2010

Lektorat: Claudia Senghaas, Kirchardt
Herstellung/Korrekturen: Julia Franze / Susanne Tachlinski
Umschlaggestaltung: U.O.R.G. Lutz Eberle, Stuttgart
unter Verwendung eines Bildes von Kurt Geisler
(www.kunst-sh.de)
Druck: Fuldaer Verlagsanstalt, Fulda
Printed in Germany
ISBN 978-3-8392-1094-9

Für Katharina und Annika, die ich so liebe.

1 GIFT

Eine unheimliche Nacht wie diese hatte Hein Timm lange nicht mehr erlebt. Dabei hatte er in seinem Leben mehr als einmal das unbändige Wüten von Naturgewalten kennengelernt. Nicht nur auf der Arche Noah, einem dieser mächtigen hölzernen Pfahlbauten vor St. Peter-Ording, auf der er seit einigen Jahren Nachtwache schob und auf der er auch schon so manchen Sturm abgewettert hatte. Einmal musste er sogar mit einem Rettungshubschrauber der Marine herausgeholt werden, als die Wellenkämme bereits die Fensterfront zerschlugen. In Eiseskälte hatte er damals auf das Dach krabbeln und dort der Kälte trotzen müssen, bis der Hubschrauber ihn endlich aufgenommen hatte. Unter ihm hatte es die ganze Zeit gewackelt und gekracht, und es war lange Zeit nicht sicher gewesen, ob der Pilot den Wettkampf gegen die Naturgewalten für sich entscheiden würde.

Die Pfahlbauten waren bei den Touristen äußerst beliebt. Schon als kleiner Junge hatte Hein zwischen dem mächtigen Pfahlgerüst gespielt und dort nach Krebsen und Muscheln gesucht. Sein Vater hatte ihm von der Errichtung des ersten Pfahlbaus vor dem Ersten Weltkrieg berichtet, den die Einheimischen schnell Giftbude nannten, weil es dort etwas ›givt‹, also gibt, nämlich Hochprozentiges. Hein hatte in seinem Leben immer wieder gestaunt, dass die Menschheit stets bei allem, was sie anstellte, erst einmal zusah, dass es etwas Alkoholisches zu trinken gab. An Bord seines Fischkutters war das früher nicht anders gewesen. Wie oft hatte er als Stift für seine Kollegen eine Buddel Köm, wie man den Weizenkorn hier nannte, holen gehen müssen?

Inzwischen gab es in Sankt Peter fünf Ensembles mit je drei Pfahlbauten, jeweils ein Restaurant, einen Toilettenbau und eine Strandaufsicht. Davor waren kleine Holzpodeste errichtet, auf die nachts die Strandkörbe gestellt wurden, damit sie vor der Flut geschützt waren. Das reichte im Sommer meistens völlig aus, denn richtige Sturmfluten liefen hier erst im Herbst und im Winter auf. Dann waren die Strandkörbe aber längst abtransportiert. Spätestens im November gingen auch auf den Pfahlbauten die Schotten herunter. Sie wurden ausgeräumt, verriegelt und verrammelt. Dann bestand keine Notwendigkeit mehr, hier Wache zu schieben. Jetzt im Sommer trieben sich jedoch nachts zu viele Menschen am Strand herum, und Achim Pahl, der Pächter des Restaurants, war ein misstrauischer Zeitgenosse. Das war gut für Hein, denn so konnte er sich im Sommer an seinem Lieblingsplatz ein kleines Zubrot zu seiner kargen Rente verdienen.

Er liebte die See und insbesondere das Wattenmeer. Durch den ständigen Sandflug konnte nie ein Hafen in St. Peter-Ording angelegt werden. So hatte er nach den wenigen Schuljahren als Kriegskind in Büsum das Handwerk des Fischers auf einem Krabbenkutter erlernen müssen, auf dem er mit seinen Kameraden so manches Unwetter auf der Nordsee abgeritten hatte. Doch wenn er auf dem Kutter arbeiten konnte, war er stets zufrieden gewesen, auch wenn sie manchmal im Sturm auf hohen Wellenbergen wie auf einer hin und her geschüttelten Nussschale durch die nasse Hölle geritten waren. Wollte er nach Hause zurück, hatte er sich 40 Kilometer auf dem Rad abstrampeln müssen, und auch das bei Wind und Wetter. Das war hart gewesen, aber darüber hatte er nie geklagt. Er hatte schlicht keine andere Wahl gehabt. In Sankt Peter hatte es keine Arbeit für ihn gegeben, denn auch die Landwirtschaft um den Ort herum herum warf nicht genug ab, da die Ländereien häufig versandeten und durch Überflutungen versalzten.

Doch mit den Jahren war ihm die Arbeit immer schwerer gefallen, und er war froh, dass jetzt als Rentner für ihn die Plackerei ein Ende gefunden hatte. Wenn er schon nicht mehr auf einem Schiff arbeiten konnte, genoss er wenigstens hier oben auf der Arche trotz des Sturmes den nächtlichen Blick auf die weite See. Dann fühlte er sich auf dem Pfahlbau wie ein Kapitän auf großer Fahrt. Dabei hatte die gesamte letzte Woche über allerfeinstes Strandwetter geherrscht, und noch gestern in der Nacht zum Sonntag hatte sich ein wunderbarer runder Vollmond auf der glitzernden Wasseroberfläche der Nordsee präsentiert, der den endlos langen Strand in ein wunderbares fahles Licht getaucht hatte. Doch heute Mittag türmten sich im Westen urplötzlich und unerwartet Wolkenberge auf, und schon wenig später fegte ein heftiges Gewitter die aufgeschreckten Urlauber vom Wattenmeer über die Seebrücke nach Sankt Peter zurück. Seitdem regnete es ununterbrochen.

Aus diesem Grund schloss Achim Pahl die Arche schon früh am Nachmittag, und Hein musste seinen Wachdienst eher als sonst antreten. Gegen Abend begannen die Regenwolken immer schneller über den Strand zu jagen. Hein nahm das sorgenvoll zur Kenntnis, denn er wusste, dass nach Vollmond die Flut höher auflaufen würde. Diese Springflut konnte zusammen mit dem starken Wind, der immer mehr Wasser in die Deutsche Bucht hineindrückte, für die hölzernen Pfahlbauten durchaus gefährlich werden. Folgerichtig ächzte und krächzte der Pfahlbau zunehmend, und von mancher Welle wurde er bereits merklich geschüttelt.

Normalerweise war das jetzt genau der richtige Zeitpunkt, eine Mütze voll Schlaf zu nehmen. Doch Hein beunruhigte zunehmend ein Geräusch, das er nicht einordnen konnte. Da war es schon wieder! Er lauschte angestrengt, und wieder hörte er dieses unregelmäßige, heftige Schlagen von unten gegen den Holzboden, als wenn der Klabautermann ihn leibhaftig aufsuchen wollte. Bisweilen konnte er ein entferntes Wimmern ausmachen, das kaum nur vom Wind herrühren konnte.

Er untersuchte den Gastraum noch einmal sorgfältig. Sogar die Stühle zog er unter den Tischen hervor, denn es war nicht auszuschließen, dass sich ein kleines Kätzchen hier vor dem Unwetter versteckt hatte. Hein fand aber nichts. Dann meinte er, unter dem Holzboden ein heftiges Stöhnen vernommen zu haben. Er lief mehrfach zu den Fenstern. Weit konnte er zwar in der Dunkelheit nicht sehen, doch er musste feststellen, dass die Nordsee bereits jetzt die Holztreppe weitgehend verschluckt hatte und Gischt über den Terrassenboden stob. Nein, unter ihm konnte sich niemand mehr aufhalten, so viel war sicher. Sorgenvoll beäugte Hein den Gastraum der von der Nordsee gequälten Arche. Immer wieder spritzte

Gischt an die Scheiben, und aus einigen Fußleisten quoll bisweilen etwas Seewasser in die Gaststube. Der Sturm tobte jetzt so laut, dass die anderen Geräusche im Getöse untergingen. Angst hatte er immer noch nicht, die Pfahlbauten konnten so einiges ab. Gut einen Meter würde die Flut schon noch steigen müssen, bevor er wieder auf das Dach klettern müsste. Hein Timm schielte immer wieder auf seine Uhr. Sollte er nicht vorsichtshalber Achim anrufen?

Nein, er wurde schließlich dafür bezahlt, hier aufzupassen. Und Achim brauchte seinen Schlaf – wozu sollte er ihn mitten in der Nacht wecken? Hein wurde nachdenklich. Ob der Achim gut klarkam? Er redete nie über Geld. Eigentlich konnte er hier draußen auf dem größten Sandstrand an der deutschen Nordseeküste fast jeden Preis verlangen, denn die nächste Restauration war kilometerweit entfernt. Andererseits wechselte das Personal recht häufig und schien auch nicht besonders gut ausgebildet zu sein. Im Ort wurde hinter vorgehaltener Hand erzählt, dass ein Kellner einem kippelnden Bengel einfach den Stuhl unter dem Hintern weggezogen haben soll, mit der Bemerkung, dass der Stuhl schließlich voll bezahlt sei. Hein fand das eigentlich nicht so schlimm, denn aus seiner eigenen Jugend wusste er, dass zappelnde Bengel durchaus eine Plage sein konnten. Vielleicht hatten ihn seine Eltern gerade deswegen an das harte Brot der Fischerei vermittelt.

Seine Eltern waren allerdings schon lange verstorben, doch ab und zu besuchte er natürlich noch ihr Grab. Wer außer dem lieben Gott konnte schon wissen, aus welchen Gründen seine Eltern ihn letztendlich zum Fischereigewerbe gebracht hatten? Hatten sie seine ständige Unruhe durch harte Arbeit dämpfen wollen, hatten sie nichts Besseres gewusst oder ihn einfach nur aus dem Haus haben wollen?

Die Ehe seiner Eltern war für ihn sowieso ein einziges Rätsel. So ganz freiwillig schienen sie nicht zusammengekommen zu sein, aber irgendwie hatten sie sich bis zum Ende auch nicht mehr losgelassen, obwohl sie sich häufig gestritten hatten. Vater hatte ganz gern mal einen genommen, und Mutter fand das selten lustig. Seine Mutter war eine gebürtige Assmussen gewesen. Den Namen fand er schon früh besser als seinen eigenen Nachnamen. Assmussen konnte auf Piratenherkunft schließen lassen oder auch eine Flensburger Rummarke sein. Timm, das klang dagegen irgendwie mehr hamburgisch. Jetzt lagen beide notgedrungen friedlich nebeneinander im Grab und hüteten ihre Geheimnisse für alle Ewigkeit. Aber Hein wusste natürlich, dass auch die meisten anderen Familien, nicht nur an der Westküste, ihre wohlbehüteten Geheimnisse hatten, die nie offengelegt wurden, damit daraus nicht irgendwann bei Bier und Korn am Tresen Dreck am Stecken wurde. In Sankt Peter wusste er vermutlich mit am besten über die Verhältnisse der Nachbarn Bescheid, aber darüber redete er natürlich nicht.

Obwohl er mit seinen Gedanken ganz woanders war, blieb ihm nicht verborgen, dass das Getöse um ihn herum merklich nachließ. Genauso plötzlich, wie der Sturm aufgekommen war, ebbte er jetzt wieder ab, und so langsam kehrte auf dem Pfahlbau wieder Ruhe ein. Vergeblich versuchte Hein, die seltsamen Geräusche wieder auszumachen, die er vorhin nicht hatte einordnen können, aber sie waren allesamt verstummt. Er konnte sich das nicht erklären. Wenn die Flut morgen früh abgelaufen war, würde er den Pfahlbau gründlich von unten in Augenschein nehmen. Vermutlich hatte sich lediglich vom Wellenschlag irgendwo eine Planke gelöst.

Hein Timm grübelte weiter, allerdings mehr über seine Eltern als über die Ursache der Geräusche. Krieg. Das schien auch ein Kapitel für sich zu sein. Er konnte sich lebhaft erinnern, wie sein Vater ihm einmal eindrucksvoll geschildert hatte, dass die Hauptwaffe im letzten Weltkrieg weder die Maschinenpistole noch das Sturmgewehr war, sondern der kleine Klappspaten, mit dem man im Nahkampf am schnellsten die Gegner abmurksen konnte. Dabei hatte ihn sein Vater in einer Art und Weise angesehen, die ihn vermuten ließ, dass da noch weitaus schlimmere Dinge gelaufen waren. Wie schwarz letztendlich die Uniform seines Vaters in der Nazizeit gewesen war, darüber wurde in der Familie nie gesprochen. Auch dieses Wissen barg das Grab seiner Eltern.

Geschwister hatte Hein Timm nicht, was seinerzeit in Sankt Peter ungewöhnlich war. Manchmal hatte er den Verdacht, dass er vielleicht nur ein Ausrutscher war. Wäre das Leben seiner Eltern besser verlaufen, wenn er nicht zur Welt gekommen wäre? Über diesen Gedankengang nickte er endlich ein.

2 ZEBRAS UND STÖRCHE

Mit der Pranke seines kräftigen rechten Arms schlug Torge unerbittlich vor ihm auf den Tresen. »Komm ans Brett, Stuhr!« Die andere Hand des muskulösen Kneipenwirts des kleinen Sportheims wies auf den letzten freien Barhocker, der vor dem ihm zugewiesenen Tresenplatz stand. Stuhr schüttelte den Regen von der Jacke und bestieg den Hocker gern, denn nur von dort aus hatte er eine reelle Chance, in der vollgerammelten Bude an diesem heiß ersehnten ersten Spieltag der neuen Fußball-Bundesligasaison auf zwei Bildflächen gleichzeitig live die Sonntagsspiele verfolgen zu können. Er dankte Torge dafür und bestellte ein Nucki Nuss Schoko. Diese Sprache verstand nur Torge, denn während die Aushilfen in der Folge die Eistruhe durchstöberten, kredenzte der ihm zum Erstaunen seines Sitznachbarn ein eiskaltes dunkles Hefeweizenbier, fachgerecht mit dem Etikett nach vorn aufgestellt.

Es gibt viele überfüllte Plätze auf der Welt, auf denen man sich dennoch allein fühlen kann. Hier war es anders. Torge kannte jeden Vornamen seiner Gäste und bediente ihre Vorlieben, ohne sich zu verbiegen. Das zeichnete ihn aus, und deswegen war heute das Vereinsheim auch wieder proppevoll mit Fußballfans. Natürlich ergab dies manchen unerwarteten Moment, und so versuchte Torge auch schon, einen Speiseteller vor seinen Nachbarn an der Bar herunterzusenken.

»Patriotenteller für dich, Kai.« Sein Stuhlnachbar blickte skeptisch nach oben.

»Auch mit Schranke, Torge?« Torge behielt zunächst den Teller oben.

»Klar, Kai, das ist hier inzwischen absolut definiert, und meine Küchenschlampe hat das nach langem Üben jetzt auch drauf.«

Aus den Augenwinkeln bemerkte Stuhr, dass seine männliche Aushilfe in der Küche mitgehört haben musste, denn der Mann nahm mit dem Rücken zur Gaststube trotzig einen tiefen Schluck aus seinem Rotweinglas. Der Patriotenteller senkte sich nun unbarmherzig auf den Tresen. Er offenbarte eine appetitlich aussehende, schräg in Scheiben geschnippelte Currywurst, die halbseitig einen Scheiterhaufen ähnlichen Berg Pommes frites umrahmte, der ein wenig unkonventionell von Zwiebelschnipseln gekrönt wurde. Die gewaltigen beiden Kleckse von Ketchup und Mayo auf der anderen Seite des Frittenberges lösten zumindest das Rätsel der Schranke.

Mit Frittengeruch an der Bar hatte Stuhr immer schon seine Schwierigkeiten gehabt, für ihn gehörte zum Fußball schlicht nur Bier. Er nahm noch einen kleinen Schluck von seinem Weizenbier, bevor er sich zur Toilette begab. Es konnte eigentlich nicht verkehrt sein, sich vor dem Anpfiff noch einmal zu erleichtern. Auf diesen Gedanken schienen allerdings viele andere auch gekommen zu sein, und so musste er sich in eine lange Schlange von Pinkelwilligen einreihen. Es gab nur ein Pissoir, das wusste er, und so schaute er sich erstmals gelangweilt den etwas angestaubten Glaskasten seines Tennisvereins an. Da wurde zunächst der Vorsitzende mit Bild und Text vorgestellt, und auf beiden Seiten klebten aktuelle Fotos der aufgestiegenen Jugendmannschaften, während unten rechts in der Ecke nur noch ein verblichenes Mannschaftsfoto der Damenmannschaft vor der Jahrtausendwende mit den Gönnern des Aufstiegs in die Landesliga stand. Der stolze Hauptsponsor war ein älterer Herr, ein Richard Heidenreich aus Hamburg, der auf dem Ravensberg zur Schule gegangen war. Der feine Herr wirkte ein wenig wie ein Fossil, wogegen die Tennisdamen recht knackig aussahen, obwohl ihre Frisuren deutlich auf das letzte Jahrhundert zurückwiesen.

In der linken Ecke des Glaskastens steckte an einem Pin ein kleiner Ausschnitt der Kieler Rundschau, der berichtete, dass am letzten Spieltag der vergangenen Saison die 60-Jährigen des Tennisvereins im Beisein von immerhin 200 Zuschauern nach hartem Kampf zum ersten Mal in die Bezirksliga aufgestiegen waren. Das war Geschichtsklitterung, befand Stuhr, denn es blieb unerwähnt, dass seinerzeit 190 dieser Zuschauer ausschließlich das spannende Saisonfinale der Bundesliga bei Torge im Vereinsheim verfolgten. Aber davon lebt schließlich der Lokalteil jeder Zeitung, von dem Hervorheben oder dem Niedermachen von Ereignissen, die sich vor der eigenen Haustür abspielen, obwohl sie landesweit gesehen völlig unspektakulär waren.

Die Schlange vorm Pinkelbecken verkürzte sich erstaunlich schnell. Erst als er in die Toilette eintrat, bemerkte Stuhr, dass neben dem Pissoir sowohl die Kloschüssel als auch das Handwaschbecken zum Pinkeln benutzt wurden. Sein Ding war das nicht, und so wartete er trotz des hinter ihm aufkommenden Unmuts brav, bis er am Pissoir an der Reihe war.

Obwohl die unbelehrbaren Stehpinkler krass im Gegensatz zu den ungeschriebenen Regeln des Vereinslebens standen, liebte Stuhr die spannungsgeladene Atmosphäre bei Fußballevents mehr als das Tennisgeschehen rund um das Vereinsheim. Viele Fußballfreunde saßen im Fan-Outfit hier, und wenn sich der eine freute, stöhnte der andere auf. Wie im echten Leben eben, in der Ehe sowieso und vermutlich früher auch im Krieg. Die neue Saison der Bundesliga schien Stuhr sowieso das weitaus beste Schlachtfeld für Kriege aller Art zu sein.

Seine Gedanken wurden kurzfristig von dem wütenden Sommersturm abgelenkt, der den Regen immer heftiger gegen die breite Fensterfront des Vereinsheims peitschte. Viele Pfützen hatten sich vor allem an den Grundlinien der Tennisgrandplätze gebildet, was nicht nur Pflichtspiele unmöglich machte. Von Zeit zu Zeit wurden diese ungeliebten Wasseroberflächen zwar von heftigen Böen zerfegt, doch wenig später füllten die daraufprasselnden Wassermassen sie in Windeseile wieder neu auf. Die den Platz schützenden Pappeln wurden immer wieder vom Sturm gebeutelt und schüttelten ihre grünen Blätter auf die Anlage herunter.

Helge Stuhr freute sich darüber. Es würde zwar länger dauern, bis der Platz für seine Vereinskollegen wieder einigermaßen bespielbar wäre, aber er selbst hatte wenigstens alles richtig gemacht, denn ursprünglich wollte er bereits am Samstag zu einem Kurzurlaub an die Nordsee nach St. Peter-Ording aufbrechen. Als er jedoch im Fernsehen mitbekam, dass diese störende Sturmfront angekündigt wurde, war er entgegen seinen Planungen schön zu Hause in Kiel geblieben und hatte ein wunderbares Sportwochenende eingelegt. Vor dem Fernseher natürlich, denn selbst in der sturmerprobten Landeshauptstadt wurden bei solchen Unwettern viele Ziegel von den Dächern heruntergefegt und unzählige Keller überflutet.

Bei dem angekündigten Wetter verspürte er keinerlei Lust, sich an die Nordsee zu begeben. Stuhr konnte sich lebhaft vorstellen, wie sich die von Sturm und Regenschauern frustrierten Touristenscharen in Plastikregenhäuten fluchend mit ihren quengelnden Kindern in die vielen ungeheizten Gaststätten und Imbisse des Strandbades hineinflüchteten. Nein, das mochte er nicht. Da zog er es vor, hier in Kiel in der sachlich gehaltenen Ausstattung des Sportheims gemeinsam mit seinen Kumpels die Sonntagsspiele der Bundesliga zu verfolgen. Die schlechte Wetterlage bot zudem den Vorteil, dass das nervige Ploppen von mehr oder weniger halbwegs getroffenen Bällen der Dilettanten entfiel, die bei schönem Wetter auf der Anlage den Tennissport immer wieder neu erprobten. Das war positiv zu werten, denn dieses Ploppen hatte in der Vergangenheit den Fußballgenuss der Bundesliga-Fangemeinde an manchen Spieltagen durchaus schon getrübt. Zudem hatte bei dem Schietwetter keiner seiner jüngeren Kumpel ein Problem damit, sich dem Frischluftwahn ihrer gerade neu gegründeten Familien zu entziehen, um sich in diesem weiß getünchten Zweckbau aus den Fünfzigern zu verdrücken, in dem sie ihren alten Tugenden nachgehen konnten. Fußballgucken, Biertrinken und Fachsimpeln. Je nach Stimmungslage zu Hause und Sympathie für einen Verein schlugen jetzt an diesem ersten Spieltag der Bundesliga die Wogen unterschiedlich hoch, und die Interviews im Fernsehen wurden von den Kumpanen meist zynisch kommentiert. Stuhr liebte das, und das Bier aus dem Zapfhahn war auch nicht das Schlechteste. Er mochte nicht noch ein dunkles Bier trinken, und so bestellte er schnell ein Nucki Nuss Vanille.

Bei Torge am Tresen gab es ständig genügend Gesprächsstoff, der durchaus nicht immer nur sportlicher Art war. Zumeist wurde Klage geführt wegen der mangelnden Dankbarkeit der angetrauten Frauen, bevor die hohen Spritpreise thematisiert wurden. Danach kam natürlich die anhaltende Finanzkrise an die Reihe, auch wenn die Auswirkungen in Kiel weitaus weniger zu spüren waren als auf den großen Finanzplätzen der Welt, an denen die Yuppies vor laufenden Kameras ihre Habseligkeiten in Kartons aus den Büros schleppen mussten. Wenn eine Stadt wie Kiel nicht allzu viel Industrie und Handel aufzuweisen hatte, dann konnten auch nicht besonders viel Arbeitnehmer von Entlassungen betroffen sein. Insofern bot die Regionalität der schleswig-holsteinischen Landeshauptstadt durchaus einen gewissen Schutz vor den Kapitalhengsten, wenngleich es die eine Werft oder den anderen privatisierten Kommunalbetrieb bereits erwischt hatte. Natürlich war der Kieler Sport ebenfalls ein Dauerthema, wenngleich die Finanzkrise dort offensichtlich außer Kraft gesetzt zu sein schien. Der Handballverein THW Kiel, die Zebras, holte schon seit Jahren alle möglichen Titel in die Landeshauptstadt. Die Fußballmannschaft von Holstein Kiel, die Störche, trainierte neuerdings ein ehemaliger Bundesligatrainer gegen ein gewaltiges Gehalt, und die hochkarätigen Assistenten mussten auch noch mit durchgefüttert werden. Alle wunderten sich, wie das in dieser strukturschwachen Ecke bewerkstelligt wurde. Wo kam das viele Geld nur her? An dieser kontroversen Diskussion, ob der Geldfluss gut oder schlecht für die Vereine war, beteiligte Stuhr sich nicht. In der letzten Zeit waren Gerüchte über Schiebereien beim THW Kiel aufgetaucht, aber immer wieder wurden sie dementiert. Das war nicht untypisch für die Landeshauptstadt, die trotz ihrer Größe etwas angenehm Provinzielles hatte, denn die Wege zwischen den Zentren der Handballmacht waren kurz. Vom geduckten Bau des Hauptsponsors bis zur Geschäftsstelle des Handballvereins unterhalb des VIP-Bereichs der Ostseehalle benötigte man zu Fuß keine Viertelstunde. ›Wer, wenn nicht wir?‹, stand auf den schwarz-weißen Fanschals geschrieben, die dort zum Verkauf auslagen.

Laut zu spekulieren war nicht Stuhrs Art. Kiel hatte schließlich die besten Handballer der Welt, bessere sogar noch als Flensburg, was in Schleswig-Holstein fast wichtiger war. Was das Betuliche der Stadt überstrahlte, waren die Erfolge im Handball. Bei den Störchen zog das neue Trainerteam inzwischen viele junge hochkarätige Talente an, und nach der letzten erfolgreichen Saison, in der sie aufsteigen konnten, schienen sie auch in der neuen Spielzeit alle Möglichkeiten zu besitzen, sich hoch oben in der Tabellenspitze einnisten zu können. Was wollte sein Sportlerherz mehr?

Natürlich grübelten alle genau wie er, woher plötzlich die komfortable Finanzausstattung bei den Vereinen stammte, bis er von einem seiner Kumpel angeraunzt wurde.

»He, Stuhr! Ist dir eine Laus über die Leber gelaufen oder bist du etwa zu den Bayern konvertiert? Sonst weißt du doch alles!«

Stuhr musste lächeln. Auch hier duzten ihn die Jungs, obwohl er schon Frühpensionär war. Natürlich mit dem Nachnamen, denn seinen Vornamen Helge fand er nicht so prickelnd. Stuhr wusste, dass man es hier liebte, auszuteilen.

»Richtig, Klugscheißer. Ich weiß alles, aber nicht alles besser. Immer schön Musikantenstadl schauen und Bild-Zeitung lesen.«

Stuhrs bissiger Kommentar rief Gejohle im Vereinsheim hervor. Er drehte sich um und bestellte ein Bier für den Einrufer, dabei zwinkerte er ihm zu. Dann besann er sich wieder auf den Sport am Bildschirm.

Irgendwann knallte Torge, der Vereinswirt, genervt eine edle Flasche Whisky auf den Tresen, drehte den Verschluss auf und goss sich ein Wasserglas halb voll. Ihm schienen die Ergebnisse nicht zu schmecken, aber ein erster Spieltag konnte wie jedes Jahr nicht alle Gäste zufriedenstellen. Vielleicht hatte er auch nur Stress zu Hause.

Dann folgte die Tagesschau, und es wurde still im Vereinsheim, obwohl nichts Unerwartetes berichtet wurde. Eine Bank musste wieder einmal vom Staat gerettet werden, ein deutscher Autobauer sehnte sich nach kapitalkräftigen Investoren, und die Milchbauern forderten wie jedes Jahr höhere, künstlich hochgehaltene Preise. Im Westen nichts Neues also. Dann folgte endlich die Wettervorhersage. Das Tief über der Nordsee, das mit den einhergehenden stürmischen Regenschauern nach wie vor die Scheiben des Vereinsheims malträtierte, sollte sich in der Nacht endgültig über der Nordsee austoben, und am Montagmorgen sollte der aufkommende Ostwind die Luft aufklaren. Für Dienstagmorgen war zwar noch ein wenig Dunst angesagt, aber spätestens ab dem Mittag sollte sich wieder eine stabile sommerliche Wetterlage einstellen.

Das war genau das, was Stuhr hören wollte. Er trank sein Bier aus und rief Torge, um zu zahlen. Er wollte morgen früh fit sein, denn er freute sich auf St. Peter-Ording. Er stand auf und grüßte zum Abschied kurz in die Runde, aber die war schon eifrig mit der Spieltaganalyse beschäftigt, was Stuhr nicht unrecht war. Unbemerkt schlich er sich aus der Tür. Der Sturm hatte zum Glück ein wenig nachgelassen, er würde sicher nach Hause kommen. Ein wenig schwankend umkreiste er das Gebäude, bis ihm zum ersten Mal die Leuchtschrift über der Eingangstür des Vereinslokals auffiel. Das Vereinslokal hieß ›Aufschlag‹.

Das war es. Mit einem Aufschlag beginnt beim Tennis ein neuer Spielabschnitt. Morgen würde endlich sein Urlaub beginnen. Freudig beschwingt legte er den kurzen Weg zu seiner Haustür zurück.

3 STRANDGUT

Gegen 6 Uhr wachte Hein Timm am Montagmorgen vom Klingeln des Mobiltelefons auf, das ihm Achim Pahl, der Pächter der Arche, für Notfälle überlassen hatte. Erschrocken nahm er das Gespräch an.

Es war Achim, der sich angespannt nach dem Zustand seiner Gaststätte erkundigte. »Moin, Hein. Sind die Ohren noch dran? Alles im Lot bei dir?«

Hein überlegte kurz. Das mit den Geräuschen würde er für sich behalten, er wollte schließlich nicht als Angsthase gelten. »Alles im Lot, Achim. Keine Schäden hier drinnen, soweit zu sehen. Draußen war ich allerdings noch nicht, da werde ich erst einmal klar Schiff machen müssen.«

Achims Stimme entspannte sich. »Na, dann ist ja gut. Kannst du anschließend schon mal die Stühle und Tische auf der Terrasse aufbauen? Blauer Himmel ist ja schon. Gegen 8 Uhr bin ich da, dann gibt es einen ordentlichen Kaffee.« Damit verabschiedete er sich und legte auf.

Hein Timm reckte sich und blickte zum Fenster. Der Tag schien tatsächlich schön zu werden. Zunehmendes Blau am Himmel trieb die Wolkenberge nach Osten fort, und nordwestlich war der rotweiße Leuchtturm Westerheversand wieder gut auszumachen. Klare Sicht also. Vorsichtig öffnete er die Terrassentür. Der Sturm hatte die Planken erstaunlich sauber geleckt. Schnell entfernte er etwas Seetang aus einer Ecke und begann anschließend, kleine Holztische und Klappstühle aus dem Gastraum zu holen, um sie nach einem ausgeklügelten System auf der Veranda zu verteilen. Die Tische bekamen später alle Aufsteller mit Tiernamen, damit die Kellner wussten, wohin sie die Sachen bringen sollten. Als Letztes stellte er den Tisch ›Elch‹ auf und betrachtete zufrieden sein Werk. Gegen neun würde die Belegschaft hergekarrt werden, und dazwischen konnte er in Ruhe mit Achim noch einen Kaffee trinken. Das war eine gute Gelegenheit, mit ihm über das Saisonende im Herbst und das nächste Jahr zu sprechen. Es war überhaupt vorteilhaft, ihn ein wenig näher kennenzulernen, denn am Dorfleben nahm Achim keinen Anteil. Wenn man ihn fragte, wo er denn nun genau wohne, antwortete er immer nur verschmitzt: ›Überall und nirgends, Geschäftsmann eben.‹ Immerhin war er nicht auf die Einwohner angewiesen, denn die Hamburger rissen sich bei schönem Wetter bereits morgens um die Sonnenplätze auf der Terrasse. Sein schwarzer Jeep trug eine Berliner Nummer, aber am Stammtisch vermutete man, dass das Fahrzeug einer Bank gehöre, denn die modernen Geschäftsleute schienen nur noch auf Pump zu leben. Hein selbst hatte nur eine Handynummer von Achim, aber wichtiger war ihm, dass er seinen Verdienst pünktlich übergeben bekam. Er würde ihn nachher einfach mal ausfragen.

Geschrei drang zu ihm hoch und unterbrach seine Gedanken. Jemand unter ihm schien sich mächtig aufzuregen. Das konnte Hein ziemlich schnuppe sein, denn er musste jetzt die Außentreppe von Sand und Tang befreien, um die Arche anschließend gründlich von unten zu inspizieren. Er ließ heißes Wasser in einen Eimer laufen, holte den Schrubber und machte sich auf den Weg zur Treppe. Beim Blick aus dem Fenster bemerkte er ein Polizeifahrzeug, das vom Parkplatz der Badestelle Ording mit Blaulicht und in hohem Tempo auf die Arche Noah zugerast kam. Er trat auf die oberste Stufe und entdeckte außerdem vier Personen, die ihm aus einigem Abstand etwas zuriefen und mit wilden Gesten auf das untere Ende der Treppe wiesen. Hein stieg vorsichtig einige Stufen weiter hinunter, was bei den vielen Sandbuckeln, die die Flut auf die Stufen geworfen hatte, nicht einfach war. Endlich sah auch er unterhalb der Treppe, was die anderen erregte: ein nackter Toter, gefesselt auf einer Holzpalette, die mit einem längeren Seil an der Treppe festgebunden war. Das geschundene Opfer lag in unnatürlich steifer Haltung auf der Palette, seine Mundöffnung war mit Textilband verklebt. Ein wenig Blut hatte sich von der Palette auf den darunterliegenden festen Sand verteilt.

Hein begann zu schwanken, wie immer, wenn er Blut sah. Einen Fisch zu zerlegen, das machte ihm nichts aus. Kopf abtrennen, Bauch aufschlitzen, Gedärme und Adern herausnehmen, dabei hatte er Spaß am sauberen Handwerk. Aber wenn es Menschen an den Kragen ging, konnte er nicht hinsehen. Die seltsamen Geräusche von heute Nacht, das musste der Mann gewesen sein. Er musste von den Wellenbergen der zunehmenden Flut immer heftiger gegen den Boden der Arche geschlagen worden sein. Er könnte noch gelebt haben, daher hatte vielleicht das Wimmern gestammt. Aber vielleicht war es auch nur das Ächzen des Holzes gewesen. Er würde es kaum erfahren, denn den Mund würde der Tote nicht mehr aufmachen. Was für ein grausames Ende.

Dann stoppte auch schon der Polizeiwagen, und zwei Polizisten stürmten der Arche entgegen. Stumm wies Hein auf den erschütternden Anblick unter der Treppe. Ein Polizist rannte sofort zurück zum Fahrzeug, um kurz zu telefonieren. Wenig später erschien er wieder mit einer Kamera in der Hand und schoss mehrere Fotos von dem Toten, bei dem nur noch grobe Gesichtsumrisse und Oberkörperstrukturen auszumachen waren, abgesehen von den hervorstehenden Brustrippen. Dann eilte er ein zweites Mal zum Fahrzeug und deckte die Leiche endlich mit einer Aluminiumfolie ab. Der andere Polizist bat die entsetzten Strandgänger, aus dem Sichtbereich hinter das Polizeifahrzeug zurückzutreten, und sperrte das Gelände um die Arche mit dünnen Stäben und Plastikband weiträumig ab. Hein ging einige Schritte die Treppe hinauf und wählte Achims Nummer, aber eine forsche Damenstimme belehrte ihn zweisprachig, dass der Gesprächsteilnehmer vorübergehend nicht erreichbar sei. Vermutlich hatte er nach dem beruhigenden Gespräch von vorhin das Gerät abgeschaltet.

Der Polizist am Einsatzfahrzeug begann, die Personalien der Passanten aufzunehmen. Sein Kollege dagegen kam die Treppe hochgestiefelt.

»Sind Sie der Pächter?«

Hein Timm verneinte, doch die Frage beruhigte ihn, weil sie für kurze Zeit von dem grausamen Bild unter der Treppe ablenkte. Er machte alle Angaben, zu denen er fähig war. Auch das mit dem Klopfen und Ächzen berichtete er, immerhin konnte das noch wichtig für die Aufklärung des Verbrechens sein.

Hein hoffte inständig, dass Achim bald kommen

würde. Er musste einfach mit jemandem reden, den er kannte. Achim würde sicherlich geschockt sein, denn wenn die Polizei das Gelände um die Arche herum absperrte, dann war das für ihn eine wirtschaftliche Katastrophe. Wer wusste schon, wie lange die Sperre andauern würde? Achim jammerte in den letzten Tagen sowieso viel über die Folgen der Finanzkrise. Ja, ja, das passierte, wenn man sein Geld von fremden Leuten lieh. Dass man das nicht tun sollte, hatte sein Vater Hein schon als kleiner Junge eingebläut.

Vom Parkplatz der Badestelle Ording rasten jetzt zwei weitere Fahrzeuge mit Blaulicht auf die Arche zu, aber von Achims Jeep war immer noch keine Spur zu sehen. Endlich klingelte das Telefon, und Hein hatte Achim am Apparat. Er überlegte, wie er die Tatsachen möglichst schonend übermitteln konnte. Aber Hein Timm fühlte sich nicht schuldig. Was hätte er auch schon verhindern können?

4 STRANDRÄUBER

Skeptisch beäugte Stuhr früh am Montagmorgen die geschlossene, tief hängende Wolkendecke, die nur wenig Licht der Morgendämmerung zuließ. Sollte er bei dieser Wetterlage wirklich an die Nordsee fahren? Doch die inzwischen wieder fast aufrecht stehenden Baumspitzen und die vom Regen fast getrockneten Straßen schienen zumindest für Kiel die Wettervorhersage des Vortages zu bestätigen.

Sein alter Golf war von abgerissenem grünen Laub und vielen kleinen Astzweigen aus dem Blätterwald über dem Parkplatz am Wasserturm fast zugedeckt, aber er schien keinen äußerlichen Schaden genommen zu haben, und so fegte Stuhr mit der Handkante zunächst die gröberen Teile vom Autodach. Nach dem Starten des Motors entfernte er die kleineren Partikel von der Frontscheibe mit der Scheibenwaschanlage, um zumindest die freie Sicht nach vorn zu gewährleisten. Das anspringende Radio mit einem künstlich frohgelaunten Moderatorenteam würgte er kurzerhand ab, indem er eine CD von Element of Crime in den Schacht einlegte und eines seiner liebsten Stücke wählte. ›Richtig schön war es immer nur mit dir.‹ Die bissigen Texte dieser Band standen für ihn in einer direkten Nachfolge zu den Texten von Bert Brecht, die Kurt Weill vertonte. ›Und der Haifisch, der hat Zähne‹. Hat er sicherlich, befand Stuhr. Richtig schön würde es hoffentlich auch für ihn in Sankt Peter werden.

Bereits hinter Rendsburg lockerte sich die Bewölkung

immer mehr auf. Als er über das monströse Sperrwerk endlich die Halbinsel Eiderstedt erreichte, schaltete er die Musik aus, um das von der hinter ihm aufsteigenden Morgensonne strahlend ausgeleuchtete prächtige Diorama der nordfriesischen Marschlandschaft mit allen Sinnen zu genießen. Über das vereinzelte Grün von Weiden und Baumreihen stachen immer wieder Kirchturmspitzen in den blauen Himmel empor, der von imposanten wattebauschähnlichen Wolkengebilden wie von gewaltigen Luftschiffen durchzogen wurde, die allerdings nicht ganz mit seiner Fahrgeschwindigkeit mithalten konnten.

Dennoch, hier an der Westküste schien sich eine stabile Ostwindlage einzustellen, die in der Regel eine anhaltende Schönwetterperiode verhieß. Nach fast zwei Stunden Fahrzeit kam Stuhr erwartungsvoll gegen 9 Uhr bei Maleens Knoll in St. Peter-Ording an. Das war keine Kneipe, sondern schlicht der Name einer kleinen asphaltierten Straße, die zum Dünengebiet des Ortes führte. Der Sage nach soll auf der höchsten Düne die besagte Maleen jeden Tag am Spinnrad webend auf die Rückkehr ihres Verlobten von der See gewartet haben. Abends zündete sie immer ein Licht an, um ihm den Weg zu weisen. Eines Abends blieb es auf der Düne jedoch dunkel, und die herbeieilenden Ortsbewohner fanden sie dort schließlich tot auf.

Vier Wochen später wurde ihr Verlobter an Land gespült, und es stellte sich später heraus, dass Maleens Herz zu schlagen aufgehört hatte, als sich der ›Blanke Hans‹ ihren Verlobten ins Nass gezogen hatte.

Hatte Maleen mehr Vertrauen in die Beziehung gesetzt, als es in Wirklichkeit gerechtfertigt war? Wer weiß, in welchem Hafen ihr Verlobter unter die Räder gekommen war. Stuhr musste an sein letztes Weihnachtsfest denken, als Susanne stundenlang an der Kieler Hörnbrücke im Schneetreiben auf ihn gewartet hatte. Dabei war es der reine Zufall gewesen, der ihn am Heiligen Abend noch dorthin geführt hatte. Sie hatten es nur kurz zusammen ausgehalten, sie waren zu verschieden. Man darf eben erst an Weihnachten glauben, wenn Bescherung ist.

Nachdenklich schüttelte Stuhr die trüben Gedanken an den letzten Winter ab, stellte seinen alten Golf auf dem Parkplatz vor dem Dünenbad ab und schlenderte zunächst zur geschäftigen kleinen Fußgängerzone, die zur Promenade und zur Seebrücke führte.

Im Gegensatz zu den vielen frisch renovierten Kurbädern an der deutschen Ostseeküste mit weißer Bäderarchitektur wie in Binz oder Ahlbeck wies in Sankt Peter die erste und die zweite Häuserreihe immer noch einen unglaublichen Stilmix auf, und Stuhr hatte lange bezweifelt, dass die Bausünden der Nachkriegszeit jemals behebbar wären. Doch seit einigen Jahren erlebte St. Peter-Ording eine nahezu unglaubliche Renaissance, und auf einmal war der Badeort wieder in. Er hatte endgültig den spröden Charme der Nachkriegszeit abgestreift.

Sankt Peter hatte sich den Titel des größten Seebades Deutschlands von Cuxhaven wieder zurückerobert. Im Gegensatz zum Umbruch in Sankt Peter fielen immer mehr Bäder an der Ostseeküste Schleswig-Holsteins mit ihren Kastenhotels und Kurstätten aus den 1970er-Jahren in einen Tiefschlaf. Die wenigen verbliebenen Urlauber dort verringerten sich dramatisch auf biologische Art und Weise, und in die Infrastruktur konnte wegen der ausbleibenden Einnahmen nur noch punktuell investiert werden; meistens auch noch ausgerechnet in Angebote für die aussterbende Touristen-Klientel, die zudem nur durch sinkende Preise gehalten werden konnte. Daher setzte vielerorts ein Bädersterben ein, welches sicherlich durch die neue Konkurrenz im Osten Deutschlands mit prunkvollen Bädern und natürlichen Strandräumen weiter beschleunigt wurde.

Die vielen jungen Hamburger mit ihren dunklen Sonnenbrillen, die freitagabends mit ihren schwarzen Cabriolets wie die Heuschrecken für ein kurzweiliges Wochenende in das Kur- und Heilbad St. Peter-Ording einfielen, hatten ihrem hippen maritimen Vorort schnell ein trendiges Kürzel verpasst: SPO. Stuhr war dankbar, am verregneten Wochenende auch diesem Rummel entgangen zu sein. Dennoch, insgesamt schienen die Bewohner von Sankt Peter auf dem richtigen Weg zu sein, befand Stuhr. Es trieb ihn noch nicht in sein Hotel, denn er war neugierig, wie die renovierte Kurpromenade gelungen war.

Wo unlängst noch eine große Baustelle den Weg zum Strand erschwert hatte, schwang sich jetzt ein gepflasterter Weg schwungvoll über den kleinen Deich zu einem großzügig gestalteten, von kleinen Zäunen eingefassten Platz, der sich zur neu gestalteten Seebrücke hin öffnete. Wegen der vielen Kampfradler, die den Deich entlang ihr Morgenpensum abspulten, bewegte sich Stuhr nur vorsichtig über die Krone und blickte sich um. Auf dem unendlich weiten Sandstrand hinter der

Seebrücke erhoben sich an drei Stellen fast unwirklich auf imposanten hölzernen Pfahlunterbauten Restaurants und Toiletten in den Himmel, was die Dramatik dieser Landschaft noch verstärkte. Ja, genau das war der Grund, warum er sich hier jedes Jahr für eine Woche herziehen ließ, denn nur an wenigen Stellen war die Nordsee so schön und naturbelassen wie hier. Er würde Sonne tanken, am endlosen Strand joggen, viel schwimmen. Sankt Peter erstreckt sich nämlich zwölf Kilometer entlang der Nordsee.

Zudem war hier alles ein bisschen anders, denn auf dem Sand, so hieß der vorgelagerte Strand, ist Parken an manchen Stellen genauso erlaubt wie Reiten, und Hunde dürfen mit ins Wasser. Stuhr schlenderte zum Vorplatz der Seebrücke am neuen, gut in die Dünenlandschaft passenden Fischrestaurant vorbei, bevor er vom modernen Raubrittertum der Seebädermafia eingeholt wurde.

»Drei Euro. Die Dame dabei? Dann sechs.«

Stuhr hatte das kleine graue Kassenhäuschen, an dem er eben im Begriff war, vorbeizugehen, auf der gegenüberliegenden Seite des Restaurants bisher überhaupt nicht wahrgenommen. Er drehte sich um. Die großen Sonnenbrillengläser einer eleganten, groß gewachsenen Blondine mittleren Alters spiegelten sein optisch verzerrtes Antlitz wider. Ihre Augen waren hinter dem dunklen Glas nicht zu erkennen, aber ihr Mund konnte sich ein spöttisches Lächeln kaum verkneifen.

Er wandte sich wieder dem Mann im Kassenhäuschen zu und schüttelte verlegen den Kopf. Nachdem er um drei Euro erleichtert war, betrat er grimmig die

Holzplanken. Er bezweifelte, dass mit der Seebrücke die Salzwiesen geschützt werden sollten. Sie schien lediglich dem Zweck zu dienen, den Touristenstrom zum Strand durch das Kassenhäuschen zu kanalisieren. Andererseits war das eine gute Vorbereitung auf die Pfahlbauten, auf denen der Schröpfungsgrad noch einmal kräftig anzog. Er verlangsamte seinen Schritt, um seinem Missmut den Vortritt zu lassen; schließlich war er hier, um sich zu erholen. Stuhr seufzte. Wenigstens das Atmen war noch umsonst.

Nachdem er eine kleine Biegung mit voll besetzten Bänken passiert hatte, auf denen erste Sonnenhungrige auf dem Weg zum Strand eingenickt waren, konnte er nun über das der Nordsee entgegenstrebende Menschengetümmel einen ersten näheren Blick auf die weiß gestrichenen hölzernen Pfahlbauten erhaschen, die ihn in ihrer Mächtigkeit wie jedes Jahr aufs Neue erstaunten. Zur rechten Strandseite war ihm der Anblick ebenso vertraut, denn wie immer nutzten hier schneidige Strandsegler die Erholungssuchenden als Slalomstangen, zwischen denen sie hin und her kurven konnten.

Zur linken Seite hin verhinderte allerdings ein weiträumig um die Arche Noah gespanntes Absperrband, dass hier Strandleben stattfinden konnte. War dort etwa verunreinigtes Abwasser abgelaufen? Na, er würde ja bald sehen, was dort geschehen war. Er überlegte, ob die Blondine vom Kassenhäuschen noch hinter ihm ging. Umzudrehen wagte er sich nicht, aber warum sollte er nicht einmal kurz verschnaufen und sich rückwärts am Geländer lehnend einen entspannten Blick auf die Brücke gönnen? In diesem Moment wurde er unerwartet eingehakt. Mein Gott, die Blondine schien aber heftig an ihn ranzugehen. Wie sollte er sich verhalten?

Die tiefe männliche Stimme von Kommissar Hansen holte ihn in die Wirklichkeit zurück. »Da vorn ist Scheiße passiert, Stuhr. Ich muss dringend zur Polizeiwache und mit dem Leiter sprechen. Du kannst mich ein Stück begleiten, dann erzähle ich dir alles.«

Stuhr fluchte innerlich. Wieso musste er ausgerechnet Kommissar Hansen aus Kiel begegnen? Der hatte ihm gerade noch gefehlt. Konnte der sich nicht vorstellen, dass er nach den letzten drei Fällen, die er mehr oder weniger für ihn gelöst hatte, hier einfach nur ausspannen wollte?

Der Kommissar ließ aber nicht locker und zog Stuhr gegen den Menschenstrom auf der Seebrücke weiter zum Ort zurück. Dabei begann er zu erzählen, was sich unter der Arche abgespielt hatte.

Das spöttische Lächeln unterhalb der schwarzen Sonnenbrille, dem Stuhr jetzt entgegensah, kam ihm äußerst ungelegen, wenngleich die Blondine immerhin einen kurzen Gruß entbot. »Viel Spaß den beiden Herren noch!«

Stuhr nickte automatisch und ließ sie zum Strand hin passieren, bis er sich energisch aus der Einhakung des Kommissars löste.

»Mensch, Hansen, was soll das denn? Die denken doch alle, dass wir andersherum sind.«

Der Kommissar sah ihn verständnislos an. »Wie kommst du denn jetzt auf einmal darauf? Mensch, Stuhr, hier geht es um die Zukunft des Nordseetourismus!« Wie selbstverständlich hakte ihn Hansen wieder ein.

Freunde waren sie schon, aber doch keine warmen Brüder. Vorsichtshalber drehte sich Stuhr noch einmal um. Die Blondine tat dies ebenfalls und zog die Mundwinkel nun so hoch, dass es nicht mehr nur spöttisch wirkte. Sie schien sich königlich über ihn zu amüsieren. Wie peinlich, durchfuhr es Stuhr, aber der Wahrscheinlichkeitsrechnung nach würde er sie kaum jemals wiedersehen.

Der Kommissar berichtete ihm jetzt ausführlich von dem grausamen Tod an der Arche. Natürlich hatten sie noch keine tiefschürfenden Erkenntnisse gewonnen. Sie kannten noch nicht einmal den Namen des Opfers. Der Nachtwächter schien unschuldig zu sein, doch der Pächter gab sich auffällig wortkarg. Dann begann Hansen, ihn zu bedrängen.

»Wir kommen hier irgendwie nicht weiter. Stuhr, du musst mir helfen.«

Das kannte Stuhr nur zu gut. Das bekam er schließlich bei jedem Fall zu hören, bei dem der Kommissar mit seinen polizeilichen Möglichkeiten ins Stocken geriet. Doch der Urlaub war Stuhr heilig.

Hansen ließ jedoch nicht locker. »Ich kann dich ja verstehen. Das Strandleben mag seine Vorzüge haben, aber ein spannender neuer Fall hat durchaus auch seine Reize, die ergiebiger sein würden als das spöttische Lächeln einer gereiften Blondine oder das Herumirren zwischen Familienurlaubern. Im Übrigen würdest du mir helfen.«

Helfen. Stuhr fluchte still vor sich hin, damit hatte ihn

Hansen bisher immer bekommen. Nein, dieses Mal aber nicht. Andererseits – wenn das Wetter umschlagen sollte, dann konnte einem die Zeit schon lang werden, denn nur in der Kneipe hocken konnte man ja auch nicht.

Vorsichtig stellte Stuhr die Frage, die nun alles ins Rollen bringen würde: »Hansen, was soll ich denn für dich tun?«

5 LATEIN AM ENDE

Kommissar Hansen bemerkte sofort, dass Stuhr nicht uninteressiert an dem Fall schien. Auf dem Deich fasste er noch einmal zusammen, was er Stuhr auf der Seebrücke berichtet hatte.

»Eine äußerst undurchsichtige Kiste, Stuhr, obwohl es viele außergewöhnliche Tatumstände gibt. Die Menschen flüchten vor dem Sturm von der Sandbank. Fast zur gleichen Zeit muss der Täter oder die Täterin unbemerkt das Opfer unter die Arche gebracht, geknebelt und auf die Holzpalette gebunden haben. Dann hat das Hochwasser das Opfer immer heftiger gegen die Pfähle und den Unterboden geschlagen. Erst am nächsten Morgen, also etwa zwölf Stunden später, entdecken Passanten die Leiche.«

Stuhr zuckte mit den Schultern und fragte nach. »Weiß man denn, wann genau das Opfer gestorben ist?«

Hansen schaute abwehrend. »Nein, darüber gibt es noch keine Erkenntnisse. In jedem Fall wird der Knebel im Mund nicht allzu lange eindringendes Wasser abgehalten haben, und nur durch die Nase zu atmen wird ein schwieriges Unterfangen gewesen sein. Unter diesen Umständen kann das Opfer schnell ertrunken sein. Wenn nicht, dann muss der Tote durch die Wucht der Schläge äußerst qualvoll gestorben sein.«

Stuhr schaute betroffen. »Gibt es denn Hinweise, woher das Opfer stammt?«

Hansen schüttelte den Kopf. »Nein, wir wissen nur,

dass es sich um einen Mann handelt, etwa 50 Jahre alt, sportlicher Körperbau. Er wird schwer zu identifizieren sein, so wie der zugerichtet worden ist. Wir warten auf eine Vermisstenmeldung, zu der wir ihn vielleicht zuordnen können. Dann müssen wir sehen, ob wir von dem Opfer auf den Täterkreis schließen können.«

Stuhr begann zu spekulieren. »Nach deinen Schilderungen scheint ja nicht allzuviel Blut geflossen zu sein. Vielleicht war das Opfer schon lange vorher tot. Dann hätte es der Täter erheblich leichter gehabt, ihn unter der Arche festzubinden. Im Übrigen neigen Tote auch nicht dazu auszusagen.«

Hansen überlegte. »Natürlich gibt es noch mehrere Möglichkeiten. Das Opfer könnte sich zum Zeitpunkt des Sturms genauso gut zufällig unter der Arche aufgehalten haben.«

»Was sollte das Opfer denn freiwillig unter der Arche getrieben haben?«, widersprach Stuhr energisch. »Die Menschen flüchteten in Panik vor dem Sturm an Land, immerhin war das Hochwasser im Anmarsch. Das Opfer hätte höchstens auf den Pfahlbau flüchten und sich so vor der Flut retten können. Der Nachtwächter hätte ihm sicherlich geöffnet. Nein, es erscheint mir wahrscheinlicher, dass der Mord vorher geschehen und die Leiche hinterher zur Arche transportiert worden ist.«

Hansen machte eine wegwerfende Geste. »Es wäre viel zu auffällig gewesen, wenn ein Fahrzeug gegen die vom Sand strömenden Massen gefahren wäre. Der Fahrer würde sicher schnell wiedererkannt werden.«

»Nein, keineswegs!«, ereiferte sich Stuhr. »Jedenfalls nicht an der Stelle, an der das Opfer gefunden wurde. Bei der Seebrücke gibt es nämlich keine Öffnung, durch die Fahrzeuge den Deich zur Arche hin überqueren können. Man muss in großem Bogen aus dem Norden kommend vom Deichübergang bei der Badestelle Ording zur Arche fahren, und aus genau der gleichen Richtung waren die flüchtenden Strandgänger auf den Kopf der Seebrücke zugestrebt, um darüber hinter den Deich zu flüchten. Im Übrigen könnte der Wagen ja bereits eine ganze Weile vor dem Unwetter mit dem Toten im Kofferraum bei der Arche geparkt haben.«

»Das Befahren des gesamten Sandes außerhalb der eingezäunten Parkplätze ist aber nur wenigen Fahrzeugen erlaubt. Lieferanten, Entsorgern und Rettungsfahrzeugen. Die benötigen alle eine Sondergenehmigung.«

Stuhr nickte zustimmend. »Ja, Hansen, aber das ist doch ein Riesenvorteil für uns, denn es würde den Kreis der Verdächtigen erheblich einschränken. Der Besitzer der Arche, der hat doch sicherlich auch eine Sondergenehmigung.«

Stuhr mochte recht haben, aber genau diese Variante würde die langwierigsten Ermittlungen nach sich ziehen. Es war nahezu unmöglich, auf dem Dienstweg schnell genug an die Liste heranzukommen. »Siehst du Stuhr, und genau dafür brauche ich dich. Die Fahrerlaubnisse für das Wattenmeer sollen von einer Landesbehörde ausgestellt werden. Kannst du nicht einmal deine alten Kontakte spielen lassen, damit wir schnell an die Liste der genehmigten Kennzeichen kommen, die auf den Sand fahren dürfen? Auf dem Amtsweg würde das Wochen dauern.«

Als Stuhr nickte, seufzte Kommissar Hansen erleichtert auf und beschleunigte seinen Schritt. Er war bei dem Leiter der Polizeiwache am Deichgrafenweg angekündigt, mit dem er gleich besprechen würde, wie man am besten Tatzeugen auftreiben konnte. Clausen sollte der heißen, wie ihm sein Oberkommissar Stüber mitgeteilt hatte, der die Ermittlungen am Pfahlbau weiter überwachte. Hansen war zu sehr in seine Gedanken vertieft, um zu bemerken, dass sein Telefon in der Hose klingelte. Stuhr machte ihn darauf aufmerksam, und Hansen blieb abrupt stehen, um das Gerät herauszufummeln. Es war sein Oberkommissar.

»Moin, Chef, Stüber hier. Hartes Brot in der Arche. Aus dem Pahl haben wir so gut wie nichts herausbekommen. Das ist ein eigenartiger Typ. Auf den ersten Blick macht er einen ruhigen und freundlichen Eindruck. Aber immer wieder blickt er gehetzt, als wenn er irgendwie unter Druck steht. Dem geht es längst nicht so gut, wie er vorgibt. Der war ziemlich geschockt, obwohl er nicht den Eindruck macht, ein Weichei zu sein. Seine Aussagen sind so aalglatt, dass man ihn nicht zu fassen bekommt. Wer weiß, vielleicht war der Tote eine Drohung an ihn?«

Die Vermutung stimmte Hansen nachdenklich, denn dieser Gedanke hatte ihn bereits den ganzen Morgen über begleitet. Warum sollte ein Mord so theatralisch inszeniert werden, wenn nicht zur Abschreckung? Die Frage war nur, wer oder was abgeschreckt werden sollte. Hansen hörte Stübers krächzende Stimme durchs Handy.

»Chef, sind Sie noch da? Ich habe noch eine interessante Information für Sie. Der Tote heißt vermutlich Michael Reinicke und war ein Mitarbeiter der Biologischen Anstalt

Helgoland. Er soll dienstlich am letzten Donnerstag mit dem Flieger nach St. Peter-Ording aufgebrochen sein, aber er ist Freitag nicht an seinen Arbeitsplatz zurückgekehrt. Die Polizei in Bad Bederkesa hat heute Morgen eine Vermisstenmeldung von Reinickes ehemaliger Frau aufgenommen. Die Personenbeschreibung könnte übereinstimmen, und einige äußere Merkmale, die noch zu identifizieren waren, haben wir vorgefunden. Jetzt analysieren die Kollegen den Kiefer. Dann habe ich den Kollegen Rost von der Wasserschutzpolizei Helgoland angerufen und nach dem Reinicke befragt. Rost hat sich aber ziemlich bedeckt gehalten und lediglich angedeutet, dass dieser Reinicke eine schillernde Figur war. Dienstlich würde seiner Ansicht nach jedoch wenig zu ermitteln sein, weil sich die Insulaner alle kennen und gegenseitig schützen. Er schlug vor, besser jemanden nach Helgoland zu entsenden, der unverdächtig wäre. Chef, das wäre doch genau die richtige Aufgabe für Ihre beiden Handlanger. Die schrägen Vögel würden dort perfekt hinpassen.«

Hansen hielt inne. Führte ihn sein unzufriedener Oberkommissar jetzt vor? Klar, Stübers Attacke zielte auf Stuhr und seinen jüngeren Freund Oliver Heldt aus Hamburg, die schon öfter hilfreich für ihn tätig gewesen waren, wenn seine dienstlichen Möglichkeiten nicht mehr ausreichten. Stuhr, mit dem er sich seit dem ersten Fall duzte, war ein Frühpensionär aus der Kieler Staatskanzlei und hatte immer noch gute Kontakte in die Landesverwaltung hinein. Oliver Heldt, den seine Freunde Olli nennen durften, war in vielerlei Hinsicht das genaue Gegenteil. Stuhr und Heldt waren sich in einem früheren Fall über die Füße gelaufen. Sie stellten schnell fest, dass sie sich gut ergänzten, wobei sie stets aus völlig unterschiedlichen Motiven handelten. Das hatte sich Hansen schon oft zunutze machen können, sehr zum Leidwesen seines Oberkommissars, der immer streng den Dienstweg einhielt, außer wenn es um die Belange seiner frischvermählten Gattin ging, die in der Kieler Innenstadt ein Hotel betrieb. Obwohl Hansen vermuten musste, dass sich sein Oberkommissar vor der Reise nach Helgoland drücken wollte, schien ihm das keine schlechte Idee zu sein, denn Stüber und er würden wegen des Falles länger in Sankt Peter gebunden sein.

Sie beendeten das Gespräch, und Kommissar Hansen wandte sich mit ernstem Blick zu Stuhr um. Er berichtete kurz von dem Gespräch, wobei er Stübers letzte Sätze natürlich ausließ.

»Der Tote kommt von Helgoland. Das ist ein schwieriges Pflaster für polizeiliche Ermittlungen, weil jeder jeden kennt und man zusammenhält. Diesen Pahl, den Besitzer der Arche, haben wir bereits ausgiebig verhört. Wir vermuten, dass er sich in einer wirtschaftlich schwierigen Situation befindet. Auch hier werden wir Nachforschungen anstellen, aber die werden sich langwierig gestalten. Mal sehen, was dabei herauskommt.« Hansen zuckte mit den Schultern.

Stuhr sah ihn eindringlich an. »Ihr kommt nicht weiter, richtig?«

Kommissar Hansen nickte. »Stuhr, es wird ernst. Wenn du mir wirklich helfen willst, dann musst du morgen früh nach Helgoland fahren. Inkognito. Wäre vermutlich nicht schlecht, wenn du Olli Heldt an deiner Seite hättest.«

Innerlich musste Hansen darüber lachen, wie verdattert Stuhr ihn jetzt anblickte. Aber er kannte ihn zu gut. Je klarer die Ansage war, umso größer war die Wahrscheinlichkeit, dass Stuhr für ihn in die Gänge kam. Der Kommissar legte nach.

»Komm, Stuhr, du verpasst da draußen auf dem Sand nichts. Im Zweifelsfall hast du auf Helgoland mehr Erholung als zwischen diesen vielen Yuppies hier. Am besten nimmst du gleich morgens den Flieger ab Büsum. Spesen kann ich dir zwar nicht erstatten, aber immerhin gibt es auf Helgoland Schnaps und Zigaretten zollfrei. Ihr müsst unbedingt die Lebensumstände von diesem Michael Reinicke ermitteln. Wenn du das für mich machst, dann hast du echt einen gut bei mir.«

Richtig abgeneigt schien Stuhr nicht zu sein. Er überlegte einen Moment, dann brummte er zustimmend. Er schien Feuer gefangen zu haben.

Hansen freute sich, dass seine Überzeugungsarbeit so schnell Früchte getragen hatte und reichte ihm die Hand. »Danke, Stuhr. Ich muss jetzt zur Polizeiwache. Lass uns nachher noch telefonieren und alles genau besprechen. Einverstanden?«

Stuhr nickte und verabschiedete sich.

Natürlich tat es Hansen weh, dass er ihm nicht reinen Wein einschenken konnte, denn Stuhr konnte nicht ahnen, dass das immerhin jetzt schon der zweite brutale Strandmord an der Nordsee in diesem Sommer gewesen war. Der andere Mord in Westerland konnte bisher von der Kripo unter Verschluss gehalten werden, aber hier war das nicht möglich. Der Ministerpräsident persönlich hatte bereits beim Innenminister interveniert und seine Befürchtung geäußert, dass der Täter den gesamten Nordseetourismus zum Erliegen bringen könnte. Das Gespenst des Bädersterbens an der Nordsee wurde bereits beschworen. Als verantwortlicher Ermittler war er jedoch trotz seiner polizeilichen Möglichkeiten mit seinem Latein am Ende, und der Kollege in Westerland auch.

Stuhr dagegen könnte mit Olli unauffällig die neue Fährte auf Helgoland aufnehmen. Er würde nicht auf die Mauer des Schweigens stoßen, mit der sich die Insulaner gegen die Polizeiermittlungen wehren würden. Er war genau der richtige Mann für Helgoland, denn Stuhr würde sich nicht groß mit dienstlichem Gerangel und anderen Kleinigkeiten aufhalten müssen. Minima non curat praetor.

6 SCHLACHTFELDER

An der Architektur des Hotels Strandgut schieden sich die Geister auf der Halbinsel Eiderstedt. Manche fanden das an den Bauhaus-Stil angelehnte neue Strandhotel hässlich, andere wiederum schwärmten von der modernen Optik. Stuhr schätzte besonders, dass die Zimmer der Kategorie Meerblick die Aussicht auf den Sand und die Pfahlbauten ermöglichten, und das sogar von der gläsernen Dusche aus. Der direkte Hotelzugang zur Therme nebenan war überaus komfortabel, und von der Technik her gab es zudem vom Flachbildschirm bis zur Funkvernetzung fürs Notebook nichts zu bemängeln. Die Inneneinrichtung war zurückhaltend in Weiß gehalten, aber farbige Akzente sorgten dafür, dass man immer das Gefühl hatte, sich in einem der schönsten Hotels an der Nordsee zu befinden.

Stuhr selbst hatte es bei diesem schönen Wetter auf seine Terrasse hinausgezogen. Er blickte sinnend von seiner hohen Warte im 4. Stock über die Salzwiesen auf den Sand, der von Urlaubern wimmelte. Der seitliche Blick auf den provinziellen kleinen Ortskern von St. Peter-Bad erinnerte Stuhr jedoch gleichzeitig an manche tristen Momente, wenn das Wetter nicht recht mitspielte. Und überhaupt: Was war schon eine langweilige Strandwoche gegen einen neuen prickelnden Fall? Auf Helgoland freute er sich bereits, denn dort war er noch nie gewesen. Mit Olli hatte er auch schon telefoniert, der wollte morgen direkt von Hamburg mit dem Katamaran auf die Insel reisen.

Im Internet hatte er gelesen, dass durch den Helgoland-Sansibar-Vertrag der Fels vor mehr als hundert Jahren von den Briten gegen die Gebietsansprüche der Deutschen in Ostafrika eingetauscht worden war. Ob das ein guter Handel gewesen war? Auf der Insel lebten wenig mehr als 1.000 Einwohner, und die Fotos waren ziemlich nichtssagend. Wenn man einen Klotz von vier Seiten fotografiert, wird der auch nicht interessanter. Lange hatte er allerdings nicht recherchiert, dazu war das Wetter viel zu schön. Im Liegestuhl kam ihm die Erinnerung an eine ehemalige Serie im Fernsehen, schwarz-weiß noch, Familie Schölermann oder so. Er konnte sich noch schwach erinnern, dass es seinerzeit auf Helgoland irgendwie keinen richtigen Anleger gab und dass man dort ausgebootet wurde. Also vom großen Schiff zwangsweise in kleine Boote verfrachtet wurde, die einen auf die Insel brachten, was Mutter Schölermann in hysterische Zustände versetzte. In ihrer Panik klammerte sie sich an einem der Bootsleute fest, dem das keineswegs angenehm war.

›Lat los, Muddi. Lat los!‹ Mutter Schölermann ließ aber nicht los. Eine Werbung für die Insel war das damals natürlich nicht, befand Stuhr, aber dieser Zustand würde inzwischen sicherlich überwunden sein. Auch der Flugbetrieb war sicherlich der heutigen Zeit entsprechend automatisiert. Radar, ILS, GPS, vermutlich alles dreifach gesichert. In die Maschine hinein, Gehirn ausschalten und nach der Landung schnell wieder heraus. Ein Kinderspiel.

Er genoss erneut den einmaligen Blick auf die Nordseekulisse. Dann nahm er sein Handy und rief seinen ehemaligen Oberamtsrat Dreesen an. Er war ihm tief verbunden, denn Dreesen hatte früher für ihn immer alle verwaltungstechnischen Probleme innerhalb der Landesverwaltung gelöst. Zudem kannte er Gott und die Welt.

Dreesen nahm schnell den Hörer ab und grüßte ihn gewohnt herzlich. »Stuhr, du alter Sack! Wie geht es dir?«

Die Herzlichkeit gab Stuhr postwendend zurück. »Gut, du alter Faulpelz. Ich bin wie immer hart am arbeiten. Und selbst?«

»Von wegen Faulpelz. Ich schiebe hier gewaltige Probleme vor mir her. Ich kriege den Mittelabfluss dieses Jahr nur schlecht geregelt, und bis zum Kassenschluss sind es nur noch fünf Monate hin. Es ist so viel dieses Jahr.«

Stuhr hatte wenig Mitleid. »Dann scheinst du zu viel Haushaltsmittel eingeworben zu haben – wäre ja nichts Neues. Konntest einmal wieder den Hals nicht voll kriegen, was? Selbst gewähltes Schicksal!«

»Von wegen selbst gewählt. Ich habe wie jedes Jahr nur 30 Prozent über den Durst angemeldet, doch trotz der Folgen der Finanzkrise und den fehlenden Milliarden für die Sanierung der Landesbank haben sie mir völlig unerwartet die volle beantragte Summe zugewiesen. Angeblich, um die Wirtschaft anzukurbeln. Die im Finanzministerium ticken doch nicht mehr ganz richtig. Das ist eine echte Sauerei, was soll ich denn nur mit der ganzen Kohle machen? Ich kann wohl schlecht Bleistifte kaufen, oder?«

»Wo liegt da das Problem? Ihr habt genug Abteilungen und Referate, die nur darauf warten, für irgendwelchen

Schwachsinn unsere Steuergelder in Windeseile zu verschleudern. Ihr macht doch das ganze Jahr nichts anderes.«

Dreesen meldete sich mit belegter Stimme zurück.

»Ach, Stuhr, seit du aus der Staatskanzlei weg bist, macht das alles keinen Spaß mehr. Die Vermerke von den Jungspunden hier werden immer länger. Ihre modernistische Verwaltungssprache sorgt dafür, dass alle Sachverhalte immer austauschbarer werden. Jeder Vermerk dieser Grünschnäbel ist inzwischen ein Lexikon der Floskelatur. Die wollen sich profilieren und geilen sich lediglich an der Seitenzahl ihrer Tintenpisserei auf. Wer soll den ganzen Scheiß denn überhaupt noch lesen?«

Sein ehemaliger Oberamtsrat schien sich zum ersten Mal, seit er ihn kannte, dienstlich ernsthaft in der Klemme zu befinden. Stuhr hatte in irgendeinem Personalentwicklungsseminar, das ihm seinerzeit noch im Landesdienst aufgedrängt worden war, vermittelt bekommen, dass man in solchen ungewöhnlichen Fällen tatsächlich untergeordnete Mitarbeiter anhören sollte. Stuhr hatte das natürlich immer getan, und offensichtlich brauchte sein alter Oberamtsrat jetzt einen besonderen Anstoß.

Doch Dreesen setzte seine Rede unbeirrt fort. »Es ist hier nicht mehr zum Aushalten. Die Vorgesetzten haken diesen unverdaubaren, in Papier gegossenen Dünnschiss meistens ungelesen ab, und wir, die Arbeitsebene, müssen dann die Karre wieder aus dem Dreck ziehen. Das ist äußerst schwierig und geht zudem selten ohne Gejammer bei den Jungspunden aus, die das verkackt haben. Glaub mir, Stuhr, deswegen werden wir auf der Arbeitsebene sogar oft noch schief angesehen, obwohl wir nur zum Wohle der Verwaltung wirken. Das muss einen doch runterziehen.«

Stuhrs Mitgefühl hielt sich in Grenzen, denn er konnte sich gut vorstellen, wie die alten Verwaltungshengste in seltener Einigkeit die Störenfriede zum Schafott trieben.

Dreesen war immer noch nicht fertig. »Kennst du eigentlich den Spruch vom alten Bismarck? Der soll mal gesagt haben, wenn man gute Beamte habe, könne man ruhig schlechte Gesetze haben. Heutzutage ist das genau umgekehrt, die Gesetze sind recht ausgetüftelt, aber die Kollegen ...«

Klar, auch Stuhr fielen von früher sofort drei, vier Kollegen ein, die ständig neben der Spur wandelten. Einen gravierenden Unterschied zu seinem früheren Arbeitsleben konnte er jedoch nicht feststellen.

»He, Dreesen, das sind doch aber die gleichen Schlachtfelder wie früher, dann ist ja im Prinzip alles in Ordnung bei euch. Spuck einfach aus, was dir wirklich helfen könnte.«

Der Oberamtsrat schwieg eine Weile, bis er sich zu seinem sehnlichsten Wunsch bekannte. »Ach, Stuhr, wir müssten endlich einmal wieder eine richtig harte Haushaltssperre bekommen, wie damals zu Beginn des Jahrtausends. Da konnten wir mangels zu verausgabender Gelder ein Jahr lang von einer Kaffeeküche zur anderen wandern. Am besten bei einem Doppelhaushalt, dann hätten wir für zwei Jahre Ruhe.«

Das tiefe Seufzen, das Dreesen dabei von sich gab, konnte Stuhr nicht richtig ernst nehmen. So kam er schnell zu seiner eigenen Sache. »Dreesen, pass auf.

Irgendjemand in der Landesregierung erteilt Sondergenehmigungen für das Befahren des Sandes vor Sankt Peter. Ich brauche dringend eine Liste der Personen, denen eine Genehmigung erteilt wurde. Weißt du, wer dafür zuständig ist?« Nachdem er keine Antwort bekam, fragte Stuhr vorsichtig nach. »Ist das zu viel verlangt, oder kommst du nicht an die Liste heran?«

Das wollte Dreesen offenbar nicht auf sich sitzen lassen. Sofort versprach er, die Liste mit den für das Wattenmeer genehmigten Fahrzeugen aufzutreiben. Dann wurde sein alter Oberamtsrat wieder lockerer und ging zum gemütlichen Teil des Gesprächs über.

»Wo treibst du dich denn gerade herum, Stuhr? London, Paris, Tokio?«

Stuhr musste lachen. »Gar nicht mal so schlecht geraten. Immerhin kann ich fast bis nach England blicken.«

»Klar, und ich spüre bei meinem Blick auf das Ostufer förmlich China vor der Tür.«

Stuhr musste noch mehr lachen. »Na gut, zugegeben, England direkt sehen kann ich nicht. Aber bei klarer Luft soll hier von St. Peter-Ording aus immerhin der Leuchtturm von Helgoland zu sehen sein, und das war doch immerhin bis Neunzehnhundertsowieso eine britische Bastion, oder nicht? Ich fliege morgen übrigens dort hin. Der Flug über das Wattenmeer soll bei schönem Wetter ein einziger Traum sein.«

»Mensch, Stuhr, da hast du dir aber einiges vorgenommen«, meinte Dreesen nach einer kurzen Pause skeptisch. »Richtig schönes Wetter gibt es auf der Nordsee eher selten, sogar im Sommer, und ungefährlich ist der

Flug nach Helgoland absolut nicht. Von welchem Flughafen aus fliegst du denn?«

Stuhr verstand die Welt nicht mehr. »Wieso soll das gefährlich sein? Wir leben doch mitten im 21. Jahrhundert. Das wird ein Automatikflug sein. Ich werde von Büsum aus abheben.«

»Na, das ist schon mal nicht schlecht. Da wirst du wenigstens von der Friesischen Fluggesellschaft transportiert, und die Landebahn ist dort recht lang. Ihre Propellermaschinen hatten bis jetzt noch keine Abstürze zu verzeichnen und kommen mit kürzesten Flugfeldern klar, so wie auf Helgoland-Düne. Allerdings stammen deren kleinere Flugmaschinen von der Konstruktion her allesamt aus dem letzten Jahrtausend. Dann Hals- und Beinbruch.«

Stuhr schluckte. Im Fernsehen hatte er von Menschen gehört, die sich heutzutage gegen Geld sogar in eine uralte JU 52 einkauften, um sich dann im Propellerflug über die alte Reichshauptstadt herüberziehen zu lassen. Das fand er pervers. Dennoch fand er die Warnungen seines ehemaligen Sachverwalters übertrieben. Er würde sich seinen Flug nach Helgoland nicht vermiesen lassen. Er versuchte, den Spieß umzudrehen.

»Mal ganz ehrlich, Dreesen, bist du überhaupt schon einmal nach Helgoland geflogen?«

Der andere konnte sich vor Lachen kaum halten. »Einmal? Mindestens fünfzigmal! Der Start von den kleinen Flugplätzen auf Eiderstedt gelingt meistens recht gut, und der Flug über das Wattenmeer kann gegen die Sonne, die sich in den Prielen spiegelt, in der Tat sehr schön sein. Aber die beiden verflixt kurzen Landebahnen auf dieser winzigen Badeinsel vor Helgoland, die können einem schon den letzten Nerv rauben. Deswegen dürfen beim Passagierflug dort auch nur Spezialmaschinen starten und landen, die mindestens zwei Motoren aufweisen, und die Piloten müssen eine besondere Ausbildung durchlaufen.«

Na ja, wenn sie dafür ausgebildet sind, dann werden sie ihr Handwerk schon verstehen, tat Stuhr Dreesens Bedenken stumm ab. Ihn interessierte etwas anderes. »Wieso bist du überhaupt schon so oft mit dem Flugzeug nach Helgoland geflogen? Doch wohl nicht dienstlich, oder?«

Schnell nahm ihm Dreesen den Wind aus dem Segel. »Nee, eine Landesdienststelle gibt es meiner Kenntnis nach dort nicht, die man inspizieren könnte. Ich fliege die Strecke immer mit meinem Flugsimulator auf dem Computer ab, so richtig mit Lenkrad und Steuerknüppel.«

»Wie bitte?« Stuhr verschlug es schier die Sprache. Dreesen daddelte am Computer, und weil es für ihn offensichtlich ein schwieriges Unterfangen war, virtuell auf Helgoland zu landen, machte er ihm jetzt Angst vor dem tatsächlichen Flug. Das konnte doch nicht angehen! Dreesen schien seine Gedanken zu ahnen.

»Unterschätze das nicht, Stuhr. Ich habe schon mehr als eine halbe Million Flugkilometer auf dem Buckel, alles in reinstem Handbetrieb bei schwierigsten Wetterbedingungen. Dagegen ist die Linienfliegerei heutzutage doch das reinste Kinderspiel. Die Piloten steigen in die Maschine, reißen einmal den Gashebel nach hinten und stellen auf Automatik um. Dann lassen sie sich von der

Stewardess Kaffee bringen. Ich weiß gar nicht, wofür da vorn ein oder zwei Affen sitzen müssen und viel Geld abkassieren.«

Stuhr musste darüber schmunzeln, wie engagiert der Mann sein Hobby gegen den Alltag der Berufspiloten verteidigte. Dreesens fliegerische Kunst in Ehren, doch Angst wegen seines Fluges nach Helgoland schien er sich nicht mehr ernsthaft machen zu müssen. Das erleichterte ihn, aber sein ehemaliger Oberamtsrat war noch nicht am Ende.

»Glaube mir, Helgoland anzufliegen, ist eine ganz besonders heikle Kiste. Ich bin schon überall auf der Welt sauber gelandet, wo es schwierig war. In Hongkong, in Turin, auch in Kabul und selbst in Katmandu, wo jetzt das Unglück mit den vielen Toten war.«

»He, wenn du fünfzigmal nach Helgoland geflogen bist, dann wird das ein echter Pilot doch auch schaffen können, oder?«

Dreesen wiegelte ab. »Das weiß ich nicht. Fünfzigmal bin ich bestimmt schon dorthin geflogen, das ist richtig. Aber ich habe dabei auch 25 Bruchlandungen hingelegt, fast immer Totalschaden. Der Flughafen Düne auf dieser winzig kleinen Nebeninsel von Helgoland, das ist das reinste Schlachtfeld. Überhaupt nichts gegen den täglichen Wahnsinn in der Staatskanzlei, glaube mir.«

Das gab Stuhr wiederum zu denken. Ihn überkam wieder dieses mulmige Gefühl. Worauf ließ er sich da morgen nur ein? Sollte er nicht doch lieber in St. Peter-Ording auf seiner sonnigen Terrasse verweilen? In diesem Moment ging im Nachbarappartement die Terrassentür auf, und zu seiner Verwunderung trat die Blondine von der Seebrücke im Bikini heraus. Sie schienen Nachbarn zu sein.

Sie hatte eine fantastische Figur, und auch ohne Sonnenbrille sah sie ausgesprochen schick aus. Stuhr zog schnell seinen kleinen Bauch ein. Sofort setzte sie wieder ihr spöttisches Lächeln auf.

»Guten Tag, Herr Nachbar. Heute ganz ohne Männerbegleitung?«

Stuhr schluckte. Er klickte auf sein Handy, um schnell das Gespräch mit Dreesen abzuwürgen. Dabei versuchte er, entspannt zu lächeln. »Ja, ab und zu will man ja auch einmal allein sein.«

Der freundliche Blick der Blondine erstarrte. »Na, dann will ich nicht weiter stören. Wir hätten ansonsten ja gemeinsam einmal einen Kaffee im Ort trinken können.« Sie nickte ihm kurz zu und verschwand hinter ihrer Terrassentür.

Stuhr ärgerte sich schwarz. Natürlich hätte er sie gern näher kennengelernt, doch irgendwie erwischte sie ihn immer auf dem falschen Fuß. Sollte er jetzt auf den Flur gehen, um an ihrer Zimmertür zu klopfen und sie einzuladen? Nein, dazu war er viel zu stolz.

Und zu schüchtern. Vielleicht war es gar nicht schlecht, nach Helgoland zu fliegen und sich morgen in St. Peter auf der Terrasse rar zu machen.

Übermorgen könnte er dann einen erneuten Anlauf unternehmen. Aber ob sie dann noch nebenan wohnen würde?

7 ETWAS ANDERE VORSTELLUNGEN

Eine Türklinke gab es an der Polizeiwache von Sankt Peter nicht. Nachdem Kommissar Hansen den Klingelknopf betätigt hatte, öffnete ihm eine junge Frau in Polizeiuniform die Tür. Sie trug kurze blonde Haare, hatte eine sportliche Figur und begrüßte ihn ausgesprochen freundlich. Dann sah sie ihn erwartungsvoll an. Natürlich würde er ihr nicht sein Anliegen unterbreiten, das ging nur den Revierleiter Clausen etwas an. So nickte Hansen nur kurz und legitimierte sich. Sie ließ ihn hinein, schloss die Tür hinter ihm und bat ihn, sich an den kleinen Besprechungstisch zu setzen. Hansen wunderte sich, dass sich die junge Frau einfach zu ihm setzte und das Gespräch eröffnete.

»Tut mir leid, Kommissar Hansen, die Kollegen hatten heute Morgen wegen des Mordfalls an der Arche keine Zeit, noch einen Kaffee aufzusetzen. Ich hoffe, dass es auch ohne Koffein gehen kann, denn sie kommen sicherlich wegen des Mordes am Pfahlbau zu uns, richtig? Schießen Sie los, wie kann ich Sie unterstützen?«

Glücklicherweise hing im Raum kein Spiegel, der Hansen seinen verdatterten Gesichtsausdruck zurückgeschmettert hätte. Beim besten Willen würde er hier doch nicht mit einer nachgeordneten Kollegin aus dem Vollzug Dinge besprechen, die sie absolut nichts angingen. Er wand sich und überlegte, wie er ihr diese Botschaft schonend, aber zugleich eindeutig überbringen konnte.

»Bei allem Respekt, verehrte Kollegin, genau das wollte ich eigentlich mit Ihrem Revierleiter besprechen. Nehmen Sie mir das bitte nicht übel, aber meine Zeit ist knapp bemessen. Wenn Sie jetzt den Kollegen Clausen informieren könnten, dass ich eingetroffen bin, dann könnten wir beide wieder unseren eigentlichen Aufgaben nachgehen.«

Ein wenig zuckte Kommissar Hansen schon über seine eigene schroffe Art zusammen, mit der er diese Berufsanfängerin abwetterte, aber sein Fall war schließlich kein Honigschlecken. Die junge Polizistin musterte ihn kühl. Dann entschuldigte sie sich kurz, bevor sie aufstand und wortlos in einen Nebenraum entschwand. Hansen war erleichtert, dass die junge Polizistin seine Ansprache offensichtlich richtig einordnen konnte. Von Revierleiter Clausen hätte er schließlich schon gern eine Einschätzung der Lage erhalten, ob der Mord in Sankt Peter sozusagen ortsbedingt einzuschätzen war oder ob das tatsächlich ein ähnlich gelagerter Fall wie der auf Sylt sein könnte, der selbst den Ministerpräsidenten nicht mehr schlafen ließ.

Revierleiter Clausen bemühte sich zwar immer noch nicht zu ihm, doch immerhin schleppte unerwartet die junge Polizistin jetzt eine Kanne mit wohlriechendem, frisch gebrühtem Kaffee an. Sie stellte einen weißen Porzellanbecher mit schwarzen Kuhfellflecken vor ihm auf den Tisch und schenkte ihn vorsichtig voll. Dann übernahm sie die Konversation.

»Die Milch ist sauer geworden, aber die trinken in Nordfriesland sowieso nur die Schulkinder. Geht doch auch ohne Milch für Sie, oder?«

Eigentlich ging beim Kaffee nichts ohne Milch für Hansen, aber er bejahte schnell, denn er wollte nicht mehr länger von der jungen Kollegin eingenommen werden. Die Hartnäckigkeit dieser jungen Kaffeetante, die er nicht einmal von seiner eigenen Ehefrau kannte, war schon erstaunlich. Hansen versuchte vorsichtig, das heiße Gebräu mit kleinen vorsichtigen Schlucken in seinen Hals gleiten zu lassen. Wie konnte er ihr nur endgültig beibringen, dass er jetzt auf der Stelle ihren Revierleiter sprechen wollte?

Die junge Polizistin kam ihm zuvor. »Lieber Kollege, Sie müssen jetzt ganz tapfer sein. Es ist richtig, dass der Revierleiter Clausen heißt, aber er ist eine Frau. Sie müssen schon mit mir vorlieb nehmen. Ich hoffe, Sie haben da keine Vorurteile. Ich bin Christiane Clausen, Revierleiterin der Polizeiwache von St. Peter-Ording.«

Kommissar Hansen war baff. Eigentlich hatte er etwas andere Vorstellungen von der Führungsposition einer Polizeiwache an der Westküste. Die Vorstellung, dass in diesem Landesteil neben der Schlichtung von handfesten Auseinandersetzungen innerhalb des Küstenvolkes höchstens einmal ein Pferdeschlitzer gejagt wurde, die war längst überholt. Ohne Grund schien die Revierleiterin ihre Aufgabe nicht übertragen bekommen zu haben. Sie war immerhin ein Kind der Region, und mit den manchmal überheblichen Feriengästen würde sie sicherlich auch gut klarkommen. Der Kommissar schüttelte lächelnd den Kopf.

»Nein, keine Vorurteile, nichts für ungut, Frau Revierleiterin Clausen. Entschuldigen Sie mich, aber mein Oberkommissar hat mich auf die falsche Fährte gesetzt.«

»Schon in Ordnung. Alle meine Leute sind bereits für Sie im Einsatz, Kommissar Hansen. Was kann ich noch für Sie tun?«

Hansen wurde ernst. »Eine ganze Menge. Wir müssen endlich irgendeinen Tatzeugen finden, sonst kommen wir nicht weiter. Irgendwie muss das Opfer ja unter die Arche gekommen sein. Ein gewisser Michael Reinicke von der Insel Helgoland übrigens.«

Christiane Clausen nickte. »Das habe ich auch gerade von meinen Leuten gehört. In der Tat, die Begleitumstände sind ungewöhnlich. Durch die ablaufende Flut sind ja leider alle möglichen Spuren verwischt worden. Für den alten Timm lege ich meine Hand ins Feuer, der hat nichts mit der Sache zu tun. Aber ansonsten treiben sich nachts eine Menge Menschen auf dem Sand herum.«

Das überraschte Hansen. »Aber doch nicht bei diesem Unwetter, oder?«

Sie blickte ihn grübelnd an. »Täuschen Sie sich nicht, Kommissar Hansen. Auch bei schlechtem Wetter fahren wir Patrouillen, solange das geht. Das Bedienpersonal muss immerhin an Land gekarrt werden, ebenso die Badeaufsicht, und ein Haufen Verrückter tobt sich gerade dann mit Sportgeräten auf dem menschenleeren Sand aus. Strandsegler, Surfer, Drachenfans. Zudem überfliegen Hubschrauber und Sportflugzeuge mit sensationslüsternen Reportern oft den Strandgürtel, um spektakuläre Aufnahmen von der Naturgewalt in die Tagesschau zu lancieren.«

»Aber wie sollen wir an die alle herankommen, Frau Clausen? Mehr Wirbel können wir uns hier beim besten Willen nicht leisten.«

Die junge Kollegin zuckte ratlos die Schultern. »Das wird schwierig werden. Wenn Sie wollen, kann ich mich auf dem Flugplatz in Büsum erkundigen, ob gestern Nachmittag noch Flugbetrieb war. Vielleicht ergibt das einen Hinweis. Weg komme ich hier sowieso nicht, solange meine Kollegen alle noch im Einsatz sind.«

Der Kommissar nickte zustimmend. »Gute Idee. Dieser Reinicke, Frau Clausen. Wie kann er ansonsten von Helgoland nach St. Peter-Ording gekommen sein? Soweit ich weiß, geht die nächste Schiffsverbindung nach Helgoland von Büsum aus. Wo hat er hier gewohnt und mit wem hatte er Kontakt? Wieso wurde er zum Opfer? Wer könnte ein Motiv haben? Das sind die Fragen, die mich bewegen. Wir brauchen Ergebnisse!«

Die Revierleiterin nickte gelassen. »Wie ich schon sagte, Kommissar: Meine Leute sind bereits alle für Sie unterwegs. Ihre Frage nach Tatzeugen bewegt uns doch genauso. Vielleicht sind meine Kollegen inzwischen ein Stück weitergekommen.« Sie hielt die Kanne hoch, um noch einen Kaffee anzubieten. Hansen schaute grimmig, denn sein Magen reagierte auf die schwarze Brühe zunehmend empfindlich. Die junge Revierleiterin ergriff nun den Hörer des Telefonapparats auf dem Tresen und wählte eine Nummer. Hansen hörte sie intensiv mit ihrem Gesprächspartner debattieren, zeitweise war sie mehr am Zischeln als am Sprechen. Nachdenklich legte sie wenig später auf.

»Die Flugplätze auf Eiderstedt wurden wegen des aufkommenden Sturms am Sonntagnachmittag alle gesperrt. Ich habe eben gerade mit Thies Theißen, dem Flughafenleiter des Büsumer Flughafens gesprochen. Zwar war Reinicke am Donnerstagmorgen für einen Flug von Helgoland nach Büsum gebucht, aber Theißen schwört Stein und Bein, dass der nicht mit der Maschine auf seinem Flugfeld angekommen ist. Er muss auf einem anderen Weg von der Insel nach Sankt Peter gekommen sein.«

Der Kommissar stutzte. »Wie zuverlässig ist denn die Aussage des Flughafenleiters?«

Sie blickte ihn geradeheraus an, als sie ihr Gift versprühte. »Kommissar Hansen, Thies Theißen kenne ich schon von der Schule her. Der ist über jeden Zweifel erhaben. Wenn der etwas behauptet, dann hat das Hand und Fuß.«

Hansen wagte nicht, zu widersprechen.

Clausen wählte erneut eine Nummer und meldete sich mit ihrem Vornamen. Nach einigen Sätzen schüttelte sie den Kopf.

»Keine neuen Erkenntnisse bei meinen Kollegen vor Ort. Als wenn dieser Reinicke nie hier gewesen wäre. Wir werden Plakate mit dem Passfoto des Opfers im Ort und in Büsum aufhängen.«

Ob das eine gute Idee war, die Öffentlichkeit noch weiter aufzuschrecken, wagte Hansen zu bezweifeln. Ungeduldig blickte er auf sein Handy, aber dort tat sich nichts. Kein Anruf, keine Meldung. Wenn er nicht bald den ersten Anhaltspunkt hatte, dann musste er sich warm anziehen. Sein Chef liebte es überhaupt nicht, vom Innenminister vorgeführt zu werden, und auch auf das hämische Grinsen seines Büroleiters Zeise konnte Hansen gut verzichten. Er verabschiedete sich gedankenversunken von der Revierleiterin und trottete unwillig auf dem Deich zurück zur Unglücksstelle. Heute schien nicht sein Tag zu sein.

8 TERMINAL EINS

Fast hätte Stuhr im Morgennebel das kleine weiße Schild übersehen, das ihn auf den Flughafen hinwies. Er musste hart bremsen und ordentlich am Lenkrad kurbeln, um die Abbiegung in einer Einkerbung eines steilen ehemaligen alten Deichs, der ihn seit Kilometern auf der verlassenen Landstraße linkerhand von St. Peter-Ording begleitet hatte, nicht zu verpassen. Jetzt führte ihn eine kleine asphaltierte Straße an einem durchfeuchteten, frisch gepflügten Acker entlang, der wie geschaffen für eine glitschige Notlandung erschien. Das gab doch Hoffnung für den Rückflug, stellte er lächelnd fest. Er musste noch einmal über die Schauermärchen von Dreesen über die angebliche Gefährlichkeit des Fluges lachen, die er ihm gestern am Telefon vermittelt hatte. Nein, das alles würde inzwischen schon alles seinen richtigen Weg gehen. Schließlich war die Luftfahrt im 21. Jahrhundert hoch technisiert, da ließ er sich von Dreesen nicht bange machen. ILS und so weiter. Der Flug nach Helgoland würde nicht mehr als ein kurzer Hüpfer über die Kegelrobben werden.

Wenig später tauchte aus dem Nebel schemenhaft ein kleiner Zweckbau auf, dem ein Glaskasten aufgesetzt war. ›Flughafen Heide-Büsum‹ stand auf einem blauen Schild davor, hier schien er richtig zu sein. Er stellte seinen alten Golf auf dem dazugehörigen Parkplatz ab, der nur noch einen anderen Kleinwagen mit einem Aufkleber von der Langen Anna beherbergte. Die Scheiben waren beschlagen, der Wagen musste schon längere Zeit hier stehen, doch immerhin schien er nicht der einzige Fluggast zu sein. Er musste den geschlossen wirkenden Bau umrunden, um den Eingang zu finden. Die Tür ließ sich jedoch problemlos öffnen. Na also, seinem Ausflug stand nichts mehr im Wege.

Im Flur, der mehr einem Einfamilienhaus glich als einem Abfertigungsgebäude, stand ein befüllter Prospekthalter. ›Flugplan Sommer‹ titelte die rot-weiße Broschüre der Friesischen Fluggesellschaft, und neben einem unglaublich umfangreichen europa- und weltweiten Streckenplantail wurde weiter hinten die Luftflotte vorgestellt, auch die kleineren Maschinen. Die wirkten mit ihrer schnittigen rotweißen Lackierung eigentlich recht vertrauenerweckend. Sicherlich hatte ihm sein alter Oberamtsrat nur aus Spaß Angst machen wollen. Er steckte ein Exemplar für Dreesen ein.

Es war jetzt 9 Uhr, und damit war es noch eine halbe Stunde Zeit bis zum Start. Im Flur war keine Menschenseele zu entdecken, und so spähte Stuhr um die Ecke, doch in der dahinter liegenden kleinen, gemütlichen Teeküche saß auch niemand. Vermutlich gehörte das Fahrzeug auf dem Parkplatz mit dem Helgoländer Aufkleber einem der Ankömmlinge von der Insel.

Stuhr machte sich bemerkbar. »Hallo, ist hier jemand?«

Wenig später hörte er jemanden die Wendeltreppe herunterpoltern, an deren oberen Ende sich der Glaskasten auf dem Dach befand, von dem aus der Flugbetrieb geregelt wurde. Eine große Hand streckte sich ihm entgegen.

»Willkommen auf dem Airport Heide-Büsum. Kaffee gibt es gleich in Terminal 1. Ich bin übrigens Thies Theißen, ich leite den Flugbetrieb hier.«

Nachdem Stuhr dem jungen, kräftigen Mann die Hand geschüttelt hatte, bedeutete dieser, ihm zu folgen. In der kleinen Teeküche saß jetzt eine nicht unattraktive zierliche Frau am Küchentisch und grüßte ihn gedankenverloren. Stuhr wunderte sich, woher die Dame so plötzlich gekommen war. Er grüßte lächelnd zurück, denn heute würde er wenigstens nicht allein sterben.

Stuhr musste innerlich schmunzeln. Dieser Raum war also das Terminal 1.

Theißen setzte einen Kaffee auf und brummelte vor sich hin. »Sieht nicht gut aus heute Morgen. Die Luftfeuchtigkeit ist zu hoch, da kann sich der Nebel lange halten.«

Stuhr nickte zum Dank, als der junge Mann ihm einen heißen Becher Kaffee reichte. Dann gab Theißen den zweiten Becher der Mitreisenden. War es Absicht, dass ihre Hand seine Finger streifte, als sie ihm mit verstohlenem Blick den Becher abnahm? Ach was, Theißen war mindestens zehn Jahre jünger als sie, und auch äußerlich waren sie sehr unterschiedlich, der kräftige hochgewachsene Flughafenleiter und die zierliche Dame. Nur nichts einbilden, sagte sich Stuhr und lenkte sein Interesse auf das Flugfeld, das sich von der Teeküche aus recht gut überblicken ließ. Direkt am Boden war die Sicht noch einigermaßen gut, aber die Baumwipfel wurden allesamt vom Nebel verschluckt.

Theißen erläuterte die Problematik näher. »Wir gehen hier nicht hoch, wenn wir nicht wenigstens die Flügel der Windräder erkennen können. Das ist für Sichtflug sonst zu gefährlich.«

Stuhr beeilte sich, seine frisch erworbenen Kenntnisse einzubringen. »Können Sie denn nicht auf Instrumentenflug umstellen?«

»Instrumentenflug? Was meinen Sie, wie viele Vögel uns bis 400 Meter Höhe begegnen können, denen man ausweichen muss? Die sieht keine Automatik, und höher fliegen wir in der Regel nicht. Im Übrigen sendet der Flughafen Helgoland kein ILS-Signal. Nein, unsere Flüge sind schon alle noch echte friesische Handarbeit.«

Stuhr wurde nachdenklich. Vielleicht hatte Dreesen doch recht, und der Flug würde riskanter, als er vermutet hatte. »Stimmt es denn, dass die Landebahn auf der Düne extrem kurz und der Anflug besonders schwierig ist?«

Thies Theißen nickte ernst. »Ja, wer dort landen will, der muss schon richtig gut fliegen können. Fehler darf man sich beim Anflug nicht erlauben, man hat sozusagen nur einen Schuss.«

Stuhr würgte den heißen Schluck Kaffee herunter, den er gerade genommen hatte.

Der junge Mann schien seine Ängste bemerkt zu haben und versuchte, ihn zu beruhigen. »Machen Sie sich keine Sorgen, deswegen landen wir dort ja auch nur bei ordentlichen Bedingungen. Wir müssen eben noch abwarten, angeblich soll sich ein Tief von Ostfriesland her nähern. Dann würden sich die Umstände durch den aufkommenden Wind schnell verbessern. Die anderen Passagiere habe ich angerufen und informiert, dass es trotz der schlechten Wetterlage bald losgehen könnte. Sie sind auf dem Weg zum Flughafen.« Er zeigte aus dem Fenster auf eine Baumreihe hinter der Landebahn, die gerade von einer Nebelbank verschluckt wurde. »Allerdings sieht es im Augenblick wieder nicht so aus, als wenn sich der Nebel hier schnell auflösen würde.«

Beim Blick aus dem Fenster fand Stuhr die Worte des Mannes bestätigt. Hinter dem Windmast fiel ihm indes ein Fahrzeug auf, das mit unverhältnismäßig hoher Geschwindigkeit auf das Flughafengebäude zupreschte, bis es im nächsten Moment hinter dem Haus verschwunden war. Die harte Bremsung der schweren Limousine auf dem Parkplatz war nicht zu überhören. Wenig später vernahm Stuhr einen Türenschlag, und dann rief auch schon eine aufgeregte Stimme durch den Flur.

»Herr Theißen, sind Sie noch da?«

Thies Theißen blickte die mitreisende Dame mit einem durchdringenden Blick an, bevor er sich umdrehte und dem neuen Fluggast entgegeneilte. Wenig später konnte Stuhr eine erleichterte Stimme vernehmen.

»Ein Glück, Herr Theißen. Ich dachte, die Maschine wäre schon gestartet. Ich muss unbedingt nach Helgoland. Dringende Geschäfte, wie immer.«

Theißen klärte den Neuankömmling kurz über die Lage auf, und wenig später betraten beide die kleine Küche. Der neue Passagier war zwar von kleinem Wuchs, doch er war gertenschlank. Sein braun gebranntes Gesicht und seine gepflegte Haut ließen darauf schließen, dass er auf sein Äußeres allergrößten Wert zu legen schien. Sein edler schwarzer Anzug schien ihm von einem Designer mit allerweichsten Fingern direkt auf die Figur geschneidert zu sein, und zusammen mit dem schwarzen Seidenschlips auf dem schneeweißen Hemd hob er sich trotz einiger unübersehbar fehlender Zentimeter in der Körpergröße von den anderen Anwesenden in der Teeküche ab.

Wenn das kein smarter Geschäftsmann war, dann konnte es sich nur noch um einen ausgebufften Agenten handeln. Aber diese Sorte von Helden kraxeln eher an langen Leinen von Hubschraubern zu den Einsatzorten hinunter.

Die zierliche Frau drehte sich demonstrativ weg, als ob sie den Mann kannte, aber nicht mochte. Dieser sah darüber hinweg und begrüßte Stuhr. »Ah, noch mehr Mitreisende. Sehr erfreut. Gestatten, Duckstein. Dieter Duckstein.«

Stuhr stand kurz auf und reichte seinem Gegenüber die Hand.

Nur wenig später hielten zwei weitere Fahrzeuge, und in null Komma nichts war die Teeküche rappelvoll. Gegen viertel vor zehn kam Theißen die Treppe herunter und verkündete die ersehnte Botschaft.

»Meine Dame, meine Herren, es geht bald los. Helgoland meldet zwar keine guten, aber einigermaßen ordentliche Flugbedingungen, und auf unserem Flugfeld scheint sich der Nebel tatsächlich zu verflüchtigen.« Das einsetzende freudige Gemurmel wurde nach kurzer Zeit durch das tiefe Brummen eines Fliegers übertönt, der sich im Landeanflug befand.

Theißen kam mit Flugscheinen angeschlurft und befragte alle Reisewilligen nach ihren Namen. Stuhr beobachtete ungläubig, wie er jetzt mit einem Kugelschreiber auf den länglichen internationalen Tickets der IATA ihre Namen handschriftlich eintrug. Einer der Neuankömmlinge fragte, ob er mit seiner Kreditkarte zahlen dürfe.

Theißens Antwort ließ darauf schließen, dass ihn diese Frage nervte. »Gezahlt wird auf Helgoland. Hier ist ein Flugplatz und kein Inkassobüro.« Ein kantiger Typ war der Theißen schon.

In der Folge sammelte er das Gepäck der angehenden Passagiere ein und verstaute es auf einem kleinen Rollwagen, der an den Frontblenden etwas unprofessionell mit dem Schriftzug der Friesischen Fluggesellschaft geschmückt war. Vermutlich eine Auflage der IATA, der Internationalen Flugvereinigung der Tickets ausstellenden Luftverkehrsgesellschaften, aber hier auf diesem vernebelten Flugfeld an der Westküste, das ausschließlich von der Friesischen Fluggesellschaft beflogen wurde, wirkte das schon ein wenig übertrieben.

Dennoch schien es jetzt loszugehen, denn endlich landete der Flieger von Helgoland trotz der widrigen Bedingungen mit einer Bilderbuchlandung sicher auf dem Flughafen. Die aussteigenden Passagiere zogen ihr Gepäck hastig aus der Ladeluke, die Thies Theißen nach dem Stillstand der Propeller als erstes geöffnet hatte. Von der gelandeten Maschine eilten die Passagiere hastig auf das Abfertigungsgebäude zu. Ihre Gesichter wirkten angespannt. Der Flug schien dermaßen unerwartet zustande gekommen zu sein, dass die Passagiere auf die Schnelle niemanden mehr von ihren Angehörigen zur diesem verlassenen asphaltierten Flecken an der Westküste beordern konnten.

Jedenfalls strebte niemand zu dem Fahrzeug mit dem Aufkleber der Langen Anna, folglich musste es der zierlichen Frau aus dem Terminal 1 gehören.

Theißen schnappte sich eine Leiter und schleppte sie zur linken Tragfläche der Maschine. Der Pilot öffnete die Tür seines Cockpits und sprang auf das Rollfeld. Dann lief er zur bereitgestellten Leiter, kraxelte sie hoch und führte den Zapfhahn, den ihm Theißen nun entgegenhielt, von oben in den linken Flügel seines Riesenvogels ein.

Stuhr kramte den Prospekt der Fluggesellschaft aus der Tasche hervor. Das musste die Maschine sein, eine Britten Norman Islander, denn es war der einzige Neunsitzer. 240 Kilometer pro Stunde Reisegeschwindigkeit und 1.000 Kilometer Reichweite. Na also, das würde locker bis Helgoland reichen.

Die Leiter wurde umgestellt, und wenig später begann der Pilot, auch den anderen Flügel zu betanken. Hoffentlich mit der gleichen Menge, sorgte sich Stuhr, der sich schon in Schieflage durch die Luft fliegen sah.

Endlich näherte sich Theißen mit dem Piloten im Schlepptau. »So, es ist so weit. Bitte folgen Sie mir. Sie können einsteigen, die Maschine ist startbereit.«

Stuhr trottete dem Flugleiter hinterher, der ihm gleich die erste Passagiertür aufhielt. Stuhr zwängte sich auf den Sitz hinter dem Piloten und schaute sich um. Dieser Duckstein verdrückte sich auf den hintersten Platz, ein Held der Luftfahrt schien er nicht zu sein. Das war er selbst zwar auch nicht, aber immerhin konnte er von seinem Sitz aus gut die Instrumententafel einsehen, und sein Fenster diente zudem als Notausstieg. Stuhr bezweifelte allerdings, dass er im Notfall durch das enge Loch würde herauskrabbeln können. Dankbar nahm er wahr, dass die zierliche Frau aus der Teeküche den Platz neben ihm einnahm, so würde es nicht zu eng werden. Er nickte ihr freundlich zu, und sie lächelte ihn erleichtert an.

»Ich sitze sonst immer weiter hinten, aber irgendwann muss man ja einmal anfangen, dem Schicksal die Stirn zu bieten, oder?«

Auch wenn sich Stuhr nicht sicher war, ob seine Sitznachbarin damit auf den bevorstehenden Flug anspielte oder auf diesen Dieter Duckstein, von dem sie sich offensichtlich möglichst weit weg gesetzt hatte, nickte er ihr anerkennend zu. Sie hatte die Situation auf den Punkt gebracht, und er bewunderte insgeheim ihren Mut. Dann verstaute Theißen das Gepäck in einer Ladeluke und verriegelte von außen die Türen. Die Sardinenbüchse war verschlossen. Es war viertel nach zehn, und endlich konnten sie abheben. Wo blieb nur der Pilot?

9 AUF TRAB

Die halbe Nacht hatte Kommissar Hansen vor dem Einschlafen noch darüber gegrübelt, wie er in Sankt Peter weiterkommen könnte. Ihm war klar geworden, dass die Kieler Kripo an der Westküste und auf den Inseln nur wenig zu bestellen hatte. Nach wie vor gab es keine Zeugen und wenig Anhaltspunkte, um polizeilich weiter ermitteln zu können. Er musste sich auf die Mission von Stuhr verlassen. Dessen Wege waren zwar manchmal verschlungen, aber hilfreich waren sie immer, wenngleich der Kommissar meistens selbst die Ermittlungsfäden zur Lösung der Fälle zusammenstricken musste.

Hansen versuchte lange Zeit vergeblich, zur Ruhe zu kommen, aber es gelang ihm nicht. Er wälzte sich in diesem viel zu erhitzten Pensionszimmer aus der Bettdecke und öffnete das Fenster. Die frische Luft tat ihm gut, und er legte sich entspannter wieder zurück auf das Bett. Doch der Druck von oben, in diesem Fall endlich weiterkommen zu müssen, senkte sich beim Einschlafen wie ein landender Drache auf seine Brust. Zum Glück spie er wenigstens kein Feuer. Irgendwann wurde in seinem Halbtraum daraus ein Adler, der ihm Kälte entgegenhauchte. Irgendwann musste er dann doch vollends eingeschlafen sein, denn die Kühle der Nacht holte ihn mit der eintretenden Helligkeit gegen 5 Uhr morgens unangenehm aus dem Tiefschlaf. Klar, er hätte auch lieber in einem dieser schönen Hotels mit Klimaanlage genächtigt, in denen sich Stuhr verlustierte. Das gab das Reisekostenrecht jedoch nicht her, und warum sollte er ausgerechnet in diesem undurchsichtigen Fall mit seinem verhassten Büroleiter Zeise noch Streit wegen der Reisekostenabrechnung anfangen?

Er deckte sich wieder zu, und wenig später verhaftete ihn der Schlaf wieder, bis er gegen das zunehmende Sonnenlicht die Intensität des Augenzukneifens immer weiter erhöhen musste, was zunehmend anstrengend wurde. Ein unbekanntes Tonsignal riss ihn endgültig aus dem Schlaf. Klar, er hatte sein Handy an die Steckdose angeschlossen, und irgendwie veränderte dieser Ladevorgang alle Toneinstellungen.

»Teufelszeug«, fluchte Hansen und entschloss sich, aufzustehen und nach dem Gerät zu greifen. Dieser verfluchte Dienstagmorgen konnte kaum schlechter beginnen als der letzte Arbeitstag, doch Revierleiterin Clausen belehrte ihn eines Besseren.

»Moin, Kommissar Hansen. Bekommen Sie keinen Schreck, die Arche Noah steht in Flammen. Offensichtlich Brandstiftung, bei der nebligen Witterung hat allerdings niemand etwas gesehen. Der Löschzug der Feuerwehr war deswegen relativ spät dort, und das mitgeführte Löschwasser zudem unzureichend. Da wird definitiv nichts mehr zu retten sein. Aber Sie können sich entspannen, Ihr Oberkommissar Stüber ist bereits informiert und wird gleich vor Ort sein.«

Entspannt war Hansen keinswegs, eher elektrisiert, denn schließlich war Stüber die größte Schlaftablette, die er jemals in seinem Leben kennengelernt hatte. Warum war er so früh vor Ort? Sollte der Bettflüchtling Probleme mit seiner angeheirateten Witwe Eilenstein haben? Das wäre schlecht für alle, denn in solchen Zeiten bewegte sich Stüber immer in einer Parallelwelt zum Arbeitsalltag in der Polizeidirektion.

Hansen sammelte seine Gedanken und konzentrierte sich wieder auf die Revierleiterin. »Danke für die Nachricht, Frau Clausen. Aber warum hat die Feuerwehr denn kein Seewasser aus der Nordsee auf die Arche gepumpt?«

Die Antwort der jungen Kollegin war ernüchternd. »Weil Ebbe herrschte, Kommissar.«

Hansen schüttelte den Kopf. Belege, Kassenbücher, Reservierungen. In der Arche waren vermutlich alle möglichen Beweise gegen Pahl vernichtet worden, wenngleich zu bezweifeln war, dass daraus ein großer Kenntnisgewinn zu ziehen gewesen wäre. Er bedankte sich noch einmal für die Information und beendete das Gespräch.

Beeilen musste er sich jetzt nicht mehr, sein Oberkommissar war schließlich bereits am Ort des Geschehens. Er war unsicher, ob er sich auf das Frühstück in seiner Pension freuen sollte, denn ihm graute vor dem Anblick von kleinen Müllschluckern auf Plastiktischdecken, in denen Eierschalen und die Reste der Portionspackungen versenkt werden sollten. Er durchwühlte seinen kleinen Koffer nach einem frischen Paar Socken. Es klingelte wieder, und wenig später leuchtete Stübers Name auf dem Handy auf. Er berichtete, dass der Brand zwar gelöscht sei, dass aber immer noch Schwelbrandgefahr bestehe.

»Habt ihr Personenschaden feststellen müssen?«, fragte Hansen in blütenreinem Beamtendeutsch.

Stüber verneinte. »Gott sei Dank nein, jedenfalls noch nicht. Wir konnten bisher nur kurz mit dem Leiterwagen über die Brandstelle fahren, aber es gibt keine Hinweise auf menschliche Opfer. Die Arche war glücklicherweise immer noch weiträumig mit dem Band abgeriegelt. Pahl hatte daher natürlich darauf verzichtet, den alten Strandwächter auf Nachtschicht hochzuschicken. Einfach zu dumm, dass niemand über Nacht Wache gehalten hat. Jetzt brauchen wir hier nicht mehr weiter nach Beweisen zu suchen. Die Brandexperten von der Feuerwehr sind bereits vor Ort.«

»Anstelle des Absperrbandes hätte ich Sie ja auch bitten können, über Nacht dort Stellung zu halten, Stüber. Meinen Sie, dass das irgendetwas an der Tatsache des Abfackelns geändert hätte, außer dass Sie mit eingeäschert worden wären?«

Am anderen Ende der Leitung wurde es still. »So habe ich das nicht gemeint, Kommissar. Besser, mögliche Beweise sind futsch, als dass jemand zu Schaden kommt. Sie haben schon recht. Ach so, wenn Sie jemanden für die Ermittlungen auf Helgoland benötigen, ich würde bereitstehen.«

Das verschlug Hansen die Sprache. Mist, Stüber schien tatsächlich mit seiner Witwe Eilenstein querzuliegen. Er musste ihm einen Heimatschuss verpassen, damit er mit ihr wieder ins Reine kommen konnte. »Nee, für Helgoland habe ich noch keine Strategie, Stüber. Am besten, ihr rückt nach Kiel ab, wenn ihr fertig seid. Mal sehen, was vom anderen Tatort aus Westerland kommt. Ich halte hier die Stellung vor Ort.«

Stüber quittierte das Ende des Gesprächs mit einem unwirschen Laut, der auf Unmut schließen ließ.

Hansen schaffte es nicht, die Socken zu finden, um sich weiter anzuziehen, denn das Telefon klingelte schon wieder. Immerhin kam der Anruf aus der Gerichtsmedizin mit der erfreulichen Nachricht, dass Ursache und Zeitpunkt des Todes von Reinicke inzwischen einigermaßen genau festgelegt werden konnten. Bei der Obduktion hatte man festgestellt, dass die Organe seines Unterleibs völlig zerfetzt waren. Schließlich hatte man ein feststeckendes Projektil in der Wirbelsäule gefunden, welches der Flugbahn nach im After abgefeuert worden sein musste. Deswegen hatte man auch keinerlei äußerliche Schussverletzungen finden können. Der Schuss hatte einwandfrei den Tod des Opfers herbeigeführt, und er musste lange vor der Sturmnacht abgegeben worden sein, vermutlich bereits am Vortag, also am Samstagnachmittag oder -abend.

Wenngleich Hansen erleichtert war, dass das Opfer offenbar einen schnellen Tod erlitten hatte, so sehr fluchte er innerlich, denn Stuhr schien tatsächlich recht zu behalten. Er bohrte nach, ob es schon irgendwelche Vermutungen über einen möglichen anderen Tatort gab. An eine positive Antwort glaubte er nicht, aber es blieb einen Moment still in der Leitung, bevor die Antwort kam.

»Nein, nicht genau, aber es scheint sicher zu sein, dass dieser Reinicke kurz vor seinem Tod in einem dieser Flieger von Helgoland gesessen haben muss.«

Hansen war verwundert. »Seit wann könnt ihr so etwas denn ermitteln? Seht ihr das an den Blutwerten?«

»Nein, das sehen wir, seitdem die Gerichtsmediziner Opfer bei rätselhaften Umständen immer weiter aufschneiden, Kommissar Hansen. Letztendlich haben wir in der Speiseröhre einen abgestempelten Flugschein der Friesischen Luftgesellschaft gefunden, ausgestellt für einen Flug am Samstagmittag für die Strecke Helgoland–Büsum. Der Tote muss ihn unmittelbar vor seinem Ableben heruntergewürgt haben. Durch den plötzlichen Exitus und vermutlich auch durch die Tatsache, dass die Leiche zunächst flach gelagert worden ist, konnte der Flugschein nicht mehr in den Magen gelangen, wo die Säure ihn zersetzt hätte. Der Knebel im Mund hat zudem verhindert, dass zu viel Wasser hinterhergelaufen ist.«

Der Kommissar hielt inne. Das war ja kaum zu glauben, dass so viele glückliche Zufälle gleichzeitig auftraten, die ausgerechnet den Flugschein erhalten ließen. Hatte der Täter etwa eine falsche Spur gelegt, indem er nachträglich dem toten Reinicke den Flugschein in die Speiseröhre gestopft hatte? Oder wollte das Opfer angesichts seines sicheren Todes einen letzten Hinweis auf den Täter geben? Das widersprach allerdings jeglichen kriminalistischen Erfahrungen, die er in den langen Jahrzehnten seiner Tätigkeit gesammelt hatte. »Das Projektil, konnten Sie das schon identifizieren?«

»Ja, das war ganz einfach. Es war eine Heckler & Koch, kennen Sie ja, das gleiche Modell wie Ihre Dienstwaffe. Aber wer die in der Hand hielt, das wissen wir natürlich nicht, denn die Waffe war nicht aufzufinden. Das mit dem Flugschein war eher Jagdglück, denn an die Speiseröhre und die Wirbelsäule gehen wir eher selten. Aber wo sollten wir schon suchen, die Extremitäten waren weitgehend verstümmelt.«

Hansen erinnerte sich an den furchtbaren Anblick der Leiche. Es war so ziemlich das Schlimmste, was er bisher in seiner Laufbahn hatte verdauen müssen. Die inszenierte Malträtierung unter der Arche, die einem gewissen Plan folgte, ließ darauf schließen, dass Reinicke offensichtlich auserkoren war, eine Person oder eine ganze Gruppe von Personen abzuschrecken. Aber wovon? Und welche Personen?

Der Kommissar bedankte sich und rief bei der Polizeistation St. Peter-Ording an. Die Clausen nahm prompt den Hörer ab, und Hansen schilderte ihr kurz die neuesten Erkenntnisse.

Die Kollegin meldete sich mit resoluter Stimmlage zurück. »Dennoch, Kommissar Hansen, wenn Thies mir versichert, dass Reinicke in den letzten Tagen, und das schließt den Samstag mit ein, nicht mit dem Flieger in Büsum gelandet ist, dann stimmt das auch. Für Thies Theißen würde ich meine Hände ins Feuer legen. Wir sind hier an der Westküste und nicht in der Landeshauptstadt. Hier gilt noch das gesprochene Wort. Nichtsdestotrotz werde ich einen Kollegen entsenden, um auf dem Flughafen Büsum die Passagierlisten der ankommenden Flüge zu überprüfen. Sie werden sicherlich das Gleiche für die abgehenden Flüge in Helgoland veranlasst haben, schließlich muss jeder Flughafen Aufzeichnungen über alle Flugbewegungen führen. Ich melde mich wieder.«

Clausen mochte mit ihrer positiven Meinung über diesen Flughafenleiter Theißen recht haben, allerdings hatte Hansen eher den Eindruck, dass die junge Kollegin in ihn verschossen war. Er rief die Wasserschutzpolizei auf Helgoland an, und wenig später hatte er den Kollegen Rost am Hörer. Er hatte sich entschieden, ihm nur das Notwendigste mitzuteilen, denn er ging davon aus, dass sich auf einer solch kleinen Insel alles schnell herumsprach.

»Moin, Kollege Rost. Hier Hansen von der Kieler Kripo. Sind Sie mit Ihren Ermittlungen zu diesem Michael Reinicke weitergekommen?«

Der Kollege berichtete brav über den neuesten Stand, aber Wesentliches war nicht zu vernehmen. »Reinicke war wohl einer der angesehensten Mitarbeiter der Biologischen Anstalt, privat war er jedoch gescheitert. Seine Frau hatte sich in einen anderen Insulaner verliebt. Scheidung, dann wechselnde Lebensgefährtinnen – was die Insel eben so hergab. Seinen Sohn musste er notgedrungen mit der Mutter nach Bad Bederkesa ziehen lassen, denn die Inselkinder erlangen in der Regel ihren gymnasialen Abschluss auf dem Schulinternat in Niedersachsen. Reinicke telefonierte täglich mit seinem Jungen. Als vier Tage lang kein Anruf von ihm kam und niemand auf der Insel ihn erreichen konnte, hatte seine Ex-Frau ihn heute Morgen vermisst gemeldet. Nach dem Anruf Ihres Kollegen Stüber habe ich Reinickes letzte Liebschaft aufgesucht. Sie hatte Donnerstag noch mit ihm gefrühstückt, bevor er sich auf den Weg zum Flughafen machen wollte. Ein echtes Liebes- oder Vertrauensverhältnis scheint das aber nicht gewesen zu sein. Seinen Kummer soll Reinicke öfter einmal mit Alkohol betäubt haben, aber das tun nicht nur in der trüben Jahreszeit viele Insulaner. Also im Großen und Ganzen nichts Auffälliges.«

»Wir haben aber einen Flugschein für den Samstagmittag gefunden, ausgestellt für Reinicke, abgehend von Helgoland.«

Kollege Rost widersprach. »Mag sein, aber ich habe bis eben gerade auf dem Flughafen Düne alles gesichtet. Es gab lediglich eine Vorbestellung von der Biologischen Meeresanstalt für den Donnerstagmorgen, aber da ist er nicht geflogen. Allerdings ist mir aufgefallen, dass Michael Reinicke auf dem Flugplatz kein besonders häufig gesehener Gast war. Als ich meine Fotos vom Opfer vorgelegt habe, konnte sich niemand entsinnen, ihn in den letzten Tagen gesehen zu haben. Einen auf Düne ausgestellten Flugschein haben wir im Ticketsystem der Fluglinie auch nicht gefunden. Soweit ich weiß, bestätigt genau das doch auch Thies Theißen vom Büsumer Flughafen, und einen geraderen Kerl werden Sie an der ganzen Westküste vermutlich kaum finden.«

Innerlich relativierte Hansen seine Verdächtigung gegen die junge Revierleiterin. »Legen Sie auch die Hand für die Crew des Flughafens Helgoland ins Feuer?«

Sein Helgoländer Kollege zögerte. »Im Prinzip schon. Wissen Sie, wir sind hier auf der Insel schließlich eine große Familie. Da wird doch keiner dem anderen wehtun. Sie können sich vorstellen, wie schwierig Ermittlungen bei uns manchmal sein können. Zum Glück gibt es hier nicht wie bei euch auf dem Festland schwere Tatbestände oder gar Morde.«

Hansen war froh, Stuhr und Olli auf geheime Mission entsendet zu haben. Rost war aber noch nicht fertig mit seinem Bericht.

»Allerdings gibt es eine Auffälligkeit. Die Betreibergesellschaft des Flughafens wurde unlängst ausgewechselt. Die Kommune hat die Rechte am Flugbetrieb an eine private Gesellschaft verkauft, um sie dann gegen jährliche Leasingraten zurückzumieten. Private Equity. Genau, wie es in den letzten Jahren überall in der Republik mit Wasserwerken, Verkehrsbetrieben und Schwimmhallen geschehen ist. Die neue Betreibergesellschaft hat natürlich sofort schlecht bezahltes Personal aus den östlichen Staaten der EU angeworben, das zwar die notwendigen Qualifikationen besitzt, aber nicht von der Insel stammt. Für die kann ich natürlich nicht garantieren. Aber schlechte Menschen müssen es deswegen auch nicht sein.«

Der Kommissar ärgerte sich, denn genau das war das Problem des Outsourcing von Aufgaben der öffentlichen Hand. Dagegen liefen die Gewerkschaften Sturm, und gerade in der Finanzkrise gab es viele Stimmen, die nach einer Rekommunalisierung verlangten. Aber dieses Ärgernis brachte ihn jetzt nicht weiter. Wenn es einen Flugschein für den Toten gab, der weder in Helgoland noch in Büsum erfasst war, dann musste er die Hauptverwaltung der Fluggesellschaft durchsuchen lassen. Zuständig wäre das Finanzministerium in Niedersachsen, aber auch dieses Unterfangen würde endlos dauern, und vorher würde er einen ellenlangen Bericht schreiben müssen. Unwillkürlich fiel ihm die Geschichte von dem Hasen und dem Igel ein. Nein. Sein Kollege auf Helgoland musste aktiv werden.

»Kollege Rost, wir sollten die Crew des Flughafens Düne einmal genauer unter die Lupe nehmen. Können Sie bitte die Personalien aufnehmen? Sie können Ihre

Daten direkt mit dem Zentralcomputer abgleichen, aber bitte schicken Sie uns eine Kopie Ihrer Liste nach Kiel. Wann könnten Sie die Aufstellung fertig haben?«

»Ich habe hier noch kurz etwas zu erledigen. Ich werde gleich nach dem Mittagessen aufbrechen, Kommissar, dann wird das Wetter auch wieder mitspielen.«

»Wetter?«, fragte Hansen nach. »Habt ihr auf Helgoland denn keinen Sommer?«

»Herr Kommissar, auf Helgoland scheint immer die Sonne, selbst wenn der Himmel weint. Heute Nachmittag wird geliefert, versprochen.«

Hansen musste lachen und verabschiedete sich. Er konnte sich keinen Reim darauf machen, wieso Reinicke auf dem Helgoländer Flughafen ein Unbekannter war. Kannten sich die wenigen Insulaner nicht untereinander? Seine Hoffnung ruhte nun auf Stuhr und Olli Heldt.

Stuhr. Warum meldete der sich nicht? Der musste doch längst gelandet sein. Der Kommissar versuchte mehrfach, ihn zu erreichen, aber der ging einfach nicht an sein Handy. Wahrscheinlich lag er bereits am Strand und ließ sich vom Anblick der Langen Anna betören.

Hansen zog sich in aller Ruhe weiter an. Er konnte nichts machen. Die Dinge waren auf den Weg gebracht, aber die Ergebnisse ließen auf sich warten.

Nicht, dass Hansen Revierleiterin Clausen misstraute, aber irgendein kriminalistischer Instinkt sagte ihm, dass er den Flughafenleiter in Büsum näher unter die Lupe nehmen musste. Nein, frühstücken würde er heute Morgen nicht in der Pension. Diesen Theißen, den würde er so schnell wie möglich aufsuchen.

10 DIE REISE NACH HELGOLAND

Der Pilot ließ länger auf sich warten. Stuhr hatte inzwischen die Instrumente im Cockpit genauer taxiert, und immerhin hatte er den künstlichen Horizont und den Höhenmesser ausfindig machen können. Er schaute auf seine Uhr. Halb elf war es geworden, sie waren eine Stunde im Verzug. Unerwartet wurde die vordere Tür aufgerissen, und der Pilot erklomm endlich seinen Sitz. Die Tür ließ er allerdings zunächst offen.

»Guten Morgen, ich habe soeben mit Helgoland telefoniert, dort scheinen sich immer wieder Nebelbänke um die Lange Anna zu klammern. Momentan soll dort die Hand vor Augen nicht zu sehen sein. Ich denke aber, wir schauen uns das einmal aus der Nähe an. Einverstanden?«

Stuhr konnte sich kaum vorstellen, dass das Wetter auf Helgoland so viel schlechter sein sollte als hier, denn die Flügel der Windräder am Ende des Büsumer Flugfeldes waren inzwischen gut zu erkennen. Der Nebel auf Helgoland würde sich schon verziehen, und der Pilot würde sicherlich wissen, was er verantworten konnte.

Auf den hinteren Sitzen entstand Unruhe wegen der Ansage des Piloten. Eine Tür klappte, und Stuhr konnte von seinem Sitz aus mitverfolgen, wie drei Passagiere ängstlich aus dem hinteren Teil des Flugzeugs flüchteten, offensichtlich ohne Rücksichtnahme auf ihr aufgegebenes Gepäck.

Der Pilot schien die Szene ebenfalls beobachtet zu haben. Der grinste jedoch nur kurz geringschätzig und begann, die Instrumente zu checken und sich zu vergewissern, ob die Gurte seiner Passagiere richtig angelegt waren. Dann startete er die Maschine und lenkte sie unter lautem Brummen zum Anfang der Startbahn, wo er sie gegen den kräftigen Wind stellte. Er ließ beide Motoren mit vollem Schub laufen, bevor er die Bremse löste. Mit einem Ruck setzte sich das Flugzeug in Bewegung. Wenig später zog der Pilot bereits die Nase der Maschine hoch. Sie hoben ab, und obwohl das Fluggerät mitten im Startvorgang war, drehte sich der Pilot zu seinen Passagieren um.

»Ging besser, als ich dachte. In einer halben Stunde sind wir da. Wenn wir nicht landen können, drehen wir eben wieder um.«

Stuhr versuchte krampfhaft, nicht an die Vögel zu denken, die in die beiden Propeller rasseln könnten, aber zum Glück waren keine zu sehen. Genau genommen war im Fenster des Cockpits überhaupt nichts zu sehen, denn die Maschine steuerte die niedrige milchigweiße Nebeldecke an. Stuhr versuchte die Wahrscheinlichkeit eines Vogelschlags zu kalkulieren. Vermutlich würden die schnell rotierenden Propeller jegliches Geflügel sofort klein hacken. Wenn die Propeller jedoch beschädigt würden und sich Teile lösten, würden diese wie Geschosse seitwärts in die Kabine hineinhageln. Keine besonders schöne Vorstellung.

Seitwärts unter sich konnte er jetzt eine Siedlung

ausmachen, und dann nahte schon der Deich. Der Pilot schaltete ein Instrument ein, das sich als Navigationsgerät entpuppte. Er gab eine Kennung ein, und wenig später konnte Stuhr gut die Umrisse der Halbinsel Eiderstedt erkennen. Der kleine Lichtstrahl nach links würde sie sicher nach Helgoland leiten. Vor dem Weiß der flach liegenden Nebeldecke drehte sich die Silhouette des Piloten wieder zu seinen Passagieren.

»Im Prinzip hat sich eine riesige Nebelbank auf die Nordsee gelegt. Teilweise ist der Nebel 300 Meter hoch wie über dem Flugplatz in Büsum, und an anderen Stellen reicht er bis zum Boden. Das schwankt aber. Vielleicht haben wir ja Glück.«

Das Flugzeug hatte jetzt die Unterkante der Nebeldecke erreicht. Der Höhenmesser stoppte bei 900 Fuß, was knapp 300 Metern entsprach. Allerdings nicht allzu lange, denn um den Flug in die Nebeldecke zu vermeiden, senkte der Pilot in der Folge kontinuierlich die Flughöhe, um weiterhin im Sichtflugbereich zu bleiben. Schließlich schossen sie in weniger als 80 Metern Höhe über der Nordsee auf die Insel zu, eingezwängt zwischen der Nebeldecke und dem Meeresspiegel. In der Kabine war es inzwischen still geworden. Einmal zog der Pilot seine Maschine kurzfristig hoch in den Nebel, um genug Abstand zu den Masten eines Fischkutters zu bekommen. Stuhr blickte wie gebannt auf den Höhenmesser und das Navigationsgerät, das jetzt bereits den Zielort Helgoland anzeigte. Vielleicht noch drei Kilometer, schätzte er, als sie schlagartig von einer Nebelwand verschluckt wurden.

Dreh ab, dachte Stuhr.

Im gleichen Moment zog der Pilot mit den berühmten drei Worten seinen Flieger in der weißen Suppe hoch. »Komm schon, Baby!«

Stuhr konstatierte zufrieden, dass der Höhenmesser endlich wieder rechtsdrehend rotierte, bis er bei 1200 Fuß verharrte, was ihn zunächst beruhigte. Allerdings schien der Pilot jetzt Schwierigkeiten zu haben, den Rückflug zum Flughafen Büsum einzuprogrammieren. Das Navigationsgerät sperrte sich gegen seine Eingaben, und irgendwann musste er den Ausschalter drücken, um das Gerät neu zu starten. Der Blick des Piloten war fest auf die Anzeige des künstlichen Horizonts gerichtet, anscheinend flog er jetzt per Hand. War Dreesen bei seinen Flügen nach Helgoland nicht jedes zweite Mal gescheitert?

Stuhr fühlte sich, als befände er sich hilflos in einer in das Weltall geschossenen Rakete mit unbekanntem Ziel. Das entsprach natürlich nicht seiner tatsächlichen Lage, aber die Gefahr, an anderen Sternen zu zerstauben, schien ihm relativ gering im Vergleich zu der Wahrscheinlichkeit, in dieser gewaltigen Nebelbank auf das nächste fehlgeleitete Fluggerät zu crashen, das genau wie sie im Blindflug durch die Luft irrte. War nicht genau das der Unterschied zwischen Glück und Pech? Die einen landeten sicher auf dem Flughafen, und die anderen als Verunglückte in der Zeitung. Die zierliche Dame neben ihm schien die Situation nicht anders zu empfinden, denn sie hängte sich unerwartet in seinen Arm ein und klammerte sich ängstlich an ihm fest.

Wieder fielen die berühmten drei Worte, doch erst nach mehrfachem Drücken des Reset-Schalters bekam der Pilot sein Navigationsgerät wieder zum Laufen. Jetzt konnte er immerhin das Kürzel des Büsumer Flughafens eingeben, und endlich erschien wieder eine dünne Linie, die den direkten Weg dorthin wies. Das kleine Flugzeugsymbol drehte sich langsam auf den richtigen Kurs, aber den sie umgebenden Nebel konnte der Pilot auch in der nächsten Viertelstunde nicht abschütteln. Er schien heftig mit der Luftsicherung zu kommunizieren, denn offensichtlich hatte sich die Nebelbank inzwischen auch auf das Büsumer Flugfeld abgesenkt. Er gab neue Koordinaten ein, und seine Ansage kam nicht unerwartet.

»Wir scheinen heute nicht besonders viel Glück zu haben. Sie sehen ja selbst, auch hier in Büsum ist kein Herunterkommen. Wir müssen zunächst den Cuxhavener Flughafen ansteuern, dort soll das Tief den Nebel bereits weggeschoben haben.«

Ein Stöhnen von hinten über die widrigen Bedingungen war nicht zu überhören, aber die Passagiere schienen sich dennoch mit dieser Schicksalsgemeinschaft abzufinden. Stuhrs Nachbarin hängte sich noch ein wenig fester in seinen Arm und seufzte.

»Verstehen Sie mich nicht falsch, ich bin glücklich verheiratet, aber das ist schon das dritte Mal in diesem Jahr, dass wir nicht auf der Düne landen können. Diesmal geht es wenigstens nach Cuxhaven.«

Stuhr irritierte ihre Erleichterung über ihr neues Ziel, denn schließlich stand ihr Fahrzeug, vermutlich der Wagen mit dem Aufkleber der Langen Anna, am Büsumer Flughafen. »Entschuldigen Sie, aber Cuxhaven ist doch Lichtjahre von Büsum entfernt, oder?«

Seine Nachbarin verstand die Anspielung sofort. »Sie meinen, weil ich mein Auto am Büsumer Flugplatz stehen habe? Ach, dorthin komme ich mit dem nächsten Flug zum Festland wieder zurück. Auf Helgoland darf man sowieso nicht Autofahren, und am Flughafen Büsum werden keine Parkgebühren erhoben. Was soll es also? Aber von Cuxhaven geht immerhin eine Katamaranfähre nach Helgoland, die ist schnell und zuverlässig. Manchmal ist es mit dem Seegang etwas schwierig, aber es gibt Sicherheitsgurte an Bord. Ich muss jedenfalls unbedingt auf die Insel, ich werde dort dringend gebraucht. Es ist Hauptsaison, mein Haus ist voll mit Gästen, und mein Mann rackert Tag und Nacht. Der bricht mir irgendwann zusammen.«

Sie überreichte ihm eine farbige Visitenkarte, die sie als Chefin des Hauses Panoramic auswies. Ihr Name war Anna Maria Rasmussen, und die vier silbernen Sterne auf dem Kärtchen wiesen dezent, aber unübersehbar auf die gehobene Qualität ihrer Lokation hin. Ihr Name ließ darauf schließen, dass sie aus dem norddeutschen Raum stammte.

»Rasmussen. Uralter helgoländischer Adel, vermute ich. Von Geburt an Insulanerin, richtig?«

Sie grinste breit zurück. »Nein, ich habe mich schnöde auf die Insel heraufgeheiratet. Eigentlich stamme ich aus Schlasien.«

Schlasien? Das kannte Stuhr nicht. Er sah sie fragend an und wartete gespannt auf die Antwort, und es war ihm absolut nicht unangenehm, dass der kleine Plausch seine Flugangst vertrieb.

Ihr Lächeln wurde zutraulicher. »Ich stamme aus Schlesien, kurz vor Asien. Schlasien. Kennen Sie das deutsche Spottlied nicht? Ich bin in Breslau geboren, gebürtige Polin. Das ist doch kein Kulturschock für Sie, oder?«

Stuhr verneinte. »Natürlich nicht, Frau Rasmussen. Aber Schlasien, diesen Begriff habe ich noch nie gehört.«

Anna Maria Rasmussen setzte ihre Erklärung lächelnd fort.

»Ich habe in eine alte Helgoländer Dynastie hineingeheiratet, die Rasmussens, die Nachfahren einer alten Seeräuberfamilie. Alles Banditen, aber die halten zusammen wie Pech und Schwefel.«

Stuhr musste unfreiwillig lachen, obwohl es die ungemütliche Situation, in der sie sich im Flieger befanden, eigentlich nicht hergab. Verstehen konnte er sie aber nicht. »Wie hält man es denn auf einer Insel mitten in der Nordsee aus, auf der man tagelang die eigene Hand kaum vor den Augen sehen kann?«

Die zierliche Dame beließ ihren eingeklammerten Arm bei ihm, bevor sie mit der anderen Hand lässig abwinkte. »Alles halb so schlimm im Sommer, das dauert selten länger als einen Vormittag. Im Winter kann sich das natürlich schon über Tage hinziehen, aber dann gibt es ja auch Grog. Meine Hausgäste sind selten unglücklich, wenn sie bei solchen Wetterlagen manchmal ein oder zwei Tage länger bleiben müssen. Das sind dann eben höhere Umstände, so wie heute. Ich komme denen im Hotel dann auch beim Preis entgegen, und alle sind zufrieden.«

»Und die Fliegerei? Haben Sie denn keine Angst in diesen kleinen Maschinen, dass Ihnen irgendwann etwas passieren könnte?«

Stuhr spürte sofort am nervösen Zucken ihres Arms, dass sich die zierliche Frau Rasmussen jetzt nicht sonderlich wohlfühlte. Sie hakte sich noch ein wenig fester bei ihm ein.

Ihre Antwortete klang dennoch souverän. »Richtig. Eine Flugheldin bin ich nicht. Ich will nur schnell zurück auf die Insel zu meinem Mann. Wissen Sie, wir kennen unsere Mitbürger. Unser Pilot, der Norbert Grenz, der ist zwar noch nicht so lange auf der Insel, aber er gilt schon jetzt als Held. Der ist früher im Himalaja geflogen. Da soll er selbst in der dicksten Suppe bis hoch auf 8000 Meter und dann wieder blitzsauber heruntergegangen sein. Solche Wetterbedingungen wie heute können den doch nicht jucken. Da sollte man eigentlich keine Angst haben, oder?«

Anna Maria Rasmussen blickte ihn prüfend an. Die Information fand Stuhr eigentlich weniger beruhigend. War der Pilot etwa ein Draufgänger? Sie legte aber noch nach.

»Man sagt über ihn, dass er nur auf der Insel die nötige Ruhe zum Schlafen finden kann. Das mag stimmen, denn selbst bei übelstem Wetter habe ich abends öfter das Brummen seiner landenden Maschine vernommen, auch wenn der Flugplatz auf der Düne längst geschlossen war. Der Schlechteste seiner Zunft scheint er mir nicht zu sein. Die Gefahr lauert im Leben sowieso meistens ganz woanders.« Sie blickte kurz zurück über ihre Schulter in den hinteren Teil der Kabine, wo Duckstein saß, aber sofort schaute sie wieder gebannt auf die Instrumententafel des Flugzeugs zurück.

Den letzten Satz konnte Stuhr nicht recht einordnen. Spielte sie tatsächlich auf diesen Duckstein an? Es war schön, dass die Intensität der Umklammerung dieses zarten warmen Armes nicht nachließ. Er liebte die Frauen. Aber nach seiner Scheidung und diesem unwürdigen Ereignis auf Bundesebene, das ihn zwangsweise in die Frühpensionierung getrieben hatte, war er eigentlich weit weg von einer verantwortungsvollen Beziehung zu irgendeiner Frau. Selbst die gutbürgerliche Nummer mit seiner Birgit hatte er nicht hinbekommen, und auch mit der Susanne vom Ostufer hatte er keinen gemeinsamen Weg einschlagen können. Was er hatte, wollte er nicht, und was er wollte, bekam er nicht. Sein Leben war schon ein wenig aus den Fugen geraten. So nutzte er das Gefühl der vermeintlichen Zweisamkeit, das der umklammernde Arm ihm gab, schamlos zu seinen Gunsten aus. Bewundernd beäugte er den Schattenriss des Piloten, der in dieser trüben Nebelsuppe immer noch absolute Ruhe ausstrahlte, und lehnte sich entspannt zurück. Die Augenlider wurden schwer, und er begann, ein wenig zu dösen. Er schreckte erst wieder hoch, als die Maschine auf einer Landebahn aufsetzte. Da ihn der zierliche Arm immer noch umklammert hielt, blickte Stuhr entspannt aus dem Fenster. ›See-Flughafen Cuxhaven/Nordholz‹ war auf dem schmucklosen Betonkasten zu lesen, der offenbar als Abfertigungsgebäude diente. Die Landebahn erschien ihm im

Vergleich zu Büsum gewaltig, und graue Düsenjäger hinter einem abgezäunten Bereich verwiesen darauf, dass offensichtlich auch die Bundeswehr diesen Flughafen für eigene Zwecke nutzte.

Sie rollten langsam zum Abfertigungsgebäude. Ruckartig stoppte die Maschine, und wenig später wurden die Türen von außen entriegelt. Die verbleibenden Mitreisenden hasteten wie Fliehende vor dem Weltuntergang aus dem Flugzeug. Deren Fluglust schien endgültig erloschen zu sein, und selbst dieser smarte Duckstein gab jetzt unerwartet Fersengeld.

Sollte Stuhr denen jetzt wirklich hinterher hasten?

11 HAFENKINO

Als Olli frühmorgens von den Landungsbrücken in Hamburg-Sankt Pauli auf die Katamaranfähre stieg, war die Welt noch in Ordnung. Schnell kämpfte er sich durch das Hauptdeck zum Oberdeck hoch, denn er hatte sicherheitshalber die Komfortklasse gebucht. Auf der Internetseite der Fährgesellschaft hatte er gelesen, dass die normale Touristenklasse, die als Jetclass bezeichnet wurde, Platz für mehr als 500 Passagiere bot. Diesem Rummel in der zweiten Klasse, den er von der Deutschen Bahn in überaus unangenehmer Erinnerung hatte, wollte er entgehen.

Die Platzbelegung der nach vorn ausgerichteten wuchtigen Liegesitze war zum Glück ausgesprochen übersichtlich, was sicherlich an der schlechten Wettervorhersage für den heutigen Morgen lag. Alle Sitze ermöglichten einen wunderbaren Blick durch die riesige Fensterfront, hinter der sich das mächtige Hamburger Hafenpanorama vor ihm ausbreitete. Das war großes Hafenkino, wie es Stuhr immer nannte, auch wenn sich die Sonne heute noch hinter einer dichten Wolkendecke versteckte. Es war jedoch zunehmender kräftiger Wind für den Vormittag angesagt, der die Wolken sicherlich schnell vertreiben würde. Das war auch der Grund, warum er nicht zu Stuhr in den Flieger steigen wollte, denn diesen wackeligen kleinen Propellermaschinen traute er nicht. Er verließ sich lieber auf die Werbebotschaft der Reederei, die ein tolles Reiseerlebnis versprach. Der Internetseite war zu entnehmen, dass ein spezielles computergesteuertes Dämpfungssystem Schiffsbewegungen selbst bei grober See minimierte. Für bis zu vier Meter hohe Wellen war das Doppelrumpfboot zugelassen. Hightech pur.

Glücklicherweise waren die Wellen der Elbe im Hamburger Hafen sehr viel niedriger, wenngleich sie bereits kleine weiße Schaumkronen trugen. Olli ließ sich auf seinem Platz in der ersten Reihe nieder. Nach einer kurzen Ansage setzte sich der Katamaran langsam in Bewegung, und erwartungsgemäß ruhig begann die dreistündige Fahrt nach Helgoland. Wenig später kam eine junge Bedienung zum Platz und erkundigte sich freundlich nach seinen Wünschen. Olli freute sich über seine Entscheidung, die Komfortklasse gewählt zu haben und versuchte, sich als Nächstes auf der Elbe zu orientieren.

Nicht viel schneller als ein Hafendampfer passierten sie zunächst den Altonaer Fischmarkt und die künstlich aufgeschütteten Strände auf der Kaimauer des Fischereihafens, in denen er am Wochenende gern bis frühmorgens abhing. Es folgte der kleine Museumshafen in Övelgönne, von dem aus man vortrefflich bei schönem Wetter durch die verwinkelten Gänge mit den alten Fischerhäusern bis nach Teufelsbrück flanieren konnte. Dort wechselte der Hafendampfer normalerweise auf die linke Elbseite, um in Finkenwerder anzulegen. So war Olli auf dem Katamaran angenehm überrascht, als sie sich weiterhin auf der rechten Elbseite dem Nobelvorort Blankenese näherten. Das Fahrwasser verlief dicht am Strandweg, und der Süllberg, einer der beliebtesten Wohnorte Hamburgs, breitete sich in nächster Nähe vor ihm aus. Viele der weißen Villen, die sich an den Hang schmiegten, waren nur über Treppen erreichbar. Auf der Kuppe thronte wie eine Burg das Süllberg-Restaurant, eine vornehme kulinarische Adresse. Blankenese weckte stets schöne Erinnerungen in ihm, durchaus auch geschäftlicher Art.

Die junge Bedienung servierte ihm sein Heißgetränk. Wenig später hörte er die Tür klappen. Vermutlich musste sie in der Hauptklasse aushelfen, denn er hatte beim Betreten der Fähre bereits gemerkt, dass einige Fahrgäste trotz des noch jungen Tages bereits ihre Angst vor Seekrankheit mit Schnaps bekämpften. Unerwartet spürte er, dass er kräftig in den Sessel gedrückt wurde. Der Katamaran nahm Fahrt auf, und einem Informationsmonitor an der Decke war zu entnehmen, dass sie jetzt mit fast 70 Stundenkilometern über die kleinen Schaumkronen der Elbe fegten. Es schaukelte ein wenig unrhythmisch, als wenn ein ICE auf S-Bahn-Gleisen fahren würde. Er hatte das einmal in München erlebt, als ein Zug umgeleitet werden musste.

Olli musste schmunzeln. Nie würde er die Situation vergessen, als auf dieser Fahrt zu einem wichtigen Geschäftstermin mit der Bahn in dem übervollen Großraumwaggon, in dem alle notgedrungen ihren Platz einbehalten mussten, eine Mutter ihrem Zögling eine Flötenlektion erteilte. Die nervenaufreibende, unbeschreiblich hohe Quote der Fehltöne des kleinen Rackers überschattete anschließend die gesamten Verhandlungen mit seinen Geschäftspartnern, und wegen seiner schlechten Stimmung platzte der Deal seinerzeit. Vielleicht wäre das Geschäft eine Nummer zu groß für ihn gewesen, aber vor der Internetblase an der Börse war ja noch alles möglich.

Nein, hier in der ersten Klasse war er schon gut aufgehoben. In eine solche Situation wie damals wollte er sich nicht wieder begeben, schon gar nicht auf einer Schnellfähre mit überforderten Binnenländlern, die sich bisher in ihrem Leben höchstens einmal leicht verstrahlt beim Bierchen in Barkassen unter den Fleetbrücken durchkutschieren ließen.

Das Willkomm-Höft in Wedel näherte sich, und am Mast der Schiffsbegrüßungsanlage wurde die deutsche Flagge hochgezogen. Sicherlich wurde auch die Nationalhymne gespielt und die Passagiere begrüßt, aber in der schallgedämpften Komfort-Klasse war nur dezente Barmusik zu vernehmen. Der Katamaran verringerte seine Geschwindigkeit, und wenig später wurden am Anleger einige Passagiere aufgenommen. Sie legten ab, aber erst, nachdem sie den Wedeler Yachthafen passiert hatten, durfte das Zweirumpfboot anscheinend wieder volle Fahrt aufnehmen.

Die folgenden Elborte, die fast an ihm vorbeiflogen, konnte er nur noch anhand der Flusskarte identifizieren, die jetzt auf dem Bildschirm eingeblendet wurde. An den Deichen zeugten oft lediglich Leuchttürme oder Fähranleger von den dahinter liegenden Orten. Die Atomkraftwerke in Stade und Brokdorf, die dicht an den Fluss gebaut waren, um Wasser zur Kühlung entnehmen zu können, stachen dagegen als mächtige Landmale aus der ländlichen Uferkulisse hervor.

Immer mehr verbreitete sich der Fluss, und notgedrungen schipperte der Kapitän der mäandrierenden

Schiffsrinne der Elbe folgend den Katamaran sanft von der einen Uferseite zur anderen, was bei dem Genuss eines Latte Macchiato nicht unangenehm war. Heute hatte er alles richtig gemacht. Das Wetter würde sich schon noch bessern, wenn sie erst einmal auf der freien See wären. Olli freute sich richtig auf Helgoland, denn normalerweise kam er dort nicht hin. Auch auf das Treffen mit Stuhr war er gespannt. Zwar gab es meistens irgendwelche Komplikationen, wenn sie zusammentrafen, aber das war dieses Mal nicht zu erwarten.

Die Elbe weitete die Kluft zwischen den Ufern immer mehr, und bei dem gleichförmigen Anblick der immer entfernter vorbeigleitenden Uferlandschaft duselte Olli selig ein.

12 SEERÄUBER

Bevor Stuhr aussteigen konnte, drehte sich der Pilot zu ihm und seiner Begleiterin um.

»Verflixt. Ausgerechnet jetzt meldet Helgoland, dass der Flugplatz auf der Düne mehr oder weniger frei ist. Also los, das sollte schnell gehen, der Vogel ist ja jetzt leichter.«

Anna Maria Rasmussen löste ihren Arm von Stuhr. Sie schien unentschlossen zu sein, ob sie sitzen bleiben oder die Maschine verlassen sollte. Als Feigling wollte Stuhr nicht gelten. So schnallte er sich nicht ab, sondern hakte sich seinerseits bei ihr ein, um ihr deutlich zu machen, dass er nicht weichen würde.

Wenig später befanden sie sich wieder hoch in der Luft, in undurchsichtigen weißen Nebel eingehüllt, als wenn es das Selbstverständlichste auf der Welt wäre.

Aber die Nähe zu Anna Maria Rasmussen beruhigte ihn tief. Er döste kurz ein, bis ihn die plötzliche Schieflage des Fliegers hochschrecken ließ. Der Pilot wies wortlos mit dem Zeigefinger seitlich nach unten.

Tatsächlich, da reckte sich ihnen zwischen Nebelschwaden für kurze Zeit das Wahrzeichen von Helgoland entgegen, die Lange Anna, ein Solitär aus Buntsandstein, der nur noch durch eine hässliche Betonplombe am unteren Ende aus dem letzten Jahrhundert in der Lage war, als erstes Stück Fels nach England den Weststürmen zu trotzen.

Als Flugunkundiger konnte Stuhr nur vermuten,

dass der Pilot die Hauptinsel deswegen von Westen angeflogen hatte, um eine Lücke zwischen den vom Wind getriebenen Seenebelbänken zu finden und so die Situation auf dem Flughafen Düne erkunden zu können. Tatsächlich war wenig später auf der noch kleineren flachen Nebeninsel das spitze Kreuz der beiden kurzen Landebahnen gut erkennbar, und der Pilot eierte mit seiner Kiste genau darauf zu. Immer wieder fand er ein Loch zwischen den Nebelbänken. Die Maschine sank tiefer und tiefer, und das Flugfeld wirkte immer kürzer. Dann setzten sie mit einem heftigen Schlag auf der Landebahn auf, wo sie wieder von dicken Nebelschwaden verschluckt wurden. Der Pilot kannte aber den Weg zum Abfertigungsgebäude wie im Schlaf.

Anna Maria Rasmussen löste sich erleichtert aus Stuhrs Arm. Sie schien froh zu sein, unversehrt ihre Insel erreicht zu haben. Mit einem Handschlag verabschiedeten sie sich beide vom Piloten.

Im Abfertigungsgebäude wurden sie von einem Bediensteten der Friesischen Fluggesellschaft nach der Überprüfung der Flugscheine ermuntert, ihre Kreditkarten in den Schlitz eines kleinen weißen Apparates zu stecken. Der Flugbetrieb schien hier trotz der widrigen Wetterumstände absolut geregelt abzulaufen. Die Rasmussen schob genau wie Stuhr ihre Kreditkarte in das Gerät, und mit einem freundlichen Gruß wurden sie aus dem Flughafen entlassen. Dort umhüllte sie erneut der dichte Nebel. Anna Maria Rasmussen zog Stuhr schnell an dem alten Ford Transit vorbei, der sie zum Fähranleger bringen konnte. »Viel zu teuer.«

Stuhr wunderte sich. »Ich dachte immer, auf Helgoland gibt es keinerlei Erlaubnis für nicht stromgetriebene Fahrzeuge?«

»Sind Flugzeuge, Hubschrauber, Schnellfähren und Fahrgastschiffe etwa keine Fahrzeuge?«, giftete Anna Maria Rasmussen zurück.

Stuhr hatte sich darüber noch nie Gedanken gemacht, doch die Rasmussen klärte ihn über ihr eigentliches Anliegen auf. »Es gibt doch immer und überall auf der Welt Ausnahmen von Regeln, wenn es von der Obrigkeit her gewollt ist. Das hat mir mein Vater bereits als kleines Mädchen in Polen beigebracht.«

Das hatte Stuhr in seinem Berufsleben mehrfach erfahren. So nickte er unschlüssig.

Doch Anna Maria Rasmussen bewies nach der Landung wieder Stärke.

»Wir haben genug Zeit, denn das Dünen-Taxi zur Hauptinsel fährt schließlich halbstündlich. Im Übrigen ist die Mitfahrt in diesem alten Transit sowieso viel zu teuer.«

Stuhr schwieg und folgte ihr durch den dichten Nebel auf einem Behelfsweg aus Betonplatten, der auch über das Flugfeld führte. Das Tuten der Nebelhörner erinnerte Stuhr daran, dass auch die Fahrt mit der Schnellfähre kein Zuckerschlecken geworden wäre. Dann schlängelte sich der Weg weiter durch die Dünen, bis sie endlich den Fähranleger erreichten. Stuhr fluchte, als er das Preisschild sah. Vier Euro sollte die Überfahrt mit dem Dünen-Taxi zur Hauptinsel kosten.

Anna Maria Rasmussen bemerkte seinen säuerlichen Blick. »Mein tapferer Held, wo sind Sie denn geboren?«

Stuhr schwieg. Natürlich war er in Kiel geboren. Dort bezahlte man den Preis und fluchte. Anna Maria Rasmussen dagegen handelte lächelnd den happigen Fahrpreis auf zwei Euro herunter und zahlte ungefragt für beide. Das war Stuhr ein wenig peinlich, aber im Nachhinein musste er ihr recht geben, denn die Fahrstrecke betrug nicht einmal einen Kilometer. Für das gleiche Geld konnte man sich in Danzig 100 Kilometer in öffentlichen Verkehrsmitteln transportieren lassen. Und zurück.

Während der kurzen Überfahrt war nicht viel zu erkennen. Stuhr war froh, dass der Schiffer sein Revier offensichtlich gut kannte. Dennoch, im Flugzeug hatte er sich wohler gefühlt. Als Stuhr auf dem Dünen-Taxi als Eigner des Fährbetriebs allerdings den Namen Rasmussen las, zweifelte er nicht mehr an dem ungesetzlichen Broterwerb der Vorfahren der Familie seiner Mitreisenden.

Schließlich kam der ersehnte Moment, an dem er den schwankenden Boden der Fähre verlassen und auf der Insel Fuß fassen konnte. Endlich war er auf Helgoland, auch wenn von der Insel selbst im dichten Nebel nicht viel zu erkennen war.

Anna Maria Rasmussen reichte ihm zum Abschied artig die Hand. »Tschüss, und schönen Dank nochmals für die nette Begleitung. Wo werden Sie denn wohnen?«

Darüber hatte sich Stuhr in der Tat noch keinerlei Gedanken gemacht, schließlich hatte er ursprünglich vorgehabt, abends gleich wieder zurückzufliegen. Danach sah es heute aber nicht mehr aus. »Haben Sie denn in Ihrem Domizil noch ein Zimmer frei?«

Sie lachte. »Klar, da wird sich schon noch irgendeine

Besenkammer finden lassen. Ich kann doch meinen tapferen Begleiter nicht im Stich lassen.«

Stuhr nickte dankbar. Sie blickte ihn dagegen nachdenklich an. »Übrigens, wenn Sie in Cuxhaven nicht sitzen geblieben wären, dann wäre ich auch ausgestiegen und müsste jetzt da draußen angeschnallt auf dem Katamaran in der Nebelsuppe das Krachen der Wellen ertragen. Ich habe das einmal miterlebt, keine schöne Erfahrung. Es kommt nicht oft vor, aber irgendwann muss ein solches Fahrzeug durch den immer höher werdenden Wellengang notgedrungen seine Geschwindigkeit drosseln und wird deswegen automatisch ein potenzieller Spielball der Natur. Im besten Fall wird man in solchen Situationen von Hubschraubern der Marine notevakuiert. Das ist jedoch keine besonders angenehme Angelegenheit. Die behelmten Männer sind zwar alle lieb und nett, aber es ist wie bei den Börtebooten. Letztendlich behandeln die dich grob wie ein Stück Fleisch, das von A nach B muss. Dabei kann man als zarte Frau nur hoffen, dass sie selbst die Situation unter Kontrolle haben.«

Sie bewegten sich von der großen Landungsbrücke an ehemaligen Abfertigungsgebäuden vorbei zu den Häusern auf dem Unterland zu. Die Situation wurde Stuhr zu vertraulich. Die Lebensgeschichte von seiner Begleiterin musste er nicht kennen, seine eigene wäre ohnehin kaum vermittelbar.

»Dankeschön, dass Sie das Gerede der kleinen Frau aus Schlasien die ganze Zeit ertragen haben. Ohne Sie hätte ich niemals diesen Horrortrip im Flieger über alle Stationen überlebt.«

Stuhr konnte nicht ganz folgen, denn was sie gerade

geäußert hatte, zeugte nicht gerade von großem Zutrauen in die fliegerischen Leistungen des Flugzeugführers. »Ich denke, unser Pilot war ein Held im Himalaja? Das hatten Sie mir doch gesagt, oder?«

Sie winkte ab. »Helgoland ist ein Dorf, hier gibt es nicht einmal 1400 Einwohner, da sollte man vorsichtig sein, was Gerüchte angeht. Genau aus diesem Grund bin ich auch skeptisch bei Fliegerlegenden, denn jeder Mensch hat zwei Seiten. Nicht umsonst habe ich mich bei diesem Horrorflug bei Ihnen eingehakt, das können Sie mir glauben.«

Sie waren jetzt an der Promenade vor dem Südstrand angelangt. Die Rasmussen blickte sich vorsichtig um, aber immer noch ließ der Nebel keinen Blick auf andere Menschen zu. Die kleine Frau stellte sich unvermittelt auf die Zehenspitzen, schlang ihre zierlichen Arme um seinen Hals und hauchte ihm im dichten Nebel einen Kuss auf die Wange. »Danke, mein edler Retter.«

Stuhr wusste nicht, wie er reagieren sollte. Sie kannten sich kaum.

Zum Glück wurde sie sofort wieder geschäftig. »Dann kommen Sie am besten gleich einmal mit in unser Hotel. Mein Mann wird es Ihnen danken.«

Darüber hatte Stuhr berechtigte Zweifel, aber die kleine Hand zog ihn fast fürsorglich in die Richtung ihres Domizil. Sollte er diese Verbindung abreißen lassen? Warum konnte er nicht einmal eine Partnerin wie diese Anna Maria Rasmussen finden?

13 KEINE RUHE

›Vier Stunden schläft der Mann, fünf die Frau und sechs der Idiot‹, soll Napoleon einmal geäußert haben. Hansen selbst fühlte sich, als wenn er nicht einmal eine Minute geschlafen hätte. Recht steif mühte er sich auf den Deich hoch, um auf den Parkplatz bei der Dünentherme zu gelangen, denn nach den beiden Bierchen gestern Abend hatte er sein Dienstfahrzeug dort lieber stehen gelassen. Kommissar Hansen atmete tief durch. Eigentlich liebte er die unendliche Weite von Watt, Nordsee und Wolkenmeer. Heute Vormittag aber war er nicht böse, dass ihm der Morgennebel den Blick auf die qualmende Arche versperrte.

Kaum saß er im Fahrzeug, als ihn schon sein Chef anrief und ihm gehörig den Marsch blies.

Nach diesem kalten Einlauf hielt er in St. Peter-Dorf zunächst einmal beim Bäcker und bestellte sich einen Becher Kaffee. Die auf dem Stehtisch liegende Kieler Rundschau lockte die Urlauber mit dem Aufmacher ›Foltertod an der Nordsee‹, doch das darunter stehende Foto von der Arche zeugte immerhin von der Schönheit des gestrigen Strandtages. Er konnte sich lebhaft vorstellen, welches Foto morgen dort prangen würde. Er blickte auf die Uhr, es war halb zehn. Er ließ sich zwei belegte Brötchen einpacken und machte sich auf die Fahrt zum Flughafen nach Büsum.

Die Landstraße schlängelte sich in weiten Bögen durch die Küstenlandschaft, die mehr Ähnlichkeit mit den Nordseeinseln als mit dem Marschland der übrigen Westküste aufwies. Irgendwann verließ das Asphaltband der Landstraße die Salzwiesen und näherte sich einem mächtiger werdenden Deich, an den sich die Küstendünen zunehmend anschmiegten. Kommissar Hansen wusste, dass jetzt das Eidersperrwerk nahte, das Nordfriesland von Dithmarschen trennte. Dann tauchte er schon in den Tunnel ein. Auf der anderen Seite der Eider steuerte Hansen sein Fahrzeug vom Damm auf den Besucherparkplatz. Er schnappte sich ein Brötchen und stieg aus. Die Sicht war schlecht, aber er konnte eine Schautafel ausmachen, der zu entnehmen war, dass diese riesige technische Anlage in Folge der großen Sturmflut von 1962 entstanden war, als große Teile der Westküste im Gebiet der Eidermündung von den Fluten überschwemmt worden waren.

Bei der Naturkatastrophe von 1962 musste er bisher eigentlich immer an die überfluteten Gebiete in Hamburg denken, mit frierenden Menschen auf Dächern, die in Wolldecken eingehüllt auf Hilfe warteten. Hansen entschloss sich, die steinerne Treppe zu den Fluttoren hochzukraxeln, die bei Sturmflut vollständig geschlossen werden konnten. Allerdings verhinderte der Nebel den Blick vom Eidersperrwerk auf die freie Nordsee, zudem schien Ebbe zu sein. Er schob den letzten Bissen seines Brötchens in den Mund, bevor er seine Dienstfahrt angespannt fortsetzte.

Sein verhasster Büroleiter Zeise hatte seine eigene Philosophie, die er ihm unlängst vertraulich untergejubelt hatte. ›KoHa, je weniger man in die Wege leitet, umso weniger Fehler unterlaufen einem. Das sehen Sie beim THW und bei Holstein Kiel, und selbst auf Schalke brennt ständig die Bude. Das muss man einfach aussitzen. Es kostet ein wenig Schweiß, aber dann ist der Spuk irgendwann vorüber. Das machen doch schließlich alle hier. Sie etwa nicht?‹ Dabei hatte Zeise ihm zugezwinkert, obwohl er eigentlich wissen müsste, dass er wegen der Verballhornung seines Namens auf Hansens persönlicher Hassliste stand. Nein, außer seiner Frau kannte kaum jemand Hansens Vornamen: Konrad. Die Kurzform war Kurt, was er noch blöder fand, obwohl es über diesen Namen wenigstens den einen oder anderen Spottschlager gab.

Nein, er war Hansen, und er ging den Sachen auf den Grund. Er trat auf das Gaspedal.

Kurz vor Wesselburen wunderte er sich über die mächtige Kirche mit dem für hiesige Verhältnisse ungewöhnlichen riesigen Zwiebelturm, den er schon lange vor dem Erreichen des Ortes ausmachen konnte. Nach dem angenehm sanften linken Schlenker der Umgehungsführung musste er wenige Minuten später bei Oesterdeichstrich scharf rechts in Richtung Büsum abbiegen. Er war sich aber nicht sicher, ob das der richtige Weg war. So stellte er den Motor ab, um nachzusehen, wie er am besten zum Flughafen gelangen konnte. Er öffnete das Seitenfenster und angelte sich das zweite Brötchen. Während er mampfend die Karte studierte, hörte er ein lauter werdendes Brummen, und wenig später tauchte keine 100 Meter schräg vor ihm ein kleiner Flieger auf, der offensichtlich auf die Nordsee zuhielt. Nein, Stuhr musste schon längst auf der Insel sein.

Kommissar Hansen stellte fest, dass er sich verfahren hatte. Verärgert schlug er kurz auf das Lenkrad. Dann schloss er die Augen und begann, ein wenig vor sich hin zu dösen. Er hatte heute Nacht einfach zu wenig Schlaf abbekommen.

Irgendwann ließ ihn ein vorbeirasender Tankwagen aus dem Schlaf schrecken. Mürrisch startete Hansen den Motor und setzte die Fahrt nach Büsum fort.

An der nächsten Tankstelle erkundigte er sich nach dem genauen Weg zum Flughafen, doch die umständliche Beschreibung des Tankwarts führte ihn schließlich auf einen Behelfsweg. Sollte er hier richtig sein?

Als er nach längerer Fahrt auf huckeliger Piste das Gleis der Schleswig-Holstein-Bahn überquert hatte, nahte endlich das kleine backsteinerne Flughafengebäude. Die aufgesetzte Glaskanzel schien besetzt zu sein, vermutlich mit diesem hochgelobten Thies Theißen. Hansen parkte sein Fahrzeug direkt neben dem alten Golf von Stuhr. Ansonsten wirkte der Flugplatz wie ausgestorben, selbst das kleine Flughafenrestaurant war mitten im Sommer geschlossen.

Kaum hatte er das Gebäude betreten, da setzte ihn eine kräftige männliche Stimme aus dem oberen Etagenbereich über die Informationslage in Kenntnis. »Die Maschine ist schon weg. Gegen drei geht erst die nächste.«

»Herr Theißen, sind Sie das?« Der Kommissar begab sich zu der Wendeltreppe, die zur Glaskanzel führte.

Von oben beäugte ihn neugierig ein jüngeres bärtiges Gesicht.

»Ja, das bin ich. Ich leite den Flughafen, aber hier dürfen Sie eigentlich nicht heraufkommen. Was gibt es denn?«

Hansen antwortete nicht, sondern zwängte sich weiter die enge Treppe hoch. Ein paar Stufen höher hielt er Theißen die Dienstmarke vor die Nase.

Der wirkte sehr gefasst, und seine Stimme klang unaufgeregt. »Kriminalpolizei? Hier hat niemand etwas verbrochen. Es geht alles seinen geregelten Gang.«

Hansen nickte nicht unfreundlich. »Daran habe ich wenig Zweifel. Ich bin Hauptkommissar Hansen. Tach, Herr Theißen. Sie können sich nicht vorstellen, was mich zu Ihnen führt?«

Theißen zögerte einen Moment, bevor er auf die vor ihm liegende Kieler Rundschau zeigte. »Diese Sache in St. Peter-Ording? Ich weiß bloß nicht, wie ausgerechnet ich Ihnen helfen soll.«

Hansen musterte den jungen Mann. Er war groß und kräftig und hatte ebenmäßige Gesichtszüge. Hansen konnte sich gut vorstellen, dass die Revierleiterin Clausen ein Auge auf ihn geworfen hatte. Aber das tat jetzt nichts zur Sache. »Indem Sie mir die Wahrheit sagen, Herr Theißen. Das Foto in der Rundschau ist übrigens nicht mehr ganz aktuell. Die Arche wurde heute früh abgefackelt. Brandstiftung.«

Offensichtlich wusste Theißen Bescheid, denn er nickte. Sicherlich hatte ihm die Clausen das gesteckt. Theißen setzte sich auf seinen Flugbeobachtersitz und blickte den Kommissar ernst an. »Herr Hansen, ich sage immer die Wahrheit, glauben Sie mir. Ich habe Frau Clausen bereits mehrfach mitgeteilt, dass ich einen Michael Reinicke in den letzten Wochen nicht auf meinen Passagierlisten hatte. Vorhin habe ich einem von Clausens Kollegen die Kopien aller Passagierlisten der letzten Jahre ausgehändigt. Nirgendwo taucht der Name des Toten auf.«

»Sehen Sie, Herr Theißen, und genau das verstehe ich nicht. Nach Auskunft seines Arbeitgebers flog Reinicke oft, meistens übrigens nach Büsum.«

Das schien den Flughafenleiter nachdenklich zu stimmen. »Haben Sie ein Foto von dem Toten? Vielleicht ist er unter falschem Namen gereist?«

Hansen kramte eine Kopie von Reinickes Personalausweis aus der Jackentasche, aber Theißen schüttelte sofort den Kopf.

»Ich kenne den Mann nicht. Nie gesehen, wirklich.«

Hansen empfand diesen Thies Theißen durchaus als glaubhaft, aber er entschloss sich, eine gefaltete Kopie jenes Flugscheins, der dem toten Reinicke aus dem Schlund gezogen wurde, aus der Brieftasche zu ziehen und sie dem Flughafenleiter zu übergeben. »Kann natürlich sein, dass er Donnerstag nicht geflogen ist. Aber einen abgestempelten Flugschein der Friesischen Fluggesellschaft von Samstagmittag haben wir bei ihm gefunden. Der Tote wurde auf dem Festland gefunden, er muss also geflogen sein. Hatten Sie an dem Tag unter Umständen frei?«

Theißen wehrte sich. »Nein, Samstag war ich von morgens bis abends auf dem Flugfeld. Wir mussten wegen des für Sonntag angekündigten schlechten Wetters alle Sportmaschinen in den Hangar verstauen. Mittags fliegt die Friesische Fluggesellschaft übrigens nicht, nur vor- und nachmittags. Für diese Flüge stand aber kein Reinicke auf den Passagierlisten, und gesehen hab ich den Mann auch nicht. Das weiß ich nach den Ermittlungen der Polizei bei mir nun genau. Vielleicht hat er einen anderen Namen angegeben?«

Hansen hob die Schultern. »Warum sollte er? Er musste seine Flüge bei der Biologischen Anstalt Helgoland irgendwie abrechnen, das wäre mit einem falschen Namen kaum gegangen. Kann die Maschine vielleicht irgendwo anders gelandet sein? In Sankt Peter vielleicht?«

»Nein. Es handelt sich um eine reguläre Flugverbindung der Friesischen Fluggesellschaft zwischen Helgoland und Heide-Büsum. Linienflieger dürfen nur in Notfällen oder bei schlechtem Wetter woanders landen. Samstag sind alle Flüge ordnungsgemäß durchgeführt worden. Das Wetter wurde ja auch erst am Sonntagnachmittag so richtig mies.«

Das konnte Hansen bestätigen. Dennoch sah er Theißen misstrauisch von der Seite an, der jetzt die Kopie des Flugscheins mit der Lupe akribisch untersuchte. Was war zwischen der Clausen und ihm? Wenn Theißen die Wahrheit sagte, dann hatte Hansen an einer harten Nuss zu knabbern. Ein Flugschein ohne Flug. Theißen meldete sich unerwartet mit zögerlicher Stimme.

»Vielleicht kann ich Ihnen doch weiterhelfen. Heute Morgen bin ich mit diesem Buschpiloten der Friesischen Fluggesellschaft zum ersten Mal richtig ins Gespräch gekommen, weil wir besseres Flugwetter abwarten mussten. Das ist ein richtiges Fliegerass, der fliegt nie mit Zahnbürste.«

»Ohne Zahnbürste?«, fragte Hansen verständnislos nach.

»Na ja, das sagen wir so unter Fliegerkameraden, wenn

jemand trotz schlechtester Flugbedingungen abends immer seinen Heimatflughafen angesteuert bekommt«, erklärte ihm Theißen.

Hansen nickte. »Und was erzählt der gute Mann?«

Theißen nahm sich einen Augenblick Zeit. »Wir sind zwar an die internationalen Vorschriften der Flugsicherung gebunden, aber das ist nicht das Luftkreuz in Frankfurt hier. Wir überprüfen die Personalausweise, stellen handschriftlich die Flugscheine aus, unterschreiben sie und tragen die Namen in die Passagierliste ein. Die faxen wir dann nach Helgoland. Bezahlt wird stets auf Düne, weil nur die dort Lesegeräte für Kreditkarten haben und ich hier auch keine größeren Geldbeträge herumliegen haben möchte. Sonst müssten wir einen Buchhalter anstellen, das lohnt sich nicht.«

Hansen nickte verständig.

Theißen zeigte mit dem Finger auf die Flugscheinkopie. »Dieser Flugschein ist für die Strecke Helgoland–Büsum und zurück ausgestellt, und normalerweise wird der vor dem Abflug auf Düne maschinell erzeugt. Dieser Flugschein aber ist handschriftlich ausgestellt worden, genau wie bei uns. Das ist ungewöhnlich, kann jedoch schon einmal vorkommen, wenn beispielsweise das Buchungssystem auf Düne ausgefallen. Seltsam ist aber, dass ich die Unterschrift auf dem Flugschein nicht kenne. Da müsste Michalczyk oder Boretzki stehen, die hatten am Samstag dort Dienst. Diese Namen tauchen hier aber beide nicht auf. Ich würde das hier als ›Genz‹ oder ›Grenz‹ entziffern. Der Pilot von heute Morgen heißt Norbert Grenz. Vielleicht hat er ja den Flugschein ausgestellt.«

Puh. Da war sie vielleicht, die ersehnte erste heiße Spur. Hansen frohlockte innerlich, aber so ganz mochte er noch nicht an sein Jagdglück glauben. »Darf denn ein Pilot so einfach Flugscheine ausfüllen?«

Theißen nickte. »Dieser Grenz ist ein bisschen maulfaul, eher ein schweigsamer Typ. Doch genau das hat er mir heute Morgen erzählt. In Sonderfällen darf er das. Manchmal gibt es Überbrückungsflüge, wenn eine Maschine mehr gebraucht wird, weil zu viele Fluggäste mitwollen. In solchen Fällen kommt eine zusätzliche Maschine von Borkum oder Harle. Der Pilot stellt dann für mitfliegende Passagiere auf dem Überbrückungsflug Tickets aus, unterschreibt sie und kassiert bar. Auch wenn die Friesische Fluggesellschaft außerhalb der Flugplatzöffnungszeiten aus übergeordneten Gründen von Düne fliegt, darf er das. Vielleicht gibt es ja noch mehr Sonderregelungen, wer weiß? Warum fragen Sie ihn nicht selbst?«

Wenn das so einfach wäre. Hansen seufzte. »Wo befindet sich dieser Norbert Grenz denn zurzeit?«

Theißen zuckte mit den Schultern und wandte sich ab. Er zog sich einen unerwartet großen Kopfhörer über die Ohren und konzentrierte sich auf den Funkverkehr. Er versuchte, den Piloten gezielt anzufunken, aber der meldete sich nicht. Bei der Friesischen Fluggesellschaft wusste man auch nicht, wo er gerade steckte.

Theißen drehte sich wieder zu Hansen um. »Vermutlich macht der Grenz gerade Mittagspause irgendwo am Strand auf der Düne. Der Flug heute Morgen hatte sich bei uns ein wenig verzögert, und er musste einen Umweg über Cuxhaven nehmen. Sonst fliegt er zwischendurch immer noch einmal Helgoland–Bremerhaven, aber die Tour hat ein Kollege übernommen, den habe ich gerade im Funk gehört. Offensichtlich war die Zeit zu knapp geworden. Aber Sie brauchen nur bis viertel nach drei zu warten, dann wird Norbert Grenz hier wieder landen.«

Der Kommissar überlegte. Jetzt war es viertel nach elf. Wollte er so viel Zeit ungenutzt verstreichen lassen? Er versuchte, Stuhr mit seinem Handy zu erreichen, aber der nahm das Gespräch nicht an. Sollte er den Kollegen Rost bitten, diesen Grenz zu verhören? Nein, das würde er schon lieber selbst erledigen. Im Übrigen würde das zu viel Aufhebens auf der Insel bedeuten. Schließlich wollte er nicht den Piloten des Opfers, sondern seinen Mörder zur Strecke bringen und weitere mögliche Straftaten verhindern. Oder sollte etwa Grenz dem Reinicke den Flugschein in den Hals gestopft haben?

Theißen bemerkte sein Zögern. »Kann ich Ihnen noch irgendwie weiterhelfen, Kommissar?«

Der Morgennebel hatte sich jetzt endgültig verflüchtigt. Hansen konnte schon von Weitem den blauweißen Zug der Schleswig-Holstein-Bahn ausmachen, der wenig später unweit von ihnen mit ordentlichem Lärm vorbeiratterte. Unschlüssig blinzelte er in die Sonne. Dann wandte er sich dem Flughafenleiter zu. »Danke. Sie haben mir schon sehr geholfen, Herr Theißen. Vielleicht können Sie die Fluggesellschaft benachrichtigen, auf dem Nachmittagsflug nach Büsum einen zweiten Piloten mitfliegen zu lassen. Ich vermute, dass mein Gespräch heute Nachmittag mit dem Fliegerkameraden Grenz etwas länger dauern wird. Wäre übrigens nicht schlecht, wenn er diesmal eine Zahnbürste einstecken würde.«

Theißen musste unfreiwillig lachen. »Na, da werden die aber begeistert sein.« Er drehte sich um und gab die Informationen über Funk weiter. Dann wurde er ernst. »Sie haben bereits mit Frau Clausen gesprochen?«

Hansen stutzte. Was sollte denn diese Frage? Er antwortete unverbindlich. »Ja, in der Tat, mehrfach. Ohne Polizeihilfe vor Ort sind wir auf dem flachen Land ziemlich aufgeschmissen.«

Theißen nickte, und es entstand eine längere Pause. Zögerlich folgte die eigentliche Frage. »Geht es ihr gut?«

Hansen war überrascht. Aus welchem Grund sollte es der Kollegin nicht gut gehen? Sie hatte doch in jungen Jahren eine beachtliche Karriere hinter sich gebracht, war diensteifrig, sah adrett aus und hatte gute Umgangsformen. Vorsichtig nickte er. »Ich denke schon. Hat Ihre Nachfrage einen tieferen Grund?«

Theißen drehte sich auf seinem Stuhl ein wenig ab und begann stockend zu erklären. »Wir sind geschieden, Christiane und ich. Eine furchtbare Geschichte. Wir haben einen kleinen Jungen. Er lebt bei mir, ist jetzt bei meinen Eltern. Geht ja auch nicht anders bei dem vielen Schichtdienst, den sie schieben muss.«

Hansen begann zu erahnen, welche menschliche Tragödie sich zwischen den beiden abgespielt haben musste. »Sie sprechen nicht mehr miteinander?«

Theißen blickte starr auf das Flugfeld. Er schüttelte den Kopf. »Nein, es geht nicht mehr. Es sitzt zu tief. Bestellen Sie ihr bitte einen Gruß und sagen Sie ihr, dass es uns beiden Männern gut geht?«

Hansen bemerkte durch die Spiegelung des Fensterglases, dass Theißen Tränen über die Wangen liefen. Er verspürte Mitleid mit dem jungen Vater.

Er hat gar nicht schlecht von den beiden gedacht – er vermutete bloß, dass sie auf ihn stehen würde. Ein Mann der großen Gefühle war Hansen aber auch nicht. Er beschloss, sich besser zu verdrücken. »Das mache ich, Herr Theißen. Darauf können Sie sich verlassen. Tut mir leid für Sie. Ich gehe jetzt ein Stück spazieren. Bis zur Landung ist ja noch reichlich Zeit, und ich muss den Kopf frei bekommen.«

Theißen nickte mechanisch, ohne sich umzudrehen, und Hansen schlich die Wendeltreppe hinunter. Lautlos öffnete er die Eingangstür und eilte zu seinem Fahrzeug. Er musste dringend mit der Clausen telefonieren, denn die Auswertung der Passagierlisten konnte sie sich vermutlich ersparen. Noch wichtiger war es aber, Stuhr zu fassen zu bekommen. Er benötigte dringend die Liste mit den Personen, die eine Genehmigung zum Befahren des Sandes hatten. Warum ging der nur nicht an sein Telefon?

14 WOLFERWARTUNGSLAND

Stuhr war bei den Rasmussens ausgesprochen gut untergekommen. Der etwas dickliche Mann seiner Reisebegleiterin entpuppte sich als schlagfertiger und gutmütiger Geselle, der ihm in keiner Weise als arglistig erschien. Er führte ihn schnurstracks in ein modernes, behagliches Zimmer und öffnete die Tür zum Balkon. Der liebe Gott konnte es nicht gewesen sein, aber ausgerechnet in dem Moment, als er ins Freie trat, verflüchtigte sich jeglicher Nebel, und die Mittagssonne begann mit voller Kraft die vielen bunt gefärbten Hütten, die den westlichen Teil des Hafens umsäumten, in weiches Licht zu tauchen.

»Das sind unsere Hummerbuden«, erklärte Rasmussen. »Hummer gibt es da unter Umständen auch, aber ansonsten können Sie alles erwerben, was Touristen so erstreben. Zollfrei natürlich, und Mehrwertsteuer wird bei uns auch nicht erhoben.«

Stuhr nickte ihm anerkennend zu, doch sein vibrierendes Telefon lenkte ihn ab. Unbemerkt zog er es heraus und erkannte Hansens Nummer. Offensichtlich war der neugierig. Nein, bevor er nicht irgendetwas auf diesem Eiland herausgefunden hatte, würde er nicht mit ihm telefonieren.

Rasmussen wies nun auf mehrere kleine Boote hin, die den Hafen verließen, um einem größeren Schiff entgegenzufahren, das sich vom Horizont her näherte. »Das sind unsere Börteboote, eine alte Helgoländer Tradition. Sie sind Segen und Fluch zugleich.«

Das mit dem Fluch konnte Stuhr verstehen, denn schließlich war ein Ausbooten auf jeder See kein Vergnügen, selbst bei geringem Wellengang, und sicherlich auch für die Menschen auf den Börtebooten nicht. Das schien ihm purer Anachronismus zu sein. Das mit dem Segen konnte er weniger nachvollziehen, und so sah er Rasmussen fragend an.

Der antwortete überzeugend. »Na ja, Segen deswegen, weil die Tagesbesucher eine wichtige Einnahmequelle hier auf der Insel sind. Fluch deshalb, weil dieses Ausbooten den kurzen Aufenthalt der Tagesgäste noch ein wenig mehr verkürzt. Aber Sie werden es ja erleben, wenn Sie heute bei uns übernachten. Wie die Heuschrecken fallen die Touristen über Mittag ein und wälzen sich durch die engen Gassen. Am frühen Nachmittag müssen sie zurück zu ihren Booten, dann werden die Bürgersteige wieder hochgeklappt. Genau deswegen gibt es jetzt diese neuen Pläne von Investoren, den Wassergraben zwischen Flughafen und Badeinsel Düne und der Hauptinsel zuzukippen. Sie werden in der Zeitung davon gelesen haben.«

Stuhr nickte. Das hatte er, aber so richtig ernst genommen hatte er den Artikel nicht.

Rasmussen zog die Schultern hoch. »Wenn die Investoren Ernst machen, dann kann mein Bruder seinen Dünen-Taxibetrieb zumachen. Und eigentlich müssen sie Ernst machen, denn wir kommen mit unserer Einwohnerzahl so langsam an die kritische Untergrenze, bei der es nicht mehr möglich ist, die Dorfeinrichtungen wirtschaftlich zu betreiben. Krankenhaus, Kindergarten, Schule und Sportverein. Wenn wir nicht die Finanzkrise gehabt hätten, dann würden hier längst schon die ersten Dampframmen wummern.«

Stuhr vermochte nicht zu entscheiden, ob das ein Fluch oder ein Segen wäre, aber wenn es um so viel Geld ging, dann konnte er sich schon vorstellen, wie hier die Immobiliengeier im Sturzflug landen würden. Klar, die Kosten könnte man durch Landverkauf sicherlich wieder hereinbekommen, und wenn man den Flughafen vergrößerte, könnten hier nicht nur Buschflieger landen. In dem Zuge ließe sich auch ein tiefer Hafen bauen, und viele Touristen würden eine Unmenge Geld auf die Insel schwemmen. »Das ist richtig, Herr Rasmussen. Aber wäre Helgoland dann noch das, wofür es steht?«

Rasmussens Gesicht verfinsterte sich. »Ich glaube nicht, dass wir überhaupt die Wahl haben. Aber wenn Sie wollen, können wir das ja gleich mit dem Gemeindevorsteher diskutieren. Wir treffen uns zum Mittagstisch im Fischerstübchen. Sie können gern mitkommen. Das Essen ist gut dort.«

Obwohl es Stuhr eher zum Institut drängte, mochte er aus Höflichkeit das Angebot nicht ausschlagen. »Jetzt sofort?«

Rasmussen nickte.

Stuhr schnappte sich seine Jacke für den anschließenden Spaziergang. »Hinterher muss ich aber zur Biologischen Anstalt, ich muss dort etwas erkunden.«

Rasmussen griente. »Sind Sie etwa Hobbyforscher? Na, das können Sie vielleicht auch einfacher aus erster Hand haben. Direktor Rogge kommt meistens zum Stammessen. Mal sehen.«

Das war einfach unglaublich, die Bekanntschaft von

Anna Maria Rasmussen schien die vermeintlich verloren geglaubte Zeit locker wieder hereinzuholen.

Keine 100 Schritte weiter dröhnte eine kräftige Stimme aus dem maritimen Lokal, dessen Türen und Fenster weit offen standen.

»Das ist unser Gemeindevorsteher, Hans Stein, ein echtes Unikum. Er ist ein tüchtiger Mann und weltoffen, aber seine eigene Meinung verteidigt er mit Klauen und Zähnen. Sie werden schon sehen.«

Als sie eintraten und grüßten, unterbrach der Gemeindevorsteher keineswegs seine polternde Rede, die einem Polizisten galt. »Vergiss nicht, Jörn. Atlantis ist versunken, und Rungholt auch. Glaube mir, Helgoland wird die nächste Insel sein, die dem blanken Hans geopfert werden muss und nur noch als Sage weiterbestehen wird. Jedes Jahr verlieren wir um die 50 Einwohner. Wenn wir nicht wieder auf eine ordentliche Mindestgröße kommen, dann wird das hier Wolferwartungsland.« Zur Bekräftigung schlug der Gemeindevorsteher mit der Faust auf den Tisch, dass die Gläser klirrten.

Stuhr konnte sich ein Schmunzeln nicht verkneifen, denn dass nun Wölfe über die Nordsee kommen sollten und Herren der dünnbesiedelten Klippe werden würden, das war wirklich nicht zu befürchten.

In die einkehrende Stille stellte Rasmussen Stuhr vor und auch den Wasserschutzpolizisten Jörn Rost. Dann musste Stuhr den Herren von seiner abenteuerlichen Reise berichten.

Wieder schlug der Gemeindevorsteher empört mit der Faust auf den Tisch und servierte dem jetzt eintretenden Gast eine Steilvorlage. »Das hättest du dir mal anhören müssen, Jürgen. Wir leben mitten im 21. Jahrhundert, und unser Gast berichtet gerade von einer Odyssee, um auf unse Klippe zu gelangen. Eine Anreise wie im Mittelalter. Das macht doch ein verwöhnter Tourist kein zweites Mal mit. Nein, wir brauchen jetzt die Verlängerung des Flughafens und einen Tiefwasserhafen für die Kreuzfahrtschiffe, und das geht nur mit der Aufschüttung.«

Der eintretende Mann stellte sich als Dr. Rogge vor, Leiter der Biologischen Anstalt Helgoland. Er schmetterte die Vorlage des Gemeindevorstehers sofort ab. »Das brächte sicherlich einige Annehmlichkeiten mit sich, Hans, aber es ist nicht abzusehen, in welchem Maße sich die Aufschüttung auf das komplexe Ökosystem um Helgoland auswirken würde. Unsere Untersuchungen sind jedenfalls noch nicht abgeschlossen. Gibt es da eigentlich etwas Neues in dem Fall mit meinem ermordeten Mitarbeiter, Jörn?«

Der Polizist hielt sich zurück. »Da kann ich hier am Tisch nichts zu sagen, Jürgen. Das musst du schon verstehen. Ich habe aber alle Hände voll zu tun. Heute Vormittag war ich bei dem Schietwetter bereits auf der Düne, und gleich muss ich dort noch einmal hin. Irgendwann am Nachmittag werde ich zu dir kommen. Unter uns, ich habe gehört, dass die Kieler Kripo zwei getarnte Schnüffler einsetzen will. Ich wette, dass wir die an einem einzigen Abend ausmachen können. Wer hier als Fremder fragt, der macht sich doch sofort verdächtig.«

Die Runde stimmte dem lachend zu, und auch Stuhr nickte wie selbstverständlich. Wenn die wüssten, dass einer der Schnüffler bereits an ihrem Tisch saß, dann würden sie sich bestimmt bedeckter halten.

Der Polizist stellte eine interessante Gegenfrage. »Wie sieht es denn mit der weiteren Finanzierung eurer Anstalt durch Berlin aus? Ist die jetzt endgültig gesichert?«

Dr. Rogge schaute betrübt. »Da ist noch nichts in trockenen Tüchern, und dabei nehmen meine Mitarbeiter hier bei der praktischen Arbeit mitten in der Nordsee so einiges auf sich. Allein der Reinicke ist letztes Jahr bestimmt 50 Mal von der Insel weggeflogen, und das bei allen Wetterbedingungen. Nach der Trennung von seiner Frau hat der nicht mehr viel vom Leben gehabt. Nur noch Arbeit. Kein Wunder, dass er ab und zu mal einen über den Durst getrunken hat. Aber das ist ja auch nicht verboten.«

Die Anwesenden nickten und schwiegen andächtig. Das schienen hier wohl die großen Probleme zu sein, der Alkohol und wenn es die Partner über den Kopf bekamen. Bloß keine Nachfragen stellen, um nicht aufzufallen, sagte sich Stuhr, doch das erledigte schon sein Vermieter für ihn.

»Könnt ihr denn kein eigenes Geld verdienen, Jürgen?«

»Doch, das ist ja gerade das Verrückte. Dieser Reinicke war ein Weltmeister im Abkassieren. Er hat unseren Dienstleistungssektor hochgezogen. Unsere Wissenschaftler beraten überall im europäischen Küstenraum politische und wirtschaftliche Entscheidungsträger in Fragen der Meeresökologie. Allein Reinicke hat jedes Jahr fast eine halbe Million Euro hereingeholt, aber der Stiftungsrat unseres Mutterinstituts in Bremerhaven hat Angst, die Gemeinnützigkeit zu verlieren. Unsere Konten biegen sich, und gleichzeitig muss ich Mitarbeiter entlassen. Das ist doch zum Mäusemelken, oder?«

Die Stammtischrunde stimmte ihm zu.

»Hast du dem Reinicke denn Provisionen gezahlt?«, erkundigte sich Rost, der Polizist.

Dr. Rogge verneinte »Auch das ist ein Unding. Das lässt unsere Dienstordnung nicht zu, die an den öffentlichen Dienst angelehnt ist. Reisen durfte er auch nur zweiter Klasse, und er musste alles selbst verauslagen. Der hat manchmal mehr Reisekosten auslegen müssen, als er Gehalt auf sein Konto angewiesen bekommen hat. Aber irgendwie hat er sich mit der Friesischen Fluggesellschaft arrangiert, er war schließlich ein guter Kunde. In der freien Wirtschaft hätte der sich die Tasche so richtig vollstopfen können. Aber er ist uns treu geblieben. Er hing wohl an der Insel und an der Anstalt. Nun ist er tot.«

Bei Rasmussen regte sich Widerspruch. »Wenn der Reinicke bei uns war, hat er ordentlich auf den Putz gehauen. Nur das Beste war ihm dann gut genug. Manchmal kam noch ein kleiner Aufschneider vom Festland herüber, und dann sind sie um die Häuser gezogen und haben alles flachgelegt, was ihnen in den Weg kam. Meine Anna Maria musste ich regelrecht wegschließen vor den beiden.«

Der Polizist stimmte zu. »Ja, ich kann mich entsinnen, dass ich die beiden spätabends einmal zur Ordnung rufen musste. Die hatten beide ihre Hände an irgendwelchen Damen vom Festland kleben, und als ich um mehr Ruhe bat, da schob mir der Aufschneider doch glatt einen Tausender über den Tisch. Nur für ruhestörenden Lärm, der schien gar kein Verhältnis mehr zum Geld zu haben.«

Rasmussen pflichtete ihm bei. »Ja, und manchmal war der Reinicke genauso drauf. Ich weiß, dass du das nicht gern hörst, Jürgen, weil er euch die Taschen voll gespült hat. Ich würde schon behaupten, dass er ein Lebemann war. Na ja, was er mit seinem Geld gemacht hat, geht mich nichts an.«

Endlich kam das Essen, und das Gespräch wurde zugunsten der Nahrungsaufnahme abgebrochen. Hinterher nahm die Runde einen Verteiler auf Kosten des Hauses zu sich.

Dann klingelte das Mobiltelefon des Gemeindevorstehers, der anschließend den Grund des Anrufs verkündete. »Das war der Bürgermeister. Das Krankenhaus ist überfüllt mit Touristen, die die Fahrt mit der Schnellfähre von Hamburg schlecht überstanden haben. Das Essen soll nicht schuld gewesen sein, es muss wohl ziemlich geschaukelt haben, und neblig war es außerdem.«

Stuhr musste sofort an Olli denken. Auf Schiffen schien der absolut kein Glück zu haben.

Der Polizist und der Gemeindevorsteher steckten jetzt die Köpfe enger zusammen. Das nutzte Rasmussen, um sich an den Institutsleiter Dr. Rogge zu wenden. »Du, Jürgen, könntest du mir einen Gefallen tun? Kannst du nicht meinen Gast mit zu euch nehmen und ihm deinen Laden zeigen? Herr Stuhr hat meiner Anna Maria heute bei einem üblen Nebelflug zur Seite gestanden. Du weißt, wie sie das Fliegen hasst, und dann ausgerechnet noch mit diesem neuen Piloten, der früher durch den Himalaja gekurvt ist. Herr Stuhr ist ein ambitionierter Hobbyforscher.«

Dr. Rogge sagte sofort zu. Offensichtlich half man sich

gern auf der Insel. Hobbyforscher, irgendwie stimmte das ja, aber natürlich ganz anders, als es sich die Herrenrunde hier vorstellen konnte. Genau genommen wusste er bis auf die spärlichen Andeutungen von Dr. Rogge nicht einmal, welchen Auftrag die Anstalt hatte. Keine Fragen stellen, bläute er sich wieder ein.

Doch das musste er ohnehin nicht, denn Dr. Rogge begann sofort auf seine ihm eigene akademische Art zu dozieren. »Herr Stuhr, freut mich, Sie kennenzulernen. Sie wissen, dass es das Ziel der Biologischen Anstalt Helgoland ist, die ökologischen Wechselbeziehungen zwischen den Arten besser zu verstehen und ein ganzheitliches Bild der Meeresökologie zu gewinnen. Unsere Langzeitstudien dokumentieren den Eintrag von Schad- und Nährstoffen in die Nordsee durch die großen Flussläufe rund um das Flachmeer und über die Atmosphäre. In Verbindung mit einer regelmäßigen Bestandsaufnahme der Arten können die Folgen von Landwirtschaft, Fischerei, Schifffahrt und Klimaveränderung frühzeitig erkannt und mögliche Konsequenzen abgeschätzt werden. Sie waren noch nicht bei uns, oder?«

Stuhr verneinte und nannte als Hintergrund grob seine frühere Tätigkeit in der Landesregierung, bei der er oft für Institutionen kämpfen musste, die eigentlich vorwiegend theoretischen Nährwert hatten und wenig praktischen Nutzen.

Das wies Dr. Rogge aber weit von sich. »Herr Stuhr, Meine Anstalt erspart der Politik und der Wirtschaft jährlich Zigmillionen, die sie bei sich besser anlegen können. Deswegen rennen uns die Politiker neuerdings die Bude ein. Von unseren Forschungen profitiert beispielsweise die gewerbliche Fischerei. Die Laborversuche zur Zucht und Lebensweise des europäischen Hummers haben unter anderem dazu geführt, dass in Zusammenarbeit mit den ortsansässigen Fischern die Hummerbestände um Helgoland erheblich aufgestockt wurden. Wir sind als wissenschaftliche Anstalt vor Ort gut aufgestellt, glauben Sie mir. Das ist nicht überall so.«

Die Ausführungen von Dr. Rogge hörten sich zwar ein wenig wie das Herunterbeten seiner Webseite an, aber seine Anstalt schien tatsächlich segensreich für die Küstenbewohner zu wirken. Dr. Rogge näherte sich Stuhr ein wenig, sodass Rasmussen seine Nachfrage nicht mitbekommen konnte. »Herr Stuhr, sagen Sie, kennen Sie sich auch ein wenig in der Staatskanzlei aus?«

Stuhr entschied, ihm sein genaues früheres Arbeitsfeld zu verschweigen. Er nickte. »Ich bin ja nicht aus der Welt, Herr Dr. Rogge.«

Der Anstaltsleiter rückte noch näher. »Nicht, dass ich den geraden Weg nicht gehen will, Herr Stuhr. Aber mein ehemaliger Mitarbeiter Reinicke hatte Kontakt zu einem hohen Tier dort. In Zusammenarbeit mit dem Landesbeamten hat Reinicke einige Sachen für das Institut auf den Weg bringen können, die sonst nicht gelaufen wären. Das hat uns viel Reputation bei unserem Mutterinstitut eingebracht. Jetzt, wo Reinicke tot ist, beäugt man uns dagegen skeptisch. Könnten Sie mir nicht einen Kontakt knüpfen?«

Stuhr war skeptisch. Was sollte die Staatskanzlei schon mit der Anstalt des Direktors zu tun haben? Die wurde doch von einer Stiftung des Bundes finanziert. Wenn überhaupt, dann saßen die Fachleute der Landesregierung im Wissenschaftsministerium. Er entschied sich deshalb, doch eine Nachfrage zu riskieren. »Sie kennen den Namen?«

Dr. Rogge flüsterte ihm jetzt ins Ohr. »Es ist nicht ungesetzlich, Herr Stuhr. Ich muss diesen ominösen Partner von Reinicke unbedingt sprechen. Vielleicht finden wir über ihn sogar seinen Mörder.«

Stuhr nickte gespannt. »Der Name, Dr. Rogge.«

Der Anstaltsleiter blickte sich kurz um. Dann zischte er ihm den Namen ins Ohr. »Ein gewisser Dreesen. Keine Ahnung, welche Machtfülle der Ministeriale hat. Aber Reinicke hat immer wieder betont, dass ohne den nichts gehen würde bei der Akquise. Helfen Sie mir, bitte. Es geht um die Existenz meiner Mitarbeiter.«

Es fiel Stuhr schwer, die Fassung zu bewahren. Sein Vermieter bemerkte das und fragte besorgt nach. »Was ist, Herr Stuhr, haben Sie den Verteiler nicht vertragen? Das ist kein Problem, auf einem Bein kann man eben schlecht stehen. Ich werde noch einmal nachordern.«

Stuhr nickte. Wenig später hob Rasmussen sein neu gefülltes Schnapsglas und prostete der Runde zu. »Einen Lütten an die Lippen, die Herren.«

Stuhr prostete zurück. Den Schnaps konnte er jetzt gut gebrauchen, denn der Hinweis auf Dreesen kam gänzlich unerwartet. Was fingerte sein ehemaliger Oberamtsrat hier nur herum? Die Anstalt ging ihn doch überhaupt nichts an? Doch es half alles nichts, er registrierte Dr. Rogges flehenden Blick und musste reagieren. Stuhr nickte ihm kurz zu.

»Klar kenne ich den. Gut sogar. Mal sehen, was ich für Sie tun kann.«

Dem Anstaltsleiter traten vor Freude fast die Tränen in die Augen. »Herr Stuhr, wenn Sie mir den Kontakt vermitteln können, dann lege ich Ihnen unsere schöne Insel zu Füßen. Glauben Sie mir, sie ist es wert.«

Stuhr nickte, doch seine Fäuste ballten sich. Er würde gleich auf die Toilette gehen und Dreesen telefonisch zur Rede stellen. Sollte der in den Fall verstrickt sein? Das konnte er sich nach den langen Jahren der Zusammenarbeit eigentlich nicht vorstellen, aber andererseits war Dreesen nach der Scheidung von seiner Olsch auf dem Selbstbehalt festgenagelt worden, während Reinicke zeitweise regelrecht im Geld zu schwimmen schien.

Dieser Fall glitt ab in eine Richtung, die ihm überhaupt nicht schmeckte. Er würde von Dreesen eine Erklärung verlangen. Sofort.

15 KLEINE GEFÄLLIGKEITEN

Misstrauisch beäugte Oberamtsrat Dreesen sein Diensttelefon. Er empfand es als eine Frechheit, dass es jemand wagte, ihn direkt nach dem Mittagessen an seinem Schreibtisch zu belästigen. Leider hatte er bei dieser neuen Bauart noch nicht den Knopf ausfindig machen können, mit dem man den Apparat leise stellen konnte. Es war bereits die dritte Anrufserie, und jedes Mal zuvor hatte es mindestens 20 Mal gebimmelt. Natürlich war es eine Handynummer, die er nicht kannte.

Dreesen sah auf die Liste mit den erteilten Ausnahmegenehmigungen für den Sand, die er vor sich liegen hatte. Wie sollte er diese Liste an Stuhr durchgeben, wenn irgendein Querulant sein Diensttelefon okkupierte? Irgendwann riss Dreesen der Geduldsfaden und er hob säuerlich den Hörer ab.

»Tut mit leid, Sie sind falsch verbunden. Hier ist die Staatskanzlei in Kiel. Bitte geben Sie sofort die Leitung frei.« Dann donnerte er den Hörer auf die Gabel.

Doch wenig später erschien wieder die gleiche Nummer auf dem Display. Bei diesem Störenfried musste er wohl härtere Bandagen anlegen. Dreesen nahm den Hörer wieder ab und sprach mit eindringlicher Stimme. »Passen Sie gut auf. Wenn Sie jetzt nicht auf der Stelle auflegen und den Telefonterror beenden, dann gebe ich Ihre Telefonnummer an den Verfassungsschutz weiter!« Allerdings erkannte Dreesen nun die reklamierende Stimme des Anrufers am anderen Ende, und deswegen unterbrach er die Wurfbewegung, die den Hörer auf das Gerät zurückbefördern sollte. »Stuhr, was ist los mit dir? Bist du in Not? Ist mit dem Flug etwa was schiefgelaufen?« Fröhlich klang Stuhrs Stimme nicht, er wirkte irgendwie gestresst und gereizt.

»Moin, Dreesen. Nein, ich bin letztendlich heil auf dem Felsen angekommen. Soweit ist alles in Ordnung, aber der Flug war eine ziemliche Odyssee durch den Nebel. Ich wollte nur nachfragen, wie weit du mit deinen Nachforschungen bezüglich der Sondergenehmigungen gekommen bist. Oder hast du keine Möglichkeiten, Nachforschungen anzustellen?«

Dreesen hatte das Gefühl, seine Macht unter Beweis stellen zu müssen. »Ich und keine Möglichkeiten? Stuhr, l'état, c'est moi! Gerade wollte ich dich anrufen und dir die Liste durchgeben, aber du blockierst ja regelrecht meine Amtsleitung.«

Zunächst lachte Stuhr über das Zitat, das dem französischen Sonnenkönig zugeschrieben wurde. Aber er schien unter Druck zu stehen, denn schon wenig später bohrte er unnachgiebig nach. »Sag mal, Dreesen, auf deiner Liste, stehen da bekannte Namen?«

Einige Namen kannte er schon, allerdings würde Stuhr kaum etwas damit anfangen können. Also verneinte er zunächst.

Doch Stuhr blieb hartnäckig. »Ist denn wenigstens ein Achim Pahl dabei?«

War er, doch der Name Pahl war noch ausgesprochen unkritisch. So antwortete er geschäftig. »Na klar ist der Achim Pahl dabei, das ist doch der Besitzer der Arche.«

Stuhrs nächste Frage fiel ungewohnt kritisch aus.

»Dreesen, woher weißt du denn, dass Achim Pahl der Besitzer eines Pfahlbaus ist?«

Dreesen fluchte, was ging das denn Stuhr an? Stand das nicht heute Morgen in der Kieler Rundschau? »Ich weiß es eben«, gab er patzig zurück. »Im Übrigen steht die Berufsbezeichnung in meiner Liste auch hinter seinem Namen. Alle Betreiber der Pfahlbauten haben Ausnahmegenehmigungen und ihre Lieferanten ebenso. Die müssen doch mit ihren Fahrzeugen anliefern können.«

Sein Tonfall schien Stuhr zu erstaunen. »Wieso bist du denn so kurz angebunden?«

Den wahren Grund nannte Dreesen nicht. »Hör mal zu, Stuhr, wenn du auch nur annähernd ahnen würdest, was ich hier heute schon wieder für einen Affentanz hinter mir habe, dann würdest du mich besser verstehen. Die meisten der jungen Kollegen sind von überschaubarer Qualität, und gerade heute Morgen flitzten bereits mehrfach die Giftpfeile von verfeindeten Referaten durch die Flure. Wenn du da nicht deinen Kopf einziehst, dann gerätst du in die Scharmützel hinein und es landet noch mehr Papier auf deinem Schreibtisch. Irgendwann bekommst du den ganzen Schmutz nicht mehr weg, das kennst du doch noch von früher, oder nicht?«

Stuhrs Stimme wurde freundlicher. »Aber, Dreesen, du bist doch ein alter Hase. Dann flüchtet man eben eine Zeit lang auf ein Käffchen in ein befreundetes Referat und legt solange den Hörer in die Schublade. Das kennst du doch auch, oder?«

Das rang Dreesen nur ein Aufstöhnen ab. »Befreundete Referate? Wovon träumst du denn nachts? Die gab es vielleicht zu deinen Zeiten noch. Von wegen, gerade Freitag ging ein chinesischer Bericht durchs Haus, und obwohl niemand hier dieser Sprache kundig ist, hat jeder auf dem Papier mit den unleserlichen Schriftzeichen seinen Senf dazu gegeben. Gute Idee, nicht schlecht, ausgezeichnetes Beispiel, sollte man einmal versuchen, und so weiter. Zum Schluss hat das irgendein Oberarsch auf mich ausgezeichnet und ›zwV‹ daneben geschrieben. ›Zur weiteren Verwendung.‹ Weißt du noch, Stuhr, aus Spaß haben wir immer ›zur weiteren Verarschung‹ dazu gesagt. Einige scheinen mich in der Staatskanzlei nicht mehr ernst zu nehmen.«

Stuhrs Mitleid schien sich in Grenzen zu halten, denn er fragte nur halbherzig nach. »Nun sag schon, worüber bist du wirklich verärgert?«

Das wiederum verstimmte Dreesen, der seinen Schreibtisch tatsächlich nur mühsam über Wasser hielt, während Stuhr sich vermutlich am Strand amüsierte und schönen Mädchen hinterherschaute. Er machte seinen Unmut Luft. »Man müsste bei uns statt der vielen beknackten Juristen und Verwaltungshengste besser Ordnungswächter mit Schirmmützen einstellen, die nur aufpassen, dass sich jedermann und jederfrau ausschließlich an die Zuständigkeiten halten, die ihnen laut Geschäftsverteilungsplan zugewiesen sind. Das würde den unlösbaren Vorgangsanteil auf zehn Prozent herunterdampfen, da bin ich mir ganz sicher. Während du vermutlich Rippenroulette beschaust, saufe ich hier im Chaos ab.«

Am anderen Ende prustete Stuhr lauthals los. »Rippenroulette, was ist das denn?«

Dreesen schüttelte den Kopf. Tja, der Stuhr war eben nicht von dieser Welt. »Mensch, das was die dürren Mädchen bei der Heidi Klum in der Modelschau veranstalten. Die tingeln doch bestimmt in Unzahl bei dir über den Strand und braten genüsslich ihr Fell.«

Stuhr protestierte sofort. »Nee, Dreesen, das kannst du mir schon glauben. Hier tingeln absolut keine Topmodels herum, höchstens Nebelkrähen, denn den ganzen Morgen konntest du auf Helgoland die Hand nicht vor Augen sehen.«

»Und trotzdem ist der Pilot mit euch heruntergegangen?«

»Richtig, Dreesen. Es war eine harte Nummer, das kannst du mir glauben, und das muss ich auch kein zweites Mal haben.«

Hut ab, bekannte Dreesen für sich. Vor dem Piloten, der offensichtlich bei widrigsten Bedingungen gelandet war, aber auch vor Stuhr als tapfer mitfliegender Passagier. Er selbst stellte seinen Flugsimulator immer auf Schönwetter, und dennoch schmierte er mit der Maschine zu oft ab, manchmal sogar schon nach dem zweiten Bier. Bei Nebel in Helgoland auf Flughafen Düne herunterzugehen, das zeugte von herausragenden Flugleistungen. Gegen sein Naturell sprach er Stuhr auf seine Art Hochachtung aus. »Lobende Erwähnung für dich, Stuhr. Das hätte auch schiefgehen können.«

Anstelle eines Dankes drehte Stuhr jetzt auf. Sein Tonfall war ein anderer als sonst, aber Dreesen kannte ihn. Das Wahrheitssyndrom hatte Stuhr wieder befallen. »Hätte, könnte, sollte, das Leben ist kein Konjunktiv, Dreesen. Das Leben stellt uns alle vor Aufgaben, die wir irgendwie lösen müssen. Der Pilot hat seinen Job gut gemacht, richtig. Und du? Was steht denn auf deiner Liste hinter Michael Reinicke als Berufsbezeichnung?«

Reinicke. Bingo. Stuhrs Frage stach Dreesen mitten ins Herz, aber irgendwie hatte er immer schon geahnt, dass er wegen diesem Reinicke irgendwann noch einmal Ärger bekommen würde. Nein, anlügen würde er Stuhr nicht, dafür gab es auch keinen Grund. Der wusste doch am besten, wie das in einer Landesregierung lief. Dennoch musste Dreesen kurz Luft holen, um zu überlegen, was er von dem preisgeben sollte, was seinerzeit abgelaufen war. »Zunächst einmal, richtig, Stuhr, ein Michael Reinicke steht auch auf der Liste. Unter Umständen gehört der vielleicht dort nicht hin. Das ist jedoch sekundär, denn er ist ein hochrangiger Mitarbeiter irgendeiner biologischen Anstalt auf Helgoland, und er soll für das Wirtschafts- und das Wissenschaftsministerium bereits viele Studien erstellt haben. Nicht nur diese viel gepriesenen Meeresökogeschichten, sondern auch Windradkram bis hin zu Verträglichkeitsberechnungen für Großprojekte wie die Fehmarnbeltquerung nach Dänemark, die Elbvertiefung, und natürlich auch für diese geplante Aufschüttung in Helgoland, von der in der Zeitung zu lesen war. Ob das Gefälligkeitsgeschichten waren oder nicht, das kann ich von meiner Warte aus nicht beurteilen. Du weißt das doch eigentlich besser als ich.«

»Du hast das einfach so mit deinen Beziehungen genehmigen lassen, richtig?«

Dreesen hielt dagegen. »Einfach so nicht, aber natürlich habe ich das gemacht. Du weißt doch am besten, wie das bei uns im Gewerbe läuft, wenn die Wissenschaftsministerin mit dem Wirtschaftsminister telefoniert. Dann klingelt hinterher bei mir in der Staatskanzlei das Telefon, weil alle meine guten Beziehungen kennen. Können Sie nicht einmal, lieber Herr Oberamtsrat Dreesen? Springen Sie doch einmal über Ihren Verwaltungsschatten. Wir brauchen frischen Wind und keinen Verwaltungspoker. Na ja, und dann macht man das schon einmal, denn ob ein Verdienter der Landesregierung oder ein Besoffener mehr über das Watt rast, das ist für das ökologische Gleichgewicht des Nationalparks Wattenmeer ohne Belang. Mensch Stuhr, ich bin doch kein Verbrecher!«

Die folgende Stille im Telefon empfand Dreesen als viel zu lange. Traute ihm sein ehemaliger Referatsleiter etwa nicht mehr? Es war deutlich zu merken, dass Stuhr mit sich kämpfte.
»He, Dreesen. Mir ist zugeflüstert worden, dass du diesem Reinicke öfter Gefälligkeiten erwiesen haben sollst. Du dienst doch dem Land und nicht Helgoland, oder?«
Da war sie wieder, diese theatralische Ader von Stuhr. Deswegen war Dreesens Antwort bestimmt. »Mensch, Stuhr, wo ist denn das Problem? Ich setze in der Regel lieber auf steigende Raketen als auf verglühende Himmelskörper in der Landesverwaltung. Herunter kommen beide sowieso irgendwann, aber die hochstürmenden Kollegen können wenigstens eine Weile hilfreich für einen sein. Ich habe nur den entsprechenden Mitarbeiter im Umweltministerium angerufen und den Druck von oben weitergereicht, so kam der Reinicke schneller als auf dem üblichen Dienstweg zu seiner Bescheinigung, die er sowieso als Institutsmitarbeiter einer öffentlich geförderten Anstalt nach langwieriger Prüfung erhalten hätte. Natürlich habe ich fachfremd keine Ahnung, wofür er die gebraucht hat. Aber wenn

man ein wenig weiter von der Sache entfernt ist, trifft man oft die besten Entscheidungen.«

Stuhr ließ jedoch nicht locker. »Warum aber hast du ihm immer wieder geholfen? Und wofür überhaupt?«

Frühpensionär müsste man sein, sagte sich Dreesen. »Ach, Stuhr, das weißt du doch am besten. Wo die Arbeit einmal gut erledigt wird, da kommt sie immer wieder hin. Warum regst du dich wegen dieser kleinen Gefälligkeiten eigentlich so auf? Die sind mir schließlich von oben auferlegt worden, und das hat doch bis jetzt noch niemandem geschadet.«

Stuhr schien zu stutzen, denn es entstand eine kurze Pause, bevor Stuhr antwortete. »Doch, dieses Mal schon, denn Reinicke wurde auf dem Sand ermordet. Die Wahrscheinlichkeit ist groß, dass du auch dem Mörder eine Genehmigung erteilt hast.«

Erschrocken studierte Dreesen die Liste ein weiteres Mal, bevor er vorsichtig nachfragte. »Ist das dein Ernst?«

Stuhrs Stimme wurde eindringlich. »Ich brauche die Liste, Dreesen. Dringend. Schick sie mir zu, am besten per Mail. Ich habe keinerlei Ahnung, wer dieser Jemand sein könnte. Dreesen, glaube mir, das ist mafiös. Fast so wie in Sizilien im Hafen von Palermo, wo die an Betonblöcken geketteten, zur Wasseroberfläche hinstrebenden Leichen eine unfreiwillige Mahnwache für alle Verräter darstellen.«

Dreesen war genervt, denn so kannte er Stuhr von früher. Er übertrieb wie immer. »Wieso machst du eigentlich einen solchen Wind, Stuhr? Leg dich doch an den Inselrand und ruh dich einfach aus. Oder trink ein Bierchen und komm ein wenig runter. Schließlich machst du doch Ferien, oder bist du etwa schon wieder am Spionieren?«

Stuhr schien sich wieder beruhigt zu haben, denn jetzt sprach er ganz normal. »Dreesen, ganz dienstprivat. Es geht doch nur um eine kleine Gefälligkeit für mich. Es wäre nicht schlecht, wenn du deinen Terminkalender durchforsten könntest nach Kontakten und Gefälligkeiten, die durch Reinicke veranlasst worden sein könnten. Mich würde schon interessieren, was er im Einzelnen von dir wollte. Aus diesen Puzzleteilen könnte man unter Umständen …«, Stuhr würgte unerwartet den angefangenen Satz ab und begann sein Anliegen neu. »Ach, Dreesen, jetzt fällt mir erst ein, was ich dir eigentlich mitteilen wollte. Ich bin hier prima untergekommen, und durch den Besitzer meiner Unterkunft, Herrn Rasmussen, habe ich den Chef von diesem Reinicke kennengelernt, den Leiter der Anstalt, ein gewisser Dr. Rogge. Wie das eben so ist, Dreesen, vorhin beim Mittagessen hat Dr. Rogge mich auf dich angesprochen. Er würde gern den alten Kontakt von Reinicke zu dir fortführen. Kann ich dem deine Nummer geben und sagen, dass ich mit dir gesprochen habe?«

Es fiel Dreesen schwer, jetzt die Contenance zu bewahren. Eben gerade noch hatte ihn Stuhr wegen diverser kleiner Gefälligkeiten getadelt, und jetzt verlangte er selbst eine. So war er eben. Skeptisch fragte er nach. »Was soll ich denn für diesen Dr. Rogge tun?«

Stuhrs Antwort folgte schnell. »Nichts. Nur das Gleiche, was du früher für Reinicke erledigt hast. Sein Anliegen anhören, und mich dann schnell informieren. Das ist doch nicht zu viel verlangt?«

Im ersten Moment klang das nicht unehrenhaft, aber wer wusste schon, in welcher Klemme Stuhr gerade wieder einmal steckte? Oder hegte Stuhr etwa einen Verdacht? Aber das war Dreesen eigentlich egal, denn er verspürte wenig Lust, sich an Stuhrs Spekulationen zu beteiligen. Einen Rat seiner Mutter wollte er ihm aber schon mit auf den Weg geben. »Denk daran, Stuhr. Wer sich in Gefahr begibt, kommt darin um.«

Diese Ängste wischte der andere allerdings beiseite. Die Telefonverbindung wurde schlechter und Stuhr krächzte ihm in Kurzform seine Bitte zu. »Dreesen, hörst du mich noch? Mach die Socken scharf und sende mir die Liste mit den Genehmigungen für die Wattbefahrung an meine E-Mail-Adresse. Und wenn du kannst, dann möglichst schnell noch eine zweite mit den Sachen, um die dich der Reinicke gebeten hat. Vertraue mir Dreesen, ich ...«

Die Verbindung riss ab. Dreesen legte den Kopf in seine aufgestützten Arme und überlegte. Dem Stuhr, dem hatte er immer vertraut, und damit war er stets gut gefahren. Deswegen schob er die Papierstapel von seinem Schreibtisch und begann, seine Kontakte mit diesem Reinicke zu recherchieren. Es waren zu seinem Leidwesen erheblich mehr, als er sich selbst eingestanden hatte. Reinicke, Rasmussen und selbst Dr. Rogge. Alle standen sie auf seiner Liste mit den Genehmigungen.

Dennoch klickte er die Liste an und beförderte sie in seinen Postausgang. Mit etwas Glück würde Stuhr die anderen Namen nicht kennen. Die Aufstellung mit den förderungswürdigen Projekten, die er für Reinicke an seine Kollegen in die anderen Ressorts weitergeleitet hatte, die behielt er jedoch für sich. Schließlich hatte Stuhr nicht danach gefragt. Musste er denn ein schlechtes Gewissen haben, dem Reinicke notgedrungen geholfen zu haben?

16 KAKANIEN

Olli Heldt ging es hundeelend, und er langweilte sich im Helgoländer Krankenhaus. Das letzte Mal war er vor zwei Jahren nach einem versuchten Mordanschlag in einem ähnlichen Etablissement aufgewacht. Damals hatte er Stuhr kennen und schätzen gelernt, obwohl der durchgängig anders gestrickt und bestimmt 20 Jahre älter als er selbst war. Stuhr entpuppte sich irgendwann als ein Frühpensionär der Landesregierung, was zunächst natürlich niemanden fröhlich stimmen konnte, der sich wie er auf dem freien Markt behaupten musste. Ein Glückskind dieser Stuhr also? Nein, nicht wirklich. Über die Gründe, die ihm den goldenen Handschlag aus dem Landesdienst – von Arbeitswelt war bei Beamten wohl nicht zu reden – ermöglicht hatte, darüber hatten sie nie gesprochen. Zudem mochte Stuhr vieles wissen, aber er hatte es noch nie geschafft, seine Erfahrungen in nützliche Dinge wie Geld oder schöne Autos umzumünzen. Aber vielleicht hatte der dieses Mal mit dem Flugzeug die bessere Wahl getroffen, denn nach dem Höllentrip auf dem Katamaran war Olli immer noch speiübel. Was allerdings weniger mit dem Schiff, als vielmehr mit der Bekanntschaft mit Dieter Duckstein zusammenhing, der jetzt leichenblass und schwer atmend mit zusammengekniffenen Augen neben ihm im anderen Bett des Doppelzimmers vor sich hin vegetierte. Der würde heute zu nichts mehr fähig sein.

Olli war auf der Elbe zunächst richtig schön weggesackt, bis ihn zunehmender kurzer Wellenschlag wieder die Augen aufschlagen ließ. Die Katamaranfähre schien gegen den aufgefrischten Wind große Mühe zu haben, in die Hafeneinfahrt des letzten Anlegers vor Helgoland einzubiegen, der Alten Liebe in Cuxhaven. Als sie sich nach drei Anläufen endlich im geschützten Hafenbecken befanden, drückten heftige Windböen den Katamaran immer wieder von der Kaimauer fort. Erst nach mehreren Versuchen konnten sie seitwärts anlegen und fest an das Tau gelegt werden.

Auch ein großes Seebäderschiff, die Atlantis, schien unerwartete Schwierigkeiten zu haben, sauber am Kai anzulegen. Immer wieder versuchte der Kapitän, sein Schiff glatt gegen die Spundwand zu legen. Olli konnte sich eigentlich nicht vorstellen, dass ein solch stabiles Schiff im Hafenbecken vom Wind weggedrückt wurde. Vermutlich war der Kapitän unerfahren, und den vielen auf dem Kai mit hängenden Gesichtern wartenden Passagieren, die in der neblig-feucht gewordenen Witterung ungeduldig auf das Anlegen der Schiffe warteten, war deutlich anzusehen, dass sie ähnlich dachten.

Erstaunlich war auch die große Anzahl von Reisewilligen. Offensichtlich hatten sie ihre Fahrt schon länger gebucht, denn bei diesen Wetterbedingungen konnte der Aufenthalt in Helgoland nur wenig Freude bereiten. Schließlich lag die kleine Insel ungeschützt mitten in der Nordsee. Auf die Atlantis wäre Olli niemals freiwillig an Bord gestiegen. Er unternahm die Fahrt nach Helgoland sowieso nur Stuhr zuliebe.

Glücklicherweise hatte sich der Katamaran nur langsam gefüllt. Offensichtlich hatte der hohe Fahrpreis die meisten anderen Passagiere auf die Atlantis verschreckt. Dass sich für ihn die Welt in Cuxhaven dennoch blitzartig in einer Art und Weise ändern würde, die er nie für möglich gehalten hätte, damit konnte er nicht rechnen. Olli bemerkte zunächst nur, dass jemand wie ein Flüchtling in sein Refugium hineinschoss. Er nahm wie eine ungeliebte Fliege ausgerechnet auf ihn Kurs und ließ sich sogleich erschöpft neben ihm nieder. Im ersten Moment war Olli über die ungewollte Nähe entsetzt, denn in der gesamten Lounge hinter ihm lauerten noch mehr als 50 freie Komfortsitze auf irgendeinen Hintern.

Sein Sitznachbar war zwar deutlich älter als er selbst, aber er wirkte überaus elegant und gepflegt. An einem solchen Erscheinungsbild sollte sich Stuhr lieber orientieren, als irgendwelchen Hirngespinsten hinterherzujagen. Olli bemühte sich, krampfhaft nach vorn durch das Panoramafenster zu sehen, obwohl das zunehmend wenig Sinn ergab, denn der Nebel verdichtete sich jetzt selbst auf Wasserhöhe. Sein neugewonnener Nachbar nestelte ein wenig herum, bevor er ihn ansprach. »Hoffentlich bereitet es Ihnen kein Problem, dass ich neben Ihnen Platz nehme. Grausam, das Pöbelpack dort auf dem Kai. Sie sind sicherlich auch Geschäftsmann? Gestatten, Duckstein, Dieter Duckstein.«

Olli stellte sich kurz vor. Er musste sich nicht verstecken, denn sein kleines Internetunternehmen florierte schließlich wieder. Sein Sitznachbar schien jedoch bemerkt zu haben, dass er sich irgendwie gestört gefühlt hatte, denn er begann, sich für sein Auftauchen zu entschuldigen. »Bitte, Herr Heldt, verstehen Sie mich nicht verkehrt. Ich wollte ursprünglich von Büsum nach Helgoland fliegen, aber die Maschine hat es wegen des Nebels leider nur bis Cuxhaven geschafft. Ein grauenhafter Flug übrigens, fast wären wir abgeschmiert. Aber mein Gott, ich lebe nun einmal vom Zeitgewinn, da gab es keine andere Möglichkeit als dieses Flatterding hier, denn ich habe dringende Geschäfte auf Helgoland zu erledigen. Ich bin absolut kein Seemann. Doch was soll ich machen? Eine Autobahn nach Helgoland, die gibt es nicht.«

Olli nickte verständig. Er konnte eine klammheimliche Freude nicht verbergen, das bessere Reisemittel als Stuhr gewählt zu haben. »Das kenne ich, Herr Duckstein. Deswegen trinke ich immer einen Gin Tonic vor jedem Flug, dann geht das alles wunderbar ab.«

Diese Sprache schien Duckstein zu verstehen. »Aber hier an Bord kann man sich das Leben ja auch angenehm gestalten. Nehmen Sie einen Drink mit mir?«

Einen Drink? Ja, warum denn eigentlich nicht? Olli nickte.

Aber anstatt sich die Getränke zu ihren Sesseln kommen zu lassen, sprang Duckstein unvermittelt auf. Besonders groß war er nicht, aber recht drahtig. In seinem dunklen Anzug mit dem weißen Hemd wirkte er wie ein James Bond aus den Siebzigern. »Kommen Sie, wir gehen an die Bar.«

Die Bar? Welche Bar denn?

Zielstrebig schlug Duckstein mit leicht wackeligen Schritten den Weg zur anderen Bordseite ein. Als sie die große Mittelsäule umkurvt hatten, die die Toiletten für die Komfortklasse beherbergte, bemerkte Olli tatsächlich eine kleine Bar, die vermutlich nicht ohne Grund von der Ruhezone entfernt im hinteren Bereich eingebaut worden war. Hinter dem hohen Tresen nickte ihnen eine jüngere studentische Aushilfskraft zu, die offenbar bis jetzt gelangweilt Notwache für die in der Komfortklasse ausbleibenden Passagiere geschoben hatte.

Die ersten drei Bestellversuche Ducksteins bei der jungen Dame nach von ihm favorisierten Drinks scheiterten schnell an der begrenzten Auswahl. Nach kurzer Diskussion ließ sich Duckstein auf Whisky-Cola herunterhandeln, allerdings bestand er auf einen zwölfjährigen Single Malt Scotch und erbat sich eine ungeöffnete Flasche. Den grünlichen Geldschein, den er anschließend dafür über die Theke schob, konnte Olli nicht recht einordnen, weil er Scheine dieser Farbe im Zeitalter der Plastikkarten relativ selten im Portemonnaie mit sich führte. Auf Wechselgeld verzichtete Duckstein, was die Freundlichkeit der Bedienung erheblich steigerte und sich später im viertelstündlichen Erneuern des Eises manifestieren sollte.

Die junge Bedienung zauberte eine dreieckige Flasche Scotch aus dem Regal, stellte Gläser, Cola und Eis dazu und nickte ihnen ermunternd zu. Duckstein dankte ihr kurz und begann, einzuschenken. Dann drehte er sich um und reichte ihm ein Glas. »Ich bin der Dieter. Wohlsein.«

Olli prostete zurück. »Zum Wohl, Dieter. Olli. Mein zweiter Vorname ist ›Solide‹.« Duckstein lachte kurz auf, bevor er den Drink in die Gurgel kippte. Das Zeug aus der dreieckigen Flasche schmeckte auch nicht schlecht, obwohl sich Olli erinnerte, dass richtige Scotch-Liebhaber höchstens Wasser zum Verdünnen nahmen. Als die Bordansage erfolgte, dass die Passagiere sich anschnallen sollten, kam sogleich Entwarnung von der jungen Bedienung hinter der Bar. »Keine Sorge. Das ist nur eine Sicherheitsansage für das Volk auf dem Hauptdeck. Sie gilt nicht für Kunden bei mir an der Bar. Order vom Chef. Also locker bleiben, die Herren. Ich bin übrigens die Svenja. Wenn ich Ihnen irgendeinen Wunsch erfüllen kann ...«

Olli wusste nicht recht, wo er hinschauen sollte. Duckstein prostete auch ihr zu und nahm einen ordentlichen Zug von seinem Drink. Er blickte Svenja tief in die Augen, und sie wich seinem Blick nicht aus. Das war durchaus zu verstehen, denn Dieter Duckstein war schon eine bemerkenswerte Erscheinung. Er war schlank, trug einen klasse Anzug und konnte als vermuteter Mittvierziger immerhin noch tiefschwarze gepflegte Haare vorweisen. Seine klassischen Gesichtszüge wurden von stechenden blauen Augen gekrönt, die fast eine halbe Minute lang nicht von der Servierkraft ließen. Er bat um ein drittes Glas und schob es ihr zu. Dann schien er sich auf wichtigere Dinge zu besinnen und goss reihum Whisky aus der Flasche nach. Wenn die Luft brannte, dann hier an der Bar.

Das Schaukeln der Schnellfähre nahm nach dem Ablegen kräftig zu, was Olli veranlasste, nicht zu viel Cola nachzuschenken, damit der Tresen nicht vollgeschwappt würde. Schnell stellte sich bei ihm ein gewisser Tunnelblick ein, was aber durchaus nicht unangenehm war, denn die von Wellenschlag und Gischt malträtierten Scheiben des Fahrgastraumes wirkten durch die neblige Suppe auf der Nordsee wie Milchglas. Irgendwann zog Duckstein einen Barhocker in die Mitte zwischen ihnen, was allerdings nicht als feindseliger Akt zu verstehen war, denn wenig später gesellte sich Svenja nun zu ihnen. Offensichtlich hatte sie dank Duckstein bereits ihren Tagesumsatz gemacht. Schnell stellte sich heraus, dass es ihre letzte Fahrt war, denn sie würde bereits morgen ein Praktikum an der Biologischen Anstalt auf Helgoland beginnen.

Aus irgendeinem Grund schien das Duckstein zu irritieren. Die Nähe zu Svenja, die er vorher gesucht hatte, schien ihm jetzt zu eng zu werden. Er stand auf.

Olli fand es bewundernswert, wie zielsicher der Mann Richtung Toilette marschierte, ohne dass ein echtes Wanken erkennbar wäre. Das Handy in seiner Hosentasche vibrierte, aber er konnte das Gespräch nicht annehmen, denn kaum war Duckstein in der Mittelsäule entschwunden, umschlangen ihn unerwartet zwei Arme. Als er sich erschrocken zur Seite drehen wollte, küssten ihn bereits warme und weiche Lippen.

»Ein toller Typ, dein Freund. Wenn ich nicht fest liiert wäre, dann könnte ich echt schwach werden. Das ist noch ein richtiger Mann.« Dann holte Svenja zum großen Zungenschlag aus.

Puh. Was sollte denn das? So innig hatte ihn schon lange keine Langhaarige mehr geküsst. Das machte ihn neugierig. »Mit wem bist du denn so fest liiert?«

Sie konnte sich das Lachen nicht verkneifen. »Na, mit wem wohl? Mit dir natürlich, mein Süßer. Würde ich dich sonst so küssen?«

Sie schien jedoch an der Bordbar die Grundregeln des Überstehens solcher Situationen gelernt zu haben, denn rechtzeitig, bevor Duckstein wie ein Elitesoldat mit festem Schritt zielstrebig an die Bar zurückmarschierte, war sie wieder auf ihren Sitz gerutscht.

Duckstein verteilte ohne Nachfrage den Rest der Whiskyflasche auf die drei Gläser im Verhältnis drei-zwei-eins, wobei Svenja die größte Schonung zuteil wurde. Dann griff er zur Brieftasche und legte den nächsten Schein auf den Tresen, der eindeutig lila gefärbt war, was das Trinkgeld von Svenja vermutlich versiebenfachte. »Ich bin der Dieter, und das ist der Olli.«

Demonstrativ zückte Olli sein Portemonnaie, aber Duckstein wehrte ab. »Quatsch, ihr seid selbstverständlich meine Gäste. Ihr müsst mich nur irgendwie auf die Insel bringen.«

Svenja wusste, wie man mit solchen Trinkgeldern umzugehen hatte. Nachdem sie die neue Flasche in das Kassensystem eingegeben, geöffnet sowie neues Eis bereitgestellt hatte, versenkte sie das Restgeld demonstrativ zwischen ihren üppigen Brüsten und hauchte Duckstein einen Dank zu. »Mein Gott, Dieter, bevor deine Hände erfrieren, dürfen sie sich gern bei mir erwärmen.«

Duckstein griente zurück. »Meine Hände müssen leider zu viel arbeiten, Svenja, um solche schönen Schätze zu heben.«

Sie prosteten sich zu. Es schien hier an Bord in jeder Beziehung noch eine stürmische Nummer zu werden. Duckstein schien in alkoholischen Dingen absolut sturmerprobt zu sein, und diese Svenja schien er zu schonen. War sie nicht sein Frauentyp, oder hatte er zurzeit andere Sorgen?

Svenja sorgte für den weiteren Gesprächsstoff. »Wo

wohnst du denn, Dieter? Ihr beiden teilt euch doch hoffentlich kein Doppelzimmer?«

Diese Art von Humor schien Duckstein zu lieben. Er konnte sich kaum noch einkriegen und zwinkerte Olli zu. »Nein, meine Devise ist einfach. Einfach immer nur das Beste. Einmieten lasse ich mich selbstverständlich stets im ersten Haus am Ort, schließlich erwartet man erstklassige Geschäftsabschlüsse von mir.« Seine Wangenknochen stachen jetzt noch kräftiger hervor. Er berichtete nicht ohne Stolz von seinen jüngsten Erfolgen in Kakanien.

Ungebildet schien Svenja nicht zu sein, aber sie blickte ihn genau wie Olli ratlos an.

Duckstein klärte die beiden auf. »Kakanien? Das ist die k.u.k.-Monarchie unterhalb der Donau. Die Ösis. Dort muss man nur mit harten Bandagen auftreten, dann zieht man die alle schnell über den Tisch. Die Sprache kennen sie noch gut von früher.« In der Folge zog Duckstein die neu auf den Tresen gestellte Whiskyflasche zu sich heran, drehte den Verschluss mit den Zähnen auf und schob die Cola weg. »Heute kann ich mir noch einmal die Kirsche richtig zuziehen, aber morgen muss ich wieder topfit sein. Es geht immerhin um sechs Millionen.«

Sechs Millionen? Na, dann kann man sich diesen Luxus locker leisten, dachte sich Olli. Duckstein begann, unglaubliche Geschichten aus der Finanzwelt zu erzählen, wie er Leute über den Tisch gezogen hatte. Später berichtete er von seinem Aufstieg vom Boten zum Unternehmensberater. Früher überbrachte er schlechte Botschaften, jetzt konnte er sie erteilen. Topp oder hopp, das war seine Devise. Das Ausleuchten von Grautönen schien Ducksteins Sache nicht zu sein.

Das Aufschaukeln der Katamaranfähre wurde unangenehm. Duckstein löste das Problem auf seine Art und Weise. Er kippte sein Glas bis zum Rand mit Whisky voll. »Macht, was ihr wollt. Bringt mich nur irgendwie auf die Insel. Ich gebe mir jetzt den Hirnschuss.«

Na ja, irgendwann später kam dann auch schon dieser mächtige Rettungshubschrauber, und nach einem kurzen Telefonat von Svenja mit dem Kapitän war klar, dass die ersten drei Plätze im Helikopter von der fröhlichen Runde aus der ersten Klasse belegt werden konnten.

Während sich Duckstein regungslos wie ein schlaffer Sack in den Flieger hieven ließ, schien Svenja die Situation eher zu erregen. Nachdem die Luke des Hubschraubers verschlossen war, befummelte sie Olli vor dem ihnen zu Füßen liegenden Duckstein immer wieder. Aber Olli war eigentlich nur heilfroh, von der restlichen Überfahrt und der dritten Whiskyflasche verschont geblieben zu sein.

An die Einlieferung heute Mittag ins Inselkrankenhaus konnte er sich nicht mehr so richtig erinnern, nur dass Svenja irgendwann weg war. Vor einer Stunde war er mit einem ziemlichen Brummschädel aufgewacht. Er hatte kurz Stuhr über seinen Verbleib informiert, bevor er sich mehrfach übergeben hatte. Dennoch musste er lächeln. Die anderen Fahrgäste hatten vermutlich auch gespuckt, aber Olli wusste wenigstens, weswegen. Dass der Duckstein schnell wieder auf die Beine kommen würde, das bezweifelte er. Es klopfte an der Tür. Das konnte nur Svenja sein.

17 FLUNDERN UND FLACHZANGEN

Abgerissen war die Verbindung nicht. Sicherlich, die Qualität des Telefonats hier unten auf der Toilette war allein schon durch die Betongründung der Gaststätte heftigen Schwankungen unterworfen gewesen und zum Schluss deutlich schlechter geworden. Er musste immer lauter sprechen, und als er viel zu spät das Trommeln wahrnahm, das mit zunehmender Intensität auf die Toilettentür einhämmerte, hatte er keine andere Wahl mehr. Er musste schnell den roten Abstellknopf drücken.

Wer konnte nur vor der Toilettentür stehen, und was könnte er gehört haben? War er jetzt bereits als Hansens erster Scherge enttarnt, bevor der zweite ins Geschehen eingreifen konnte? Da er nur zum Telefonieren auf dem Toilettendeckel gesessen hatte, musste er notgedrungen aufstehen und einen Anziehvorgang simulieren. Dann wartete er kurze Zeit und drückte den größeren Spülknopf. Die nutzlos einfließende große Wassermenge erzeugte ein Geräusch, das auf ein großes Geschäft hinwies. Dann öffnete er die Toilettentür, um möglichst schnell und unerkannt an dem unliebsamen Zeitgenossen vorbeieilen zu können. Es war jedoch Dr. Rogge, der ihn am Jackenärmel festhielt. »Entschuldigung, Herr Stuhr. Ich konnte ja nicht ahnen, dass ausgerechnet Sie den WC-Sitz blockieren. Aber es drängt wirklich sehr. Nochmals Entschuldigung.« Dann zwängte sich der Anstaltsleiter in die enge Kabine.

Stuhr ging zum Waschbecken, um seinen Toilettenbesuch ordnungsgemäß abzuschließen. Sein Handy vibrierte. Er zog es schnell aus der Hosentasche, um es auf stumm zu stellen. Auf dem Display erkannte er Hansens aufleuchtenden Namen. Nein, mit dem konnte er jetzt unmöglich sprechen, und liefern konnte er ja auch noch nicht. Er steckte das Gerät weg. An den heftigen Keuchbewegungen des Direktors und der Untermalung durch Geräusche, die offenbar sein Darmausgang erzeugte, war zu vermuten, dass der Direktor mit gewaltigeren Problemen beschäftigt gewesen sein musste, als seinem Gespräch mit Dreesen analytisch zu folgen. Das bestätigte sich, als sich die Tür öffnete und der Direktor mit schwitzender Stirn auf das Waschbecken zustürzte.

»Es muss die Ruhr sein, Herr Stuhr. Entschuldigen Sie bitte, aber meine Gesundheit quält mich. Seitdem die Geschichte mit Herrn Reinicke bei uns passiert ist, fühle ich mich aus dem Gleichgewicht geworfen. Der Magen spielt verrückt. Ich bekomme von meiner Verwaltungsleiterin und von alten Freunden seltsame Fragen gestellt. Wenn das alles nach Bremerhaven zur Stiftung dringt, dann kann ganz schnell eine sinnvolle Forschungseinrichtung der Angst geopfert werden. Ich habe nur eine Chance, dagegenzuarbeiten. Bitte, verschaffen Sie mir schnell den Kontakt zu diesem Dreesen. Der muss in der Landeshauptstadt für die Landesinteressen kämpfen.«

Auch wenn Stuhr bezweifelte, dass Dreesen auch nur einen Handschlag für Rogge erledigen konnte, nickte er dem Anstaltsleiter zu, der ihn nachdenklich ansah.

»Es ist natürlich nicht die Ruhr, und auch nicht die Pest oder die Cholera. Die Nerven liegen einfach blank, und es ist der Magen, der in dieser vertrackten Situation immer wieder verrückt spielt. Tut mir leid, Herr Stuhr.«

Stuhr nickte verständig. Es war beruhigend für ihn, dass Dr. Rogge in seiner Not das Telefonat nicht verfolgt haben konnte. So nutzte er die Situation schamlos für sich aus. »Seien Sie beruhigt, Dr. Rogge, ich war bereits am Ball für Sie. Ich hatte eben versucht, mit meinem ehemaligen Kollegen Kontakt aufzunehmen, und nur diese triste Betongründung hat verhindert, dass ich die Angelegenheit in trockene Tücher legen konnte. Ich bin zuversichtlich, dass ich das bis morgen früh geregelt bekommen habe.«

Der Institutsleiter hob beschwörend die Hände. »Ein ehemaliger Kollege von Ihnen? Mein Gott, Herr Stuhr, Sie scheinen mir ein richtiger Strippenzieher zu sein. Wenn ich das geahnt hätte, dann wäre ich besser in meiner Not in einer der Hummerbuden auf die Toilette geflüchtet, damit Sie das Telefonat zu Ende hätten führen können. Können Sie denn einfach so an ihn herankommen?«

Stuhr nickte. »Ihnen kann ich es ja sagen, Dr. Rogge. Sie scheinen mir ein Ehrenmann zu sein. Ich war früher, wie der Kollege Dreesen jetzt, in der Staatskanzlei tätig, das muss nur vertraulich unter uns bleiben. Natürlich als sein Vorgesetzter, aber das verschwimmt ja oft nach vielen Jahren.«

Beflissen nickte ihm Dr. Rogge zu. Damit hatte Stuhr eine erste Fährte gesetzt, um herauszufinden, inwieweit er diesem Rogge vertrauen konnte. Wenn er das weitererzählen würde, würde das auf diesem kleinen Eiland in kürzester Zeit die Runde machen und bei ihm zu Nachfragen führen. Er versuchte, das Gespräch zum Abschluss in seichtere Gefilde zu lenken. »Sind Sie sicher, dass Ihre Magenprobleme nicht vom Mittagessen herrühren? Bei mir grummelt es nämlich auch ein wenig. Vielleicht liegt es an der Flunder?«

Die Gesichtszüge des Institutsleiters erhellten sich merklich. »Nein, Herr Stuhr, die Küche oben ist gut, sonst würden wir Insulaner dort nicht hingehen. Vermutlich kämpft Ihr Körper immer noch mit den Nachwirkungen des Fluges. Im Übrigen sind die Flundern nicht so sehr das Problem auf Helgoland, sondern die Flachzangen.«

Die Flachzangen? Stuhr verstand nicht, was Dr. Rogge damit gemeint haben konnte.

Der schickte keine Erklärung hinterher, sondern verabschiedete sich mit Handschlag. »Entschuldigung, ich muss zurück in die Anstalt. Dringende Termine, Herr Stuhr. Übrigens, mit den Rasmussens sind Sie bestens bedient. Wenn es Ihnen auf der Insel gefällt, ist es die erste Lokation. Die Institutsdirektoren der anderen Stiftungen aus dem Bundesgebiet nächtigen allesamt gern dort. Die Hotelbar ist gut bestückt, Rasmussens Frau ausgesprochen liebreizend und der Blick durch die Panoramascheiben einfach phantastisch. Wenn Sie mögen, dann kommen Sie doch einfach morgen früh zu mir in die Anstalt, dann zeige ich Ihnen alles. Ich habe zwar am Vormittag noch Termine, aber für einen kleinen Rundgang wird es schon reichen. Die Labore kann Ihnen einer meiner Mitarbeiter zeigen. Bis morgen denn. Schön, Sie kennengelernt zu haben.«

Stuhr nickte kurz zurück und hastete ihm die Treppe hinterher in den Gastraum zurück, in dem von der Mittagsrunde nur noch Rasmussen wartend im Raum verweilte. Dr. Rogge verabschiedete sich auch von ihm und eilte hinaus.

Rasmussen musterte ihn nur kurz. »Zurück zum Hotel?«

Stuhr nickte, und während sie sich entlang der bunten Hummerbuden durch die Touristenscharen quälten, musste er immer wieder über Dr. Rogges Spruch über die Flachzangen nachdenken. Sollte er nicht lieber schon heute Nachmittag einmal bei dem Institutsleiter nachbohren? Oder ihn durch Kommissar Hansens Kollegen Rost von der Wasserschutzpolizei vernehmen lassen? Er spürte das Vibrieren seines Handys. Sicherlich war das wieder der Kommissar, aber bei dem gemeinsamen Gang mit dem Hotelchef durch das Unterland konnte er den Anruf schlecht annehmen, ohne sich zu verraten. Deswegen war er erleichtert, als ihm Rasmussen vor der Tür zu seinem Hotel fest die Hand drückte.

»Herr Stuhr, es ist Hauptsaison, das Hotel ist ausgebucht, und hier werden am Abend in der Gaststube mindestens 60 Essen ausgegeben. Ich muss in die Hotelküche und unseren Jungkoch instruieren. Wenn in der Küche etwas schiefgeht, dann ist man auf Helgoland schnell weg vom Fenster, und es haftet einem noch jahrelang an. Schauen Sie sich das doch einfach heute Abend von unserem Gastraum bei einem Käffchen aus an. Der erste Drink geht wie immer aufs Haus. Bis denn!« Rasmussen hastete die Treppe hinunter zum Bürobereich.

Stuhr wählte die Treppe hoch zu seinem Zimmer, und als er die Tür hinter sich geschlossen hatte, suchte er in seinem Handy die Nummer von Dreesen. Wider Erwarten meldete der sich prompt, was Stuhr mehr als verwunderte. »Was ist denn los mit dir? So schnell warst du noch nie am Telefon.« Dreesen entschuldigte sich sofort. »Tut mir leid, ich hatte eigentlich einen anderen Anruf erwartet. Ich führe hier bisweilen auch Beratungen durch, wie dir bekannt sein dürfte.«

Davon wusste Stuhr nichts, und an der plötzlichen Servicefreundlichkeit des Oberamtsrats kamen ihm Zweifel auf. »Du berätst neuerdings Bürger?«

Dreesen versuchte, den Ball flach zu halten. »Nein, natürlich nicht. Ich berate lediglich intern.«

Stuhr konnte sich seinen Spott nicht verkneifen. »Wobei kannst du einen denn beraten? Das wäre ja ganz neu.«

Dreesens Stimme klang nun beleidigt. »Mensch, Stuhr, mach mal halblang. Denkst du denn wirklich, ich hocke den ganzen Tag nur am Schreibtisch herum und lasse die Klötze baumeln?«

Stuhr antwortete lieber nicht, und wenig später lieferte Dreesen den Beratungsanlass nach. »Hier kennen alle meinen Wahlspruch. ›Krank oder genesen, hol dir Rat bei Dreesen.‹ Ich kenne alle Gesetze sowie Verordnungen, und ich kenne auch alle Tricks. Die Kollegen sind für meinen Rat stets dankbar.«

Dreesen schien die Kollegen in arbeitsrechtlichen Fragen zu beraten. »Aber das machst du doch nicht etwa während der Arbeitszeit?«

Dreesen klang jetzt recht ungehalten. »Natürlich

mache ich das während der Arbeitszeit, schließlich macht der Dienst die Kollegen erst krank. Wenn die zu Hause bleiben könnten, dann wären sie alle kerngesund.«

Das war starker Tobak. Aber Stuhr erinnerte sich, dass Dreesen früher immer schon während der Dienstzeit zum Friseur gegangen war. ›Meine Haare wachsen ja auch während der Dienstzeit‹, hatte er das lakonisch kommentiert.

Ja, er hatte eben seine Ecken und Kanten, und er legte jetzt noch einmal nach. »Die Beratungen musst du als eine Art Inhouse-Seminar sehen, Stuhr, so nennt man das heute. Es ist natürlich nur inoffiziell, aber die offiziellen Angebote kannst du alle in der Pfeife rauchen. Da geht niemand hin, außer um in geselliger Runde den einen oder anderen Kaffee zu trinken oder einer Kollegin auf den Hintern zu schielen.«

Stuhr musste unfreiwillig lachen. »Ist ja schon gut, Herr Kollege. Ich werde Dr. Rogge morgen früh deine Telefonnummer geben. Du rufst mich sofort an, wenn er etwas von dir will, einverstanden?«

Dreesen stimmte zu, wenngleich nicht ohne Murren.

»Sag mal, hast du schon die Mail mit der Liste geschickt?«, bohrte Stuhr nach.

Dreesen bestätigte, und sie beendeten das Gespräch.

Stuhr zog das Notebook aus seinem Gepäck und stellte eine Internetverbindung her. Kurze Zeit später zeigte ein Klingelton an, dass Dreesens Mail angekommen war. Stuhr öffnete den Anhang mit der Liste. Beim Überfliegen der etwa 200 Namen stellte er fest, dass beim

Buchstaben ›D‹ auch Dr. Rogge eine Erlaubnis hatte, das Watt zu befahren. Zudem kam ihm der Name Duckstein bekannt vor. War das nicht der Fluggast, den Anna Maria Rasmussen so seltsam angesehen hatte und der in Cuxhaven wieder aus dem Flieger gestiegen war? Gegen Ende der Liste verschlug es ihm die Sprache, denn unter ›R‹ tauchte ein Name auf, den er dort nie und nimmer erwartet hätte. Anna Maria Rasmussen. Wozu benötigte ausgerechnet die eine Fahrgenehmigung für das Watt? Wieso stand ihr Name auf der gleichen Liste wie Reinicke, Duckstein und Dr. Rogge? Wusste ihr Mann von der Genehmigung?

Immer der Reihe nach, beruhigte sich Stuhr. Zuerst würde er den Kommissar informieren, und dann würde er im Krankenhaus nach Olli sehen, denn irgendwie musste er mehr über die Rasmussens und diesen Duckstein erfahren. Er selbst würde Dr. Rogge auf den Zahn fühlen.

Verdammt, wen konnte der nur mit der Flachzange gemeint haben?

18 DIE FRAU DES ADMIRALS

Über Mittag hatte Hansen genug Zeit, sich Gedanken über Norbert Grenz und die Friesische Fluggesellschaft zu machen, denn weder Stuhr noch Olli Heldt waren für ihn erreichbar. Die Clausen hatte ihren Schichtdienst auch schon beendet, und ihr Stellvertreter hatte keinerlei Neuigkeiten zu vermelden. Sein Oberkommissar Stüber war inzwischen nach Kiel in die Polizeidirektion zurückgekehrt und hatte umgehend von der üblen Stimmung berichtet, die sein verhasster Büroleiter Zeise innerhalb der Abteilung wieder einmal verstärkte. Das ärgerte Hansen besonders deswegen, weil der in Westerland ermittelnde glücklose Kollege im Gegensatz zu ihm bisher noch nicht einmal den Toten identifizieren konnte oder irgendwelche weiterführenden Spuren entdeckt hatte.

Dieser Fall schien in der Tat noch mysteriöser als seiner in Sankt Peter zu sein. Auf Sylt hatte letzten Freitag am frühen Morgen ein Strandgänger einen im Sitzen schlafenden Mann in einem schicken Kashmirmantel entdeckt, sanft angelehnt an einer kleinen Düne. Natürlich lag die Vermutung nahe, dass er ein verkatertes Überbleibsel eines fröhlichen Abends in der Sansibar gewesen war, einer berühmten Strandlokation, die keine 300 Meter weiter nördlich lag und in der die Promis zuweilen auch ausgelassen auf den Tischen tanzten. Weil die männliche Person aber überaus elegant gekleidet war und überhaupt nicht in diese morgendliche Strandidylle passte, näherte sich der Spaziergänger, um nach dem Rechten zu sehen und ihm eventuell auf die Beine zu helfen. Doch der sitzende Mann war starr und kalt. Er schien tot zu sein, obwohl keinerlei äußerliche Anzeichen von Gewalt festzustellen waren. Der Strandgänger informierte mit seinem Handy die Polizei, und zum Glück konnte die Leiche ohne viel Aufhebens nach den üblichen polizeilichen Sicherungsmaßnahmen vor Ort mit einem neutralen Leichenwagen unbemerkt nach Kiel in die Gerichtsmedizin weggeschafft werden.

Der Tote hatte keinerlei Papiere bei sich getragen. Die folgenden behutsamen Nachforschungen der Kollegen in der Sansibar und auf der gesamten Insel verliefen ausgesprochen zäh, man wollte schließlich in der Hauptsaison keine Badegäste verschrecken. Auch die Fingerabdrücke ergaben keine Übereinstimmungen im Zentralcomputer, wovon allerdings bei der Eleganz der Erscheinung auch kaum ausgegangen werden konnte. Wegen des Wochenendes konnten die Kollegen von der Gerichtsmedizin ihre Untersuchungen erst am gestrigen Montagmorgen in vollem Umfang aufnehmen, und Stüber schien nun nicht ohne Stolz zu sein, Hansen ein erstes Ergebnis nach den üblichen Analysen exklusiv verkünden zu können.

»Chef, die Wurst ist warm. Keine Ahnung, wer der Tote ist. Aber halten Sie sich fest. Er trug Hörstöpsel in seinen Ohren.«

Hörstöpsel in den Ohren? Worauf zielte sein Oberkommissar ab?

Stüber setzte sofort nach. »Chef, das ist doch ein Klassiker. Auf Sylt verstöpselte Ohren, in Sankt Peter ein verknebelter Mund. Wann folgt die Nase und wann werden Augen geblendet? Chef, es muss eine Große Mordkommission gebildet werden. Wir müssen übergreifend ermitteln. Zeise bläst das hier schon seit gestern ungefragt überall durch die Polizeidirektion. Ich weiß, der ist ein Oberidiot, aber er sorgt für ungesunden Aufruhr. Das schlägt alles auf uns zurück, Chef. Zudem ist es die einmalige Gelegenheit, unseren Fall jetzt loszuwerden.«

Was Zeise dachte oder kolportierte, das juckte Kommissar Hansen meistens wenig. Aber dass sich ausgerechnet sein Oberkommissar ernsthaft Gedanken über den Fall machte und ihm zudem noch über diese Dösbacke von Büroleiter eine gleiche Einschätzung übermittelte, das gab ihm erneut ernsthaft Grund zum Nachdenken, denn dessen ganzer Einsatz galt ansonsten bisher allein der Witwe Eilenstein. Oberkommissar Stüber musste in einer echten Beziehungskrise stecken. Nein, eine Große Mordkommission, das würde den Politikern in Schleswig-Holstein den Hals brechen, denn der Vorfall auf Sylt war bis jetzt kaum jemandem bekannt. Der Zusammenhang, den Stüber vermutete, war allerdings durchaus nachvollziehbar. Die Ohren auf Sylt und der Mund in Sankt Peter? Das konnte natürlich schon der Beginn einer Mordserie sein. Oder war es Zufall und die Serie zog sich weiter von Norden nach Süden? Sylt und St. Peter-Ording begannen zwar beide mit ›S‹, aber außer dem Nordseetourismus kannte er nichts, was die Insel und den Ort verband. Der Fall blieb trotz Stübers letzter Erkenntnis mehr als rätselhaft. Hansen bat ihn, weiterhin engen Kontakt zur Gerichtsmedizin zu halten.

Dann erreichte ihn endlich ein Anruf von Stuhr. Zunächst wollte Hansen ihm die Meinung sagen, aber als Stuhr begann, ohne viel Aufhebens von seiner Odyssee zu berichten, schlug sein Ärger in Bewunderung um. Nie und nimmer wäre er selbst in den Flieger gestiegen. Stuhrs erste kriminalistische Erkenntnisse waren zudem mehr als vielversprechend. Der Kommissar berichtete seinerseits kurz von dem Besuch auf der Polizeistation und von der bevorstehenden Vernehmung des Piloten Grenz wegen der Erkenntnisse aus der Gerichtsmedizin. Abschließend wünschten sie sich gegenseitig alles Gute, dann beendete der Kommissar das Gespräch, denn der kleine brummende Fliegenschiss am Horizont vergrößerte sich zunehmend. Das musste der Flieger aus Helgoland sein.

Wenig später brachte der Pilot sein Fluggerät sicher auf die Landebahn. Die Befürchtungen von Kommissar Hansen, dass sich dieser Grenz irgendwie verdrückt hätte oder anders als eingeplant nicht an diesem Nachmittag mit seiner Maschine gelandet wäre, bestätigten sich glücklicherweise nicht. Theißen ging zur Maschine und kam mit dem Piloten zum Flugfeldrand zurück. Der mitangereiste Kollege von der Friesischen Fluggesellschaft begann sofort, auf den Pilotensitz zu steigen und sich um die Vorbereitungen für den Rückflug zu kümmern. Grenz schien sich auf einen längeren Festlandsaufenthalt eingestellt zu haben.

Der Kommissar dankte Theißen, der sofort verstand, dass er hier nichts mehr zu suchen hatte. Dann begann Hansen das Gespräch zunächst freundlich. »Moin, Herr

Grenz. Ich bin Kommissar Hansen von der Kieler Kripo. Schön, dass das mit Ihrem Kollegen geklappt hat. Ich muss mit Ihnen über einen Mord reden, der anscheinend mit Fliegerei oder vielmehr Nichtfliegerei zu tun haben könnte. Haben Sie eine Vermutung, wonach ich Sie befragen muss?«

Dieser Grenz machte ein lammfrommes Gesicht, bevor er den Kopf schüttelte. Die Liberalisierung der Gesellschaft und wachsende psychologische Erkenntnisse hatten in den letzten Jahrzehnten zwar das umfangreiche polizeiliche Spektrum von subtilen Befragungsmethoden erheblich erweitert, aber aufgrund der Tatsache, dass Grenz offensichtlich mit Komplikationen rechnete und das Unschuldslamm spielen wollte, sah sich Kommissar Hansen genötigt, in die Vernehmungssteinzeit zurückzufallen und zunächst mit dem Verlust des Lieblingsspielzeuges zu drohen. Er ging den Piloten hart an. »Herr Grenz, nach meinen Informationen fliegen Sie offensichtlich manchmal zu Bedingungen, die Linienflüge eigentlich nicht hergeben. Sie mögen das abstreiten, aber wenn sich das bei meinen weiteren Recherchen bestätigen sollte, dann werde ich dafür sorgen, dass Sie Ihre Fluglizenz sofort loswerden. Haben Sie außer der Reihe Flüge durchgeführt, die nicht durch den Linienflugverkehr abgedeckt waren?«

Norbert Grenz riss auf der Stelle seine Hände zur Unschuld hoch. »Mensch, Herr Hansen, diese strengen Verordnungen gibt es doch nur in Deutschland. Ich habe schon die ganze Welt beflogen. Glauben Sie mir, das ist vielerorts unlustiger als an der Nordsee, obwohl es einen hier wettermäßig auch mal mit Nebel oder Sturm treffen kann. Die in der restlichen Welt eingesetzten Maschinen sind meistens hoffnungslos veraltet und oft nahezu unbezähmbar, doch ein guter Pilot muss da durch. Wenn man die deutschen Vorschriften befolgen würde, gäbe es westlich der Oder bis hin zum Himalaja praktisch keinen Flugbetrieb mehr.«

Kommissar Hansen blickte ernst in die irritiert flackernden Augen des Piloten und setzte sofort nach. »Herr Grenz, Sie geben damit also zu, Linienflüge im norddeutschen Luftraum durchgeführt zu haben, obwohl es die gesetzlichen Bestimmungen nicht hergegeben haben. Richtig?«

Grenz blickte ihn unsicher an und antwortete zunächst nicht. Die Angst um seine Fluglizenz konnte der Sache insgesamt nur dienlich sein, befand der Kommissar. Der Pilot wankte wie ein getroffener Boxer, bevor er zähneknirschend nickte.

Auch wenn dieser Grenz vermutlich ein guter Pilot war, so hatte er Hansen indirekt eine Leiche in St. Peter-Ording beschert, die sein dienstliches Leben zunehmend unfreundlicher gestaltete. Dieser Grenz, der ihm hier gegenüberstand, hatte großen Anteil an seiner ungemütlichen Situation.

Der Pilot schien seinen wachsenden Unmut zu bemerken, denn er hob wieder beschwörend die Arme. »Herr Kommissar, verstehen Sie mich doch bitte. Ich bin der Mann ganz vorn in der Maschine, der den Job machen muss, um die Passagiere unversehrt vom Start- zum Landepunkt zu transportieren. Unterläuft mir auch nur ein einziger richtiger Fehler, dann bin ich arbeitslos. Weltweit übrigens.«

Hansen ging auf die Erklärungsversuche des Piloten ein. »Eben. Wenn Sie ohne Erlaubnis abheben, dann ist das ein Fehler. Wenn ich einen Mörder laufen lasse, Herr Grenz, dann bin ich für das nächste Opfer verantwortlich. Ich kann mich doch nicht einfach über die gesetzlichen Bestimmungen hinwegsetzen. Haben Sie Michael Reinicke von der Biologischen Anstalt Helgoland gekannt?«

Der Pilot zögerte einen Moment. »Gekannt würde ich nicht sagen, aber ich habe ihn oft auf das Festland geflogen.«

Der Kommissar legte eine kleine Kunstpause ein. »Ich weiß, Herr Grenz, er ist nur nie in Büsum angekommen. Herr Theißen schwört darauf Stein und Bein, und in den Passagierlisten der Friesischen Fluggesellschaft taucht er auch nicht auf. Haben Sie eine Erklärung dafür?«

Grenz schien mit sich ins Gewissen zu gehen, wie weit er Aussagen treffen wollte.

Der Kommissar verkürzte den Konflikt des Piloten und holte die Kopie des Flugscheines aus der Brieftasche. »Herr Grenz, haben Sie diesen Flugschein ausgestellt und quittiert?«

Hansen bemerkte, dass der Pilot wie vom Blitz getroffen schien. Er setzte sich fluchend auf die weiße Holzbank, die eigentlich für Schaulustige bei Flugbetrieb aufgestellt war. »Es war schwer, dem Reinicke etwas abzuschlagen. Er hat viel für die Insel getan. Dr. Rogge, sein Chef, der hat sich sehr für ihn eingesetzt. Unsere Fluglinie ist ihm deshalb in mancherlei Hinsicht entgegengekommen. Die Frau des Admirals, das kennen Sie doch. Für solche Personen gibt es immer Sonderlösungen. Er wollte eben nicht mit der Meute fliegen, und seine Zielorte wollte er direkt erreichen. Er hat immer bar bezahlt, aber ich habe das ganze Geld bei der Fluggesellschaft abgeliefert. Glauben Sie mir, Kommissar, ich bin ein Pilot und kein Betrüger.«

Hansen setzte ein breites Lächeln auf. »Sehen Sie, Herr Grenz, genau darum geht es doch. Ich möchte Ihnen ja glauben, und unter Umständen muss ich meinen Bericht auch nicht lückenlos abliefern wegen Ihrer Vergehen gegen die Flugvorschriften, aber dazu benötige ich alle Informationen von Ihnen. Packen Sie aus! Die Beweislage lässt darauf schließen, dass Sie einer der Letzten waren, die Michael Reinicke lebend gesehen haben. Sie wissen, der Allerletzte ist meistens der Mörder. Was für Flüge waren es, die Sie für ihn durchgeführt haben?«

Der Pilot nickte und beeilte sich mit der Antwort. »Spezialflüge sozusagen. Ich musste jedoch immer Flugscheine für die Strecke Düne–Büsum ausstellen, damit er die bei der Biologischen Anstalt abrechnen konnte. Allerdings ist er so gut wie nie Linie geflogen, und die Flüge gingen meistens an ganz andere Orte. Wedel, Sankt Peter, Westerland. Auf dem Festland gibt es genug kleine Flugplätze, die ich unauffällig anfliegen kann. Früher ging es öfter nach Hamburg oder Berlin. Ich habe extra für diese Flüge von meiner Fluggesellschaft eine Entfernungstabelle bekommen, um die tatsächlichen Flugkosten zu berechnen. Die Differenz hat Reinicke anscheinend aus eigener Tasche draufgelegt.«

Das erschien Hansen unlogisch. »Aber dann hätte ihn

das Personal auf dem Flughafen Düne doch beim Abflug sehen müssen.«

Grenz verneinte. »Das wollte er nicht. Direkt vor der Biologischen Anstalt auf Helgoland befindet sich der Nordosthafen. Ich habe einen guten Kontakt zu einem Börtebootschiffer. Das ist ein verrückter Kerl, der für Geld alles macht. Wenn Reinicke los wollte, und das war manchmal zu unchristlichen Zeiten, ist der Schiffer einfach kurz in den Nordosthafen eingelaufen, um Reinicke und mich aufzunehmen und auf die Düne zu bringen. Dann sind wir schnell in einen der kleinen Flieger gestiegen und abgedüst. Wenn normaler Flughafenbetrieb war, dann habe ich einfach das Fluggerät hinter dem Hangar gedreht, und Reinicke ist unbeobachtet zugestiegen, denn Zäune gibt es hier ja nicht.«

»Hat Reinicke denn keine Angst gehabt? Ich würde eine ordentliche Flugabfertigung vorziehen.«

Grenz schüttelte energisch den Kopf. »Nein. Die Kollegen von der Fluggesellschaft in den blauen Uniformen an den Schaltern tun sich zwar manchmal wichtig, aber das sind mehr die Statisten in der Operette. Überall auf der Welt geht es einzig und allein darum, einen sicheren Flug zu gewährleisten. Oft haben mir schon Passagiere vor dem Einsteigen tief in die Augen geschaut. Wenn ich mich dann entscheide, zu fliegen, setzen sie sich auch hin. Sie haben Vertrauen zu mir. Das können keine Gesetze oder Verordnungen regeln. Dieser Reinicke hat mir vertraut.«

Die Gegenfrage konnte sich Hansen nicht verkneifen. »Haben Sie denn andersherum auch Reinicke vertraut?«

Der Pilot schien sich jetzt in seiner Ehre verletzt zu

fühlen.« Kommissar, ich bin in erster Linie ein Dienstleister. Mich interessiert wenig, warum jemand irgendwohin fliegen will und woher das Geld für das Ticket stammt. Schließlich lebe ich von der Fliegerei. Das muss man mit Taxifahrten vergleichen. Da bekommen Sie auch jede Quittung ausgestellt, die Sie benötigen. Reinickes Anstalt ist immerhin öffentlich finanziert. Warum sollte ich an seiner Integrität zweifeln?«

Sicherlich hatte Grenz in dieser Hinsicht recht, aber per Hand ausgestellte Tickets ließen andererseits viel Freiraum für Manipulationen jeglicher Art. »Gab es denn Auffälligkeiten nach der Landung?«

Grenz antwortete zügig. »Unterschiedlich. Zuletzt waren wir in Wedel und in Westerland. Da wartete wie so oft eine schwere Limousine auf ihn. Ich weiß nicht, welche Automarke, aber es schien sich immer um das gleiche Fahrzeug zu handeln, Hamburger Kennzeichen. HH-RH, die Nummer weiß ich nicht. Ich bin dann in der Regel allein zurückgeflogen. Manchmal rief er von irgendwoher an, um abgeholt zu werden, doch oft kam er auch ohne mich irgendwie auf die Insel zurück. Das war es schon.«

Diesen Grenz schien tatsächlich nur die Fliegerei zu interessieren. Jedenfalls hatte er Reinicke keinerlei Nachfragen gestellt. Wenn er die Einnahmen tatsächlich vollständig an die Fluggesellschaft abgeführt hatte, dann schien er keinen Dreck am Stecken zu haben. Dennoch blieb die entscheidende Frage offen. »Nicht ganz, Herr Grenz. Der besagte Flug am letzten Samstag. Haben Sie Reinicke an diesem Tag nach St. Peter-Ording geflogen?«

»Da war ich überhaupt nicht in der Luft, denn an dem Tag wurde die Landebahn bei uns ausgebessert. Da ging auf Düne überhaupt nichts.«

Das verstand Hansen nicht. »Aber Sie haben Reinicke an besagtem Samstag doch einen Flugschein ausgestellt und den Abflug sogar eigenhändig quittiert. Wie ist er denn nach St. Peter-Ording gekommen?«

Der Pilot ging tief in sich und ließ sich mit der Antwort Zeit. »Kommissar, auch das ist geregelt. Für solche Fälle hat unsere Fluggesellschaft ein Spezialabkommen. Ich möchte Sie nur bitten, das nicht an die große Glocke zu hängen.« Jetzt wurde es rätselhaft, doch Grenz machte aus seinem Herzen keine Mördergrube. »Diese Börteboote auf Helgoland sind absolut seetüchtig, Kommissar. Wenn also mit Flugzeug oder Schiff nichts mehr ging, dann ist Reinicke in ein solches Gefährt gestiegen. Die Fluggesellschaft hat zwar wie immer für Reinickes Reisekostenabrechnung den Flugschein ausgestellt, aber der Schiffer hat ihn dann transportiert und dafür später das Geld angewiesen bekommen. Weil immer weniger Schiffe ausbooten, ist das für den Schiffer eine lukrative Angelegenheit. Ich selbst würde allerdings niemals auf einer solchen Nussschale mitfahren. Dann lieber im Nebel über die Achttausender.«

Dem musste Hansen innerlich zustimmen. Aber jetzt ging es um die Wurst. »Den Namen, Herr Grenz.«

Der Pilot sah ihn erstaunt an. »Aber Kommissar, der Schipper hat doch nichts Verbotenes getan, oder?«

Hansen schüttelte energisch den Kopf. »Falsch, Herr Grenz. Der Schipper war vermutlich der Letzte, der

Reinicke lebend zu Gesicht bekommen hat. Den Namen, bitte.«

»Fiete Rasmussen. Alte Helgoländer Dynastie, allerdings verarmter Zweig. Wohnt kurz hinter dem Invasorenpfad in einer dieser bunten Hummerbuden unweit vom Hafenbecken, in dem die Börteboote liegen. Die Hausnummer weiß ich nicht, aber an seiner orangefarbenen Bude hängt ein Rettungsring.«

Wieder atmete Kommissar Hansen auf, endlich hatte er die nächste Spur gefunden. Er ließ sich seine Erleichterung aber nicht anmerken. »Herr Grenz, Sie können wieder Ihrer Arbeit nachgehen, aber ich muss Sie bitten, sich für uns zur Verfügung zu halten.«

Der Pilot grinste matt und überreichte ihm einen Flugplan und eine Visitenkarte. »Wenn Sie mich suchen, dann können Sie am Flugplan sehen, wo ich mich gerade aufhalte. Ansonsten rufen Sie mich einfach an.« Er zog seine Zahnbürste aus der Hosentasche und tippte zum Abschied mit den Borsten an seine Stirn. »Stets zu Ihren Diensten.«

Kommissar Hansen grüßte lächelnd zurück. Er war irgendwie erleichtert, dass der Pilot sich als gerader Kerl herausgestellt hatte und mit dem Mord offensichtlich nichts zu tun hatte. Das klingelnde Handy des Kommissars beendete das Verhör. Die Nummer auf dem Display kannte er nur zu gut. Es war die seines Chefs. Hansen wartete geduldig, bis es zum letzten Mal geklingelt hatte. Dann rief er Stuhr an und informierte ihn über die neuesten Erkenntnisse. Fiete Rasmussen, das war der Mann, der vermutlich als Letzter Reinicke lebend gesehen hatte. Über den musste Stuhr so viel wie möglich in Erfahrung bringen. Darüber setzte er im Anschluss auch den Kollegen Rost auf der Insel in Kenntnis und bat um schnellstmögliche Vernehmung von Fiete Rasmussen.

Er wollte ihm den Weg zu seiner Bude beschreiben, aber der Kollege unterbrach ihn. »Keine Sorge, Kommissar. Ich weiß, wo der sich herumtreibt.«

Hansen bedankte sich und legte auf. Anschließend schloss er sich mit Stüber kurz, der aber keine Neuigkeiten hatte. Was konnte er sonst noch tun?

Das erneute Klingeln seines Handys schreckte ihn hoch. Es war wieder sein Chef. Mit einem Fluch auf den Lippen nahm er das Gespräch an.

19 OBERWASSER

Es war natürlich nicht Svenja gewesen, sondern lediglich Stuhr, der sofort demonstrativ in der Tür des Krankenzimmers stehen geblieben war, um sich die Nase zuzukneifen. Anstelle einer Begrüßung eröffnete er das Gespräch mit einem entsetzten Ausruf. »Mensch, Olli, siehst du scheiße aus! Und was ist das für ein Alkoholgestank hier? Ein Streichholz nur, und alles fliegt in die Luft.«

Das mochte sein, aber fair war das nicht. Stuhr zeigte einmal wieder Charme wie Stacheldraht und das Gemüt eines Fleischerhundes. Olli musste die Notbremse ziehen. »Wollen wir in die Einzelkritik übergehen, Stuhr?«

Das wollte der glücklicherweise nicht. Dennoch verriet sein Gesichtsausdruck, dass ihm die Ausdünstungen im Zimmer richtig zusetzten. Er unterbreitete ein Friedensangebot. »Mein Gott, Olli. Ihr müsst ja mächtig gepilst haben. Komm, lass uns vor die Tür gehen. Dort können wir in Ruhe über alles reden.«

Die Vorstellung, ein Stündchen ohne den siechenden Duckstein an der frischen Meeresluft zu verbringen, war durchaus verlockend. Olli hatte von der Insel schließlich außer dem Krankenzimmer und dem Blick auf die gegenüberliegenden Reihenhäuser in Schlichtbauweise noch nichts gesehen.

Stuhr schien das bemerkt zu haben, denn er lobte die Schönheit der Insel in den höchsten Tönen. Das geschäftige Unterland, das weitgehend grüne Oberland, die roten Kliffe und der feine Nordseesand.

Olli musste an den Spruch denken, den sie in der Grundschule im Sachkundeunterricht immer herunterleiern mussten. ›Rot ist der Sand, grün ist das Land, weiß ist der Strand. Das sind die Farben von Helgoland.‹ Ob das wirklich so war, bezweifelte er, aber ansehen wollte er sich das schon. So ließ er sich von Stuhr zu einem Spaziergang überreden.

Als Olli aus dem Inselkrankenhaus ins Freie trat, wurde er von den grellbunten Farben der Hummerbuden fast geblendet, die sich vom Hafen her bis zur Klinik erstreckten. Diese bunt angestrichenen Holzfassaden, hinter denen mit Sicherheit grobkörniger grauer Beton aus den Fünfzigern oder Sechzigern schlummerte, empfand er im warmen Licht der Nachmittagssonne als eine schöne Begrüßung. Bei näherer Betrachtung schienen einige der Buden zwar verwahrlost zu sein, aber andere waren liebevoll mit witzigen und teilweise exotischen Gegenständen verziert und luden zum Stöbern und Kaufen ein.

Die beiden Männer gingen gemeinsam den Invasorenpfad zum Hafen hinunter. An der Ecke zur Hafenstraße strebte Stuhr nach keinen 100 Metern auf eine Hummerbude zu. Unerwartet schoss ein Kellner aus dem Gebäude, was Olli auf das Schild über der Tür schielen ließ. Es handelte sich um ein größeres Restaurant, das sich über mehrere gelbe und dunkelblaue Buden erstreckte. Die hölzerne Terrasse zierten bunte Kühe, die zwischen grell hellblau gestrichenen rustikalen Sitzgarnituren platziert waren, und natürlich hieß das Lokal Bunte Kuh. Stuhr setzte sich kommentarlos hin. Dieser Spaziergang war ausgesprochen kurz geraten, aber der Kaffee, den Stuhr wenig später geordert hatte, tat Olli gut.

Während Horden von lärmenden angeschickerten Touristen zu den Anlegern zurückschwappten, kam Stuhr unumwunden zu seinem Anliegen. Er berichtete Olli von den Ereignissen der letzten Tage und Stunden. Von Anna Maria Rasmussen, ihrem jetzt unter Verdacht stehenden Schwager Fiete, dem Wasserschutzpolizisten Rost, dem Piloten Grenz und von Dr. Rogge, den er am nächsten Tag selbst aufsuchen wollte. Stuhr verdeutlichte ihm, dass er wegen seiner neuen Bekanntschaften nicht mehr viel unternehmen konnte, ohne aufzufallen, und so sollte Olli nun versuchen, mehr über Anna Maria Rasmussen und ihre Sippschaft herauszubekommen.

Gegen eine Frauenbekanntschaft hatte Olli grundsätzlich nichts einzuwenden, auch wenn die Dame älter als er zu sein schien. Aber wenigstens diese Nacht wollte er sein kostenloses Krankenbett noch ausnutzen, denn es war kaum davon auszugehen, dass es in der Hauptsaison auf der Insel noch ein freies Bett zu ergattern gab. Als Stuhr seinen Bericht beendet hatte, schilderte ihm Olli die in jeder Hinsicht bewegenden Ereignisse auf hoher See. Die Sache mit Svenja ließ er natürlich aus. Wer weiß, wo die sich herumtrieb? Na ja, mit dem Duckstein jedenfalls nicht, und so erzählte er auch von der Bekanntschaft mit dem kleinen, markigen Typen.

Erstaunlicherweise war Stuhr recht aufgebracht, als er mitbekam, dass ausgerechnet Dieter Duckstein sein Bettnachbar war und er ihm das nicht gleich im Krankenzimmer gesteckt hatte.

Olli hob die Hände abwehrend. »Komm, Stuhr. Das tut überhaupt nichts zur Sache. Duckstein war in einem nicht vernehmungswürdigen Zustand. Warum regst du dich so auf? Denkst du, dass er etwas mit der Sache zu tun haben könnte?«

»Nein, wohl kaum. Aber irgendetwas stimmt mit der Rasmussen nicht. Was sie erzählt, steht genau im Widerspruch zu dem, was sie tut. Sie spielt die keusche Ehefrau, aber mitten im Hafen knutscht sie mich ab. Im Flieger hatte sie den Duckstein mehrfach seltsam angesehen, bevor er in Cuxhaven endlich wieder ausgestiegen ist. Vielleicht hat sie etwas mit ihm? Wenn du an die Rasmussen selbst nicht herankommst, dann behalte bloß den Duckstein im Auge. Vielleicht führt er dich zu ihr.«

Die Visitenkarte vom Haus Panoramic, die Stuhr ihm gereicht hatte, beschrieb den Ort genau, an dem er Anna Maria Rasmussen an der Hotelbar aufsuchen sollte. Olli hatte zwar genickt, aber insgeheim vermutete er, dass diese Angelegenheit überhaupt nicht zu Kommissar Hansens Auftrag gehörte, sondern dass sich der alte Sack Stuhr wieder einmal in irgendein liebreizendes Phantom verschossen hatte.

Der Spaziergang durch das Unterland endete unerwartet, denn Stuhr verabschiedete sich von ihm. Olli vermutete im ersten Moment eine gewisse Unterhopfung bei Stuhr, was ihm aber nicht unlieb war, denn so konnte er in aller Ruhe allein die Hafenpromenade entlang bis zum Rathaus am Lung Wai schlendern. Nach dem Passieren der Hummerbuden konnte er allerdings Stuhrs Loblieder über die Schönheit des Eilands kaum noch nachvollziehen, denn das Unterland wirkte mancherorts wie eine Miniaturausgabe der Einkaufszone von Gelsenkirchen: viel denkmalgeschützter Beton und städtebauliche Linien aus den Fünfzigern.

Die Hafenanlagen konnten nicht die Planung als Großhafen aus der Hitlerzeit kaschieren, in der hier ein Bollwerk für die Naziflotte gegen die Westmächte errichtet werden sollte.

Auch die Landungsbrücke unweit vom Rathaus wirkte äußerst trist mit den Zweckbauten, die an Abfertigungsgebäude an den Grenzübergängen zur ehemaligen Ostzone erinnerten. Irgendwie passte die triste Landungsbrücke aber zu seiner schlechten flatterigen Verfassung, und deswegen zog es Olli auch dorthin. Er ließ sich auf einer Bank nieder und blickte immer noch etwas benommen den Börtebooten hinterher, die emsig die letzten Tagestouristen zurück zu den im Hafen liegenden Schiffen karrten, obwohl die keine 50 Meter entfernt von der Landungsbrücke ankerten. Das war alles nur eine teuer inszenierte Show, befand Olli.

Doch auf der Insel kehrte langsam wieder Ruhe und Frieden ein, und obwohl sich Olli noch matschig fühlte, sinnierte er bereits darüber, wie er den Besuch bei der Rasmussen möglichst unauffällig einfädeln könnte. Die ungewohnte Handymelodie, die in seiner Hosentasche erschall, wies darauf hin, dass die Nummer keinem Namen zugeordnet war.

»He, Süßer, wo treibst du dich denn herum?« Es war Svenja.

Der Anruf ließ sofort sein Herz pochen. »Wo steckst du, Svenja?«

Ihre Antwort war ernüchternd. »Auf Helgoland, du wirst es nicht glauben.«

Olli biss sich auf die Lippen. Blöde Frage, blöde Antwort.

Svenja lachte aber. »Du Dummbatz. Was ist los mit dir? Hast du einen Trauerkloß gefressen? War doch nett heute Vormittag, oder?« Er liebte ihre Stimme. Liebte er auch Svenja?

Sie wartete seine Antwort nicht ab. »Olli, hast du nicht Lust, nachher in die Mocca-Stuben zu kommen? Das ist eigentlich das ganze Jahr über ein sehr ordentliches gutbürgerliches Restaurant auf dem Oberland, aber in der Hochsaison im Sommer veranstalten sie immer wieder zusätzlich am Ruhetag ein Themenfest. Heute Abend findet dort offiziell ein Maskenball für die Touristen statt, obwohl die wenigen Dauergäste, die nicht nachmittags mit den Fähren entschwinden, lieber im Unterland bleiben. Das Inselvolk ist in den Mocca-Stuben weitgehend unter sich, es ist ein Geheimtipp und absoluter Kult. Vom Lumpenball im letzten Jahr haben alle Kollegen im Institut geschwärmt. Da kannst du die Helgoländer Gesellschaft einmal richtig kennenlernen, wenn du magst. Oder weilst du etwa noch unter den Toten?«

Nein, Olli fühlte sich wieder einigermaßen taufrisch. Natürlich war der Gedanke prickelnd, denn vielleicht könnte er dort die von Stuhr angedeuteten Verstrickungen aufschnappen. Er hatte nur eine schlimme Vorahnung, wie der Abend enden würde. »Nein, nicht mehr richtig tot. Nur noch halb tot. Weiß nicht, ich sitze hier am Hafen, aber im Inselkrankenhaus erlöschen bereits um

22 Uhr die Lichter. Ich werde dort sehnsüchtig zurückerwartet.«

»Etwa von Dieter?«, neckte Svenja schlagfertig.

»Nein, natürlich nicht, aber wo soll ich denn sonst hier auf der Insel jetzt noch unterkommen? Ich kann doch schlecht nachts im Krankenhaus mit einer Alkoholfahne einrücken?«

Seine Antwort schien sie ernsthaft zu erstaunen. »Na, wo solltest du schon wohnen, du Blödmann? Bei mir natürlich. Ich denke, wir sind zusammen, mein Süßer? Ich habe inzwischen Quartier im Obergeschoss der Biologischen Anstalt bezogen, und natürlich schlafen wir zusammen. Ich sage dir, wir werden noch heiraten, so stand es jedenfalls im Horoskop.«

Das kam unerwartet, und von Sternzeichen verstand er überhaupt nichts. Er war eben nur ein Mann und deswegen dosierte er seine Kritik sorgfältig. »Heute Mittag warst du irgendwann einfach weg, Svenja. Das fand ich nicht so lustig. Es ging mir nicht gut.«

Svenja schwieg kurz, bevor sie ihren eigenen mittäglichen Zustand vornehm umschrieb. »Es gibt Momente für lebenslustige und selbstbestimmte Frauen, da müssen selbst die sich notgedrungen zurückziehen. Ihr könnt mit dem Alkohol sowieso viel besser um als wir, und du warst doch bei Dieter in guten Händen. Deswegen habe ich mich lieber allein hingepackt, und jetzt geht es mir auch wieder halbwegs gut.«

Eine Glanzvorstellung war das auf dem Schiff von allen dreien sicherlich nicht gewesen, und die glückliche Rettung aus dem Chaos kam eher unerwartet als verdient. Sie schien sein Abwarten als Ablehnung zu deuten. »Komm schon, Olli, es wäre schön für mich, mit dir heute Abend zusammen zu sein. Wir trinken nur ein einziges Konterbier und keinen Schnaps. Dann gehen wir zusammen in die Koje. Einverstanden?«

Das mit der Koje klang gut, ihre Stimme ohnehin, und das Konterbier war aus medizinischen Gründen unerlässlich. Er stimmte zu. »Gut, dann werde ich mich eben im Krankenhaus abmelden. Wo ist die Kneipe denn zu finden?«

Sie lachte erleichtert in ihr Handy. »Auf dem Oberland. Am besten nimmst du vom Lung Wai aus den Fahrstuhl zum Oberland. Dort musst du erst mal eine Zeit lang geradeaus gehen. Dann scharf rechts und wieder links, und schon stehst du vor der Tür. Ich warte drinnen auf dich, mein Süßer. Einen Augenblick brauche ich aber noch, ich muss mich noch ein wenig aufbrezeln.«

»Was wirst du denn tragen?«, forschte Olli interessiert nach.

Sie lachte. »Das möchtest du gern wissen, du Schelm, was? Es wird dir schon gefallen. Lass dich überraschen und komm ins Oberland.«

Olli fluchte innerlich. Oberland, Oberland. Nein, Oberwasser wollte er bei Svenja bekommen. Dafür würde er schon einiges tun. »Schlecht hört sich das Ganze nicht an, Svenja. Doch wie kann ich mich verkleiden?«

Svenja zerstreute seine Bedenken sofort. »He, Olli, die schlichte Nummer. Wo kannst du auf Helgoland schon ein Kostüm bekommen? Zieh dir doch einfach einen Müllsack über den Kopf. Dann bohrst du zwei kleine Löcher für die Augen und ein großes für den Mund hinein und fertig bist du.«

Begeistert war Olli von der Idee im ersten Moment nicht. Hallo, wie würde das denn aussehen? Aber vielleicht war das mit dem Müllsack gar keine schlechte Idee, denn nicht einmal Duckstein würde ihn erkennen, und er würde unbemerkt jede Menge Leute beobachten können. Er atmete tief durch. »Wo bekomme ich ein solches Teil her?«

Svenjas Stimme klang vergnügt. »Mein Süßer. Bei den Hummerbuden natürlich, wo denn sonst? Am besten gehst du zu Rickmers, der hat eigentlich alles. Seine Bude liegt am Ende der Hafenstraße. Du kommst auch ganz bestimmt?«

Olli hatte sich entschieden. Den Besuch bei der Rasmussen würde er sich für morgen aufsparen. »Ja, ich komme. Hoffentlich erkennst du mich auch, du kleine Ratte.«

Svenja lachte und gab ihm zum Abschied einen Kuss durch den Hörer, bevor sie das Gespräch beendete. Olli schüttelte den Kopf über sich selbst. Was hatte sie an sich, dass er für sie alle Pläne umschmiss? Er wusste es nicht. Sollte er Stuhr informieren? Nein, er war schließlich der Herr seines Handelns, und kriminaltechnisch gesehen war es sicherlich besser, verdeckt zu ermitteln.

Wie hieß der Laden mit den Müllbeuteln noch?

20 LATERNENFEST

Das Abendgeschäft schien im Hotel der Rasmussens mehr oder weniger gelaufen zu sein. Stuhr beobachtete durch die von den Essensdüften geschwängerte Luft Anna Maria Rasmussen, die geschickt an der Espressomaschine hantierte. Dann servierte sie ihm am Ende des Tresens den bestellten Latte Macchiato.

Sie legte ihm mit einem freundlichen Nicken einen in Zellophanhülle verpackten Keks und eine kleine Zuckerröhre hinzu und fragte indirekt nach seinem Wohlbefinden. »Na, haben Sie sich inzwischen ein wenig mit Helgoland anfreunden können?«

Stuhr nickte wortlos und wies mit dem Finger durch die großen Panoramascheiben auf die Düne, die in diesem Moment eindrucksvoll von der untergehenden Sonne in goldene Farben getaucht wurde. »Das muss doch eigentlich ein Traum sein, hier bei diesem Ausblick zu arbeiten, oder?« Ohne ihre Antwort abzuwarten, riss er vorsichtig die Zuckertüte auf und schüttete den Inhalt genüsslich auf den Kaffeeschaum, um das anschließende Versinken in das Heißgetränk zu genießen. Er trank aber nicht, sondern beobachtete Anna Maria Rasmussen weiterhin. Ihre Bewegungen wirkten routiniert, wie sie hinter dem Tresen hantierte, aber seine Anwesenheit schien sie zu verunsichern. War sie der Wolf im Schafspelz oder doch die liebende Ehefrau? Er traute ihr inzwischen beides zu.

Sie näherte sich wieder. Als sie den Zucker auf der

Milchhaube bemerkte, suchte sie das Gespräch. »Oh, ein kleines Leckermäulchen. Richtig?«

»Nein, wohl kaum. Ich mache nur bei Kaffeespezialitäten eine Ausnahme, ansonsten vermeide ich Zucker weitgehend. Je älter man wird, umso mehr muss man aufpassen, dass man nicht aus den Fugen gerät.«

Sie seufzte. »Ja, ja, mein Mann klagt auch zunehmend darüber. Schauen Sie, dahinten sitzt er bei Bier und Korn. Ständig müssen seine Hosen geweitet werden.«

Erst jetzt bemerkte Stuhr, dass in der Ecke eine Männerrunde Skat spielte. »Tja, auf der Insel kann man im Winter wahrscheinlich schlecht Sport treiben, und im Sommer wird Ihr Geschäft vorgehen, vermute ich.«

Sie nickte. »Genau so ist es. Radfahren dürfen auf der Insel im Winter nur die Schüler, zum Joggen gibt es lediglich einen kleinen Rundweg auf dem Oberland, der von den Tretminen der Schafe übersät ist, und zum Baden muss man mit dem Dünen-Taxi im Halbstundentakt zur Nebeninsel übersetzen. Es ist schon nicht einfach, hier seine Figur in Form zu halten.«

Am Skattisch knallten jetzt die Trümpfe auf den Tisch, und wenig später stand der Verlierer fest. Die Stimme ihres Mannes hallte lautstark durch den großen Raum. »Ännchen, kannst du bitte noch einmal eine Lage reichen? Danke.«

Es war nicht zu übersehen, wie sich die Miene von Anna Maria Rasmussen verfinsterte. Sie bückte sich, um die Aquavitflasche aus dem Eisfach zu holen. Dann begann sie genervt, die Biere zu zapfen. Sie stellte vier Schnapsgläser auf das Tablett und sah Stuhr mit gleichgültig leerem Blick an. »Sie wissen ja, ich stamme aus Polen. Dort herrschte jahrzehntelang kommunistische Misswirtschaft, und ich bin es gewohnt, mit wenig auszukommen. Erst seit dem EU-Beitritt geht es dort in den Städten ein wenig bergauf. Hier auf Helgoland gibt es dagegen alles, aber viele Insulaner können damit nicht richtig umgehen.«

Als die Gläser gefüllt waren, begab sich Anna Maria Rasmussen mit den Getränken auf den Weg zum Skattisch. Er konnte nicht umhin, ihre schlanke Figur auf dem Weg zu ihrem Mann zu bewundern. Wie sie sich in ihrem Hotel bewegte, war sie schon eine elegante Erscheinung. Als sie zurückkehrte, schien sie mit ihren Gedanken ganz woanders zu sein. »Die hauen sich jetzt die Hucke voll, das ist so auf der Insel. Kein Wunder, dass mein Mann von seinen Pfunden nicht herunterkommt. Sie müssten einmal seinen Bruder Fiete sehen. Der tummelt sich den ganzen Tag auf dem Wasser herum. Der ist dünn wie ein Hering und topfit. Bewegung tut schon gut.«

Diese Bemerkung ließ Stuhr aufhorchen. Der Bruder. Sie war beim Thema. Er überlegte, wie er nachfragen konnte, ohne aufzufallen. Er zeigte sich scheinbar uninteressiert. »Ein Segler, vermute ich?«

Sie beugte sich vertrauensvoll zu ihm herüber. »Nein, Fiete Rasmussen ist der Führer eines Börtebootes, aber im Hauptgewerbe haben die nicht mehr allzu viel zu tun, denn es liegen immer weniger Schiffe auf der Reede, die aus- und eingebootet werden müssen. Inzwischen fahren sie Fotografen dicht an den Lummenfelsen heran und unternehmen Laternenfahrten mit Touristen zum vermeintlichen Ort des versunkenen Atlantis.«

In diesem Moment betrat Wachtmeister Rost mit ernstem Gesicht das Hotel und nickte beiden kurz zu. Anna Maria hob fragend die Aquavitflasche, aber Rost strebte kopfschüttelnd dem Skattisch mit der fröhlichen Runde zu. Wenig später zottelte Fiete Rasmussen hinter dem Polizisten auf die andere Seite des Gastraums. Sie ließen sich vor den Panoramascheiben nieder, und Rost begann an Ort und Stelle eine Vernehmung.

Leider konnte Stuhr das nicht weiter verfolgen, denn jetzt näherte sich Rasmus Rasmussen dem Tresen und begrüßte ihn freundlich. »Ah, der Retter meiner Frau beehrt uns. Können Sie nicht auch unsere kleine Skatrunde retten?«

Stuhr wehrte lachend ab. »Nichts für ungut, Rasmussen, aber ich schwimme nicht so gern in Haifischbecken. Meiner Kenntnis nach kann man aber auch zu dritt Skat spielen, oder?«

Grinsend nahm Rasmussen Stuhrs nicht unerwartete Ablehnung entgegen und gab mit skeptischem Blick auf seinen Bruder seiner Frau eine erste Einschätzung. »Das mit Fiete kann länger dauern, Anna. Es geht um diesen Mord in Sankt Peter. Ich habe ihn ja immer vor diesen Sonderfahrten gewarnt.«

Sie schaute ernst zurück, und es blieb still am Tresen, bis Rasmus Rasmussen seine Bestellung aufgab. »Wird schon alles gut gehen, Anna. Bring uns man noch eine letzte Runde an den Tisch. Für Sie auch einen Kurzen, Herr Stuhr?«

Schnell schüttelte er den Kopf. »Danke, Herr Rasmussen, aber ich bin müde und möchte morgen früh beim Besuch bei Dr. Rogge fit sein. Eine solche Gelegenheit bekommt man als Hobbyforscher so schnell nicht wieder.«

Rasmus Rasmussen nickte ihm verständnisvoll zu, aber es schien ihm gleichgültig zu sein. Seine Gesichtshaut war leicht gerötet, doch ansonsten konnte man ihm nicht anmerken, wie viel er über den ganzen Tag bereits getankt hatte. Ohne zu schwanken, glitt er zu seinen Skatbrüdern zurück und setzte sich wieder an den Tisch.

Seine Frau stellte eine neue Runde zusammen. Bevor sie sich auf den Weg zum Skattisch begab, konnte sie sich einen Kommentar nicht verkneifen. »Rasmus könnte ja auch einmal Nein sagen, wie Sie, Herr Stuhr. Na ja, wenigstens habe ich nachher frei.« Ihrer Stimme war eine gewisse Erleichterung zu entnehmen.

Während sie am Skattisch servierte, versuchte Stuhr vergeblich, irgendwelche Wortfetzen vom Verhör am Panoramafenster aufzuschnappen, denn es war nicht zu übersehen, dass sich Fiete Rasmussen genötigt sah, immer häufiger heftig abwehrend mit den Händen zu rudern. Er schien sich arg in der Klemme zu befinden.

Die mit sorgenvollem Blick zurückkehrende Anna Maria Rasmussen schien das ebenfalls bemerkt zu haben. Nachdenklich spülte sie die mitgebrachten Gläser aus. »Dass sie sich ausgerechnet den Fiete schnappen müssen. Er ist zwar ein verrückter Hund, der jeden Spaß mitmacht. Aber er würde nie einer Fliege etwas zuleide tun. Das ist schon seltsam, dass der Jörn Rost ihn dermaßen in die Zange nimmt. Wenn man nur wüsste, warum? Glauben Sie mir, wir sind eine ehrbare Familie.«

Teilnahmsvoll nickte Stuhr ihr zu.

Jörn Rost schrieb jetzt fleißig Protokoll. Irgendwann erhoben sich beide, der Polizist verabschiedete sich kurz grüßend und drückte sich an ihnen vorbei zum Eingang. Die Tür fiel ins Schloss und hinterließ gespannte Stille. Wenig später kam Fiete Rasmussen wie ein begossener Pudel um die Ecke geschlichen und fiel seiner Schwägerin in den Arm. Wie ein Geschwisterpaar, das zwangsweise getrennt werden soll, hielten sich beide sekundenlang fest im Arm. Fiete liefen die Tränen über die Wangen. Schließlich drückte Anna Maria ihn mit einem Fingerzeig auf ihren Mann energisch weg. Rasmus Rasmussen jedoch war heftig am Skatkloppen und hatte wie die gesamte Runde das Ende des Verhörs nicht mitbekommen.

So ganz verstand Stuhr nicht, warum Anna Maria Rasmussen diesen vertrauten Moment unterbrach, denn wie ein Liebespaar wirkten die beiden nun wirklich nicht. Sie schienen sich eher gegenseitig in schwierigen Zeiten zu stützen. Aber Zeit, darüber nachzudenken, hatte Stuhr nicht, denn die Rasmussen komplimentierte ihn unerwartet hinaus. »Denken Sie sich nichts dabei, Herr Stuhr. Blut ist eben dicker als Wasser. Es ist schon unglaublich, was sie in den letzten Stunden mitbekommen haben. Am besten, Sie vergessen das alles ganz schnell, sonst muss ich noch denken, dass Sie der Spion sind.«

Stuhr lachte laut, aber es fiel ihm schwer, ihrem Blick standzuhalten, der ihn durchdrang. Er hatte nicht das Zeug zum Lügner. Geordneter Rückzug, nur das konnte jetzt die Devise sein. »Keine Sorge, Frau Rasmussen, ich wollte nicht in Ihre Familiengeheimnisse eindringen. Ich ziehe mich zurück. Es war ein anstrengender Tag.« Er winkte den beiden zum Abschied zu.

Mit Zufriedenheit registrierte die Hotelchefin, dass er das Treppenhaus zu seinem Zimmer anstrebte. Sie schien ihn zum Schluss tatsächlich loswerden zu wollen. So begab sich Stuhr auf sein Zimmer und drehte zunächst den Wasserhahn über der Badewanne an. Das Rauschen würde in diesem Haus aus den 60er-Jahren in allen Räumen zu hören sein, sicherlich auch im Schankraum. Dann löschte er das Licht und schlich zum Fenster. Wenig später hörte er, wie die Hoteltür ins Schloss fiel und sah, wie ein nachdenklicher Fiete Rasmussen zum Fahrstuhl ins Unterland schlich, um dort geduldig auf die nächste Fahrt zu warten.

Zehn Minuten später wurde die Tür des Hotels leise verschlossen, und es überraschte Stuhr nicht zu beobachten, dass sich Anna Maria Rasmussen zur anderen Seite wegschlich und in die Gasse einbog, die zu den Kneipen im Oberland führte. Unerwartet bewegte sich jetzt von der schützenden Ecke des Nachbarhauses eine Stilikone der Siebziger in das trübe Licht der Straßenlaterne, die die triste Bepflasterung und Bebauung aus den 60er-Jahren auch nicht in ein besseres Licht tauchte. Mit geöffneten Armen trat die Gestalt Anna Maria Rasmussen entgegen und nahm sie in den Arm. Es war zweifelsfrei Dieter Duckstein, und es war eine völlig andere Umarmung als eben noch mit ihrem Schwager im Schankraum.

Aus den Augenwinkeln bemerkte er, dass sich die Tür zum Fahrstuhl öffnete. Noch bevor Fiete Rasmussen im Fahrstuhl verschwinden konnte, torkelten drei verwegene Gesellen ins Freie, und dahinter folgte ausgerechnet Olli. Sollte er Rasmussen und dem Duckstein auf der Spur sein?

Stuhr zückte sein Handy, um Olli auf den neuesten Stand zu bringen. Von seinem Hotelfenster aus konnte er beobachten, wie sein Mitstreiter in die Hosentasche griff, um seinen Anruf entgegenzunehmen. Stuhr gratulierte ihm zunächst zu seiner feinen Spürnase. Dann berichtete er kurz von dem Verhör von Fiete Rasmussen und wünschte ihm Glück für seine Mission. Als Stuhr auflegte, blieb ihm auch aus seiner Beobachterposition nicht verborgen, dass Olli irritiert wirkte.

Doch Olli schien mehr kriminalistisches Gespür zu besitzen, als er ihm jemals zugetraut hätte, denn zielstrebig bewegte dieser sich nun auf die Straßenleuchte zu, unter der sich Anna Maria Rasmussen und Dieter Duckstein eben noch umarmt hatten.

Die beiden waren inzwischen im tristen Dschungel der Nachkriegsbebauung entschwunden. Stuhr war zufrieden, denn Olli war ihnen auf den Fersen.

21 KNÜLLEGARD HILF

Olli atmete noch einmal tief durch, bevor er sich auf den Weg zum Börteboothafen machte, um einen Müllsack zu ergattern. Das war gar nicht so einfach, weil die meisten Geschäfte in den Hummerbuden fast ausschließlich Zigaretten, Schnaps und Parfüm feilboten. Schließlich fand er das Magazin von Rickmers, in dem er zwei große graue Plastiksäcke erstand.

Auf dem Weg zum Fahrstuhl ins Oberland am Lung Wai drückte er in den einen Müllsack mit dem Finger Löcher für Augen und Mund. Vor dem Fahrstuhl warteten bereits drei kostümierte Spaßvögel, die es offensichtlich auch zum Maskenball trieb. Ein Kapitän mit Weihnachtsmannbart, ein unrasierter Börtebootfahrer und ein Pirat mit Augenklappe, der sich zur besseren Erkennung das Wort ›Pirat‹ mit schwarzer Schuhcreme auf die Stirn geschmiert hatte. Maritime Kleidungsstücke hingen vermutlich bei allen Insulanern im Schrank, sodass Olli mit seinem Müllsack, den er unter der Jacke verbarg, durchaus etwas Besonderes bieten würde.

Die Tür öffnete sich, und die Fahrstuhlführerin nickte den Kostümierten skeptisch zu. Sie schienen bereits ein wenig vorgeglüht zu haben, denn der Kapitän begann sofort, mit der Liftdame zu flachsen. »Dreimal erste Klasse, Schnucki. Der Rest ist Trinkgeld.« Er händigte ihr grinsend eine Münze aus.

Die Liftdame blickte genervt und kassierte dann mit säuerlicher Miene Olli ab, bevor sich die Türen schlossen.

Im geschlossenen Fahrstuhl bemerkte er schnell, dass die drei Herren offensichtlich keine Kostüme trugen, sondern vermutlich direkt von der Arbeit kamen, denn sofort breitete sich beißender Schweißgeruch in der Kabine aus.

Wenig später öffnete sich die Fahrstuhltür, und die drei betraten das Oberland. Beim Herausgehen versetzte der Kapitän der Fahrstuhlführerin schnell noch einen Klaps auf den Hintern. Ihrem wütenden Gegenhieb wich der Schwerenöter geschickt aus, diese Übung schien er nicht zum ersten Mal zu machen.

Sie drohte ihm mit der Faust. »Warte nur, du Ferkel. Irgendwann musst du wieder herunterfahren. Dann erwische ich dich schon noch!«

Den Kapitän schien die Drohung nicht weiter zu stören, allerdings pöbelte er erst aus sicherer Entfernung zurück, während seine Kumpane feixten. »Das macht doch nichts, Schnucki. Dann bin ich breit und bekomme das alles nicht mehr mit. Allzeit gute Fahrt noch.«

Als Olli den Fahrstuhl verließ, klingelte sein Handy. Er trat einige Schritte beiseite, um nicht im Licht der Laterne aufzufallen, die den Eingang zum Fahrstuhl erhellte. Es war jedoch lediglich Stuhr, der sich aus unerfindlichen Gründen überschwänglich bei ihm bedankte und bestärkte, auf der richtigen Spur zu sein. Olli hielt sich ausgesprochen kurz, denn die drei schwankenden Gestalten drohten zu entschwinden. Er klappte sein Handy zusammen und beeilte sich, ihnen zu folgen. Schließlich hatten sie genau den Weg eingeschlagen, den Svenja beschrieben hatte.

Wenig später dröhnte ihm von Weitem laute Musik

entgegen, und keine fünf Minuten darauf fielen die drei Gestalten in die Mocca-Stuben ein, aus denen ihnen fröhliches Gelächter entgegenscholl. Nachdem die Eingangstür den Lärm wieder dämpfte, sah sich Olli um, denn irgendwo musste er noch seine Klamotten tauschen. Er schlich Richtung Kirchturm, und da seine Vermutung, dahinter einen kleinen Friedhof zu finden, bestätigt wurde, konnte er sich dort unbemerkt hinter einem Gebüsch entkleiden und den Müllsack mit den eingebohrten Löchern überstreifen. Seine Klamotten stopfte er in den unversehrten Sack und deponierte ihn hinter einem Grabstein. Dann machte er sich in seinem neuen Outfit zufrieden zurück auf den Weg in die Mocca-Stuben.

Olli holte tief Luft, bevor er die Tür aufzog, die mächtigen Filzvorhänge teilte und das Etablissement betrat. Ihm blieb nichts anderes übrig, als sich unter dem Gejohle der Anwesenden über seine Kostümierung einen Weg durch die dunkle, vollbesetzte Kneipe zum letzten Tresenplatz zu bahnen. Das muss kein unangenehmer Weg sein, aber in den Mocca-Stuben schien das weibliche Geschlecht deutlich in der Unterzahl zu sein, und die am Tresen hängenden Gestalten ließen sich hämisch über seinen Mülldress aus. Olli dagegen war heilfroh, den letzten freien Platz am Tresen ergattert zu haben. Entspannt sah er sich um. Die Enge im Lokal war durch eine kleine Bühne verursacht, für die im Schankraum ein Teil der Tische weichen musste. Offensichtlich würde heute Abend noch etwas Besonderes geboten werden.

Sein als Flugsteward verkleideter Sitznachbar sah ihn

mitleidig an, denn der vermutete sicherlich, dass er im Müllsack hier nichts abschleppen würde. Olli wollte sich gerade eine Cola bestellen, als ihn zwei Arme sanft umschlangen, die ihm nicht unvertraut waren. Klar, nur Svenja konnte wissen, wer unter dem Müllsack steckte. Olli drehte sich um und wollte sie küssen, aber er erschrak zunächst, denn sie trug nur einen kurzen weißen Kittel, der knapp oberhalb von halterlosen dunklen Nylonstrümpfen endete.

»Was schaust du mich so an? Magst du mich etwa so nicht leiden, mein Süßer?« Svenja streckte ihm ihr wohlriechendes Dekolleté entgegen, welches von einem schwarzen Rüschen-Büstenhalter in einen noch üppigeren Zustand versetzt wurde.

Olli begann, unter dem Müllsack zu schwitzen. »Konntest du denn keine dezentere Verkleidung finden, Svenja?« Die hielt ihn umarmt und antwortete ihm flüsternd ins Ohr. »Witzbold. Wo soll ich denn auf der Insel mitten im Sommer eine Verkleidung herbekommen? Die haben doch alle hier mehr oder weniger ihre Arbeitsklamotten an. Der neben dir arbeitet auf dem Flugplatz. Ich habe dich vermisst, mein Schatz.«

Natürlich hatte Svenja recht, und er war glücklich, dass sie ihn so zärtlich umarmte, auch wenn der Plastiksack nicht nur in optischer Hinsicht eine durchaus ernst zu nehmende Barriere war. In ihren Armen blickte er sich vorsichtig um, aber für ihn waren außer Svenja nur Fremde in diesem Lokal. Er bohrte vorsichtig nach. »Kennst du noch mehr Leute hier?«

Svenja lachte. »Ich kenne viele hier, aber wen kennt man schon wirklich?«

Die Antwort ließ viel Spielraum offen.

Die Aufmerksamkeit der Gesellschaft richtete sich jetzt jedoch auf den Wirt des Lokals, der inzwischen die Bühne erklommen hatte und zu einer kurzen Ansprache ansetzte. »Liebe Freunde, ich begrüße euch heute zu unserem diesjährigen Kappenfest. Der größte Broadwaystar, den unser Land jemals hervorgebracht hat, wird uns auf dieses Ereignis einstimmen, unsere Hildegard Knef. Jahrgang 1925, aber ihr werdet heute noch ihre Wiedergeburt erleben, und sie ist strahlender als je zuvor. Begrüßt unser Hildchen mit einem Applaus!«

Neben der Bühne schien sich der Künstlertisch zu befinden, worauf nicht nur ein Gitarrenkoffer und etliche leere Weingläser auf dem Tisch hinwiesen, sondern auch eine nervös an der Zigarette ziehende vollschlanke Blondine, die sich jetzt erhob. Mit ungelenken, staksigen Schritten stöckelte sie zur Bühne, und wenig später folgte direkt von der Herrentoilette ein zwei Köpfe kleinerer Gitarrist mit einer Beinprothese, der auch leicht verstrahlt schien.

Der erste Akkord der Gitarre unterbrach alle Gespräche in der Kneipe, und die Hinwendung des Publikums zur Bühne nutzte Svenja in ihrer eigenen Art schnell aus, um die Gefühlssperre zu überwinden. Sie unterwanderte mit ihren streichelnden Händen den Müllsack. Olli schaute sich noch einmal verstohlen um, aber das Publikum war tatsächlich mit dem Hildchen auf der Bühne beschäftigt, der man in der Tat eine gewisse Ähnlichkeit mit der Diva nicht absprechen konnte, wenngleich ihre Haarpracht lediglich eine Perücke war.

Kaum hauchte das Hildchen mit einem verführerischen Augenaufschlag dem Publikum einen

Dank für den Applaus entgegen, da skandierten einige männliche Besucher im Schankraum ihre künstlerischen Erwartungen an die Performerin. »Ausziehen, ausziehen, ausziehen!«

Der Wirt versuchte, mit seiner Ansage den Auftritt nicht entgleisen zu lassen. »Liebe Freunde, ich bitte um Respekt für die Künstlerin. Jetzt geht es los. Applaus für die Diva. Fertig, Hildegard?«

Die Frau mit der blonden Perücke nickte aufgeregt, und das Publikum begann zu johlen. Olli hätte ihr anstatt der schwarzen Bekleidung, die kaum die eine oder andere Körperpolsterung verbarg, den weiten weißen Umhang von Hildchen aus ihren späteren Jahren gewünscht, den irgendein fetter schlagerjaulender Grieche später für seine Auftritte noch perfektioniert hatte. Aber jetzt schien es endgültig zur Sache zu gehen. Der Gitarrist gab mit dem harten Stampfen seiner Beinprothese auf dem Boden den Takt an, um kunstvoll mit der Gitarre ein Intro anzustimmen. Daraufhin ließ die Imitatorin genau wie Hildchen seinerzeit ihr rauchverruchtes Stimmorgan knurren. »Eins und eins, das sind zwei«, das schien dem Publikum noch von der echten Hildegard Knef bekannt zu sein, denn sofort wurde lauthals mitgegrölt. Allerdings nur für kurze Zeit, denn die weingeschwängerte Sängerin hob unerwartet nach dem Refrain bereits in der ersten Strophe den Zusammenhang von Text und Melodie auf. Vermutlich hatte sie den Liedtext nicht richtig gelernt, und so musste der Gitarrist das Spieltempo notgedrungen auf ihre Lesegeschwindigkeit absenken. Aufgrund der Dunkelheit in der Kneipe und einer offensichtlich fehlenden Lesebrille kam jegliches Tempo abhanden, sodass sie nur noch bruchstückhaft Wortfetzen in den Raum schleuderte. Die Situation erinnerte Olli ein wenig an Konfirmationsunterricht, wenn man Kirchenlieder mitsingen musste, die man nicht kannte. Der Gitarrist bemühte sich zwar, die größten Bruchstellen durch Dylaneske Einlagen mit der Mundharmonika zu übertünchen, was aber nicht durchgängig überzeugen konnte.

Das Publikum schien dennoch zufrieden zu sein, und so wurde nach dem Ende des Liedes bereits lauthals Zugabe gefordert. Die Aussicht, schon nach zwei Liedern einigermaßen heil aus dem Auftritt herauszukommen, trug zwar merklich zur Aufheiterung der Stimmung des Gitarristen bei, allerdings nicht zu einer Leistungsverbesserung der Künstlerin, denn das zweite Lied schien noch weniger geübt zu sein. Da das Publikum jedoch ausgesprochen textsicher und sangesfreudig war, tat das der Stimmung keinen Abbruch. »Und der Haifisch, der hat Zähne, und die trägt er im Gesicht.«

Klar, auch Olli kannte natürlich Mackie Messer, und selbst Svenja grölte lauthals mit. Der Gitarrist stellte sich mit dem Stampfen des Taktes zunehmend mehr auf das Singtempo des Publikums ein, und das Hildchen bemühte sich tapfer, wenigstens beim Refrain mit dem einen oder anderen vorgelesenen Wort Akzente zu setzen.

Svenja ließ im Getümmel natürlich nicht locker, obwohl Olli versuchte, ein wenig ihren Streicheleinheiten zu entgehen. Unangenehm war es aber auch nicht, und so suchte er noch mehr ihre Nähe und flüsterte ihr ins Ohr. »Seltsam, wenn ich dieses Lied höre, muss ich an Dieter Duckstein denken.«

Sie sah ihn erstaunt an und verstärkte ihre Aktivitäten

unter dem Müllsack. »Du sollst nicht an Dieter Duckstein denken, du sollst an mich denken, mein Süßer.«

Olli versuchte, sie zu beschwichtigen. »Klar denke ich nur an dich, mein Schatz. Ich weiß schon gar nicht mehr, wo ich noch hinsehen soll. Ich habe nur gemeint, der fehlt irgendwie jetzt bei dem Lied.« Er gab ihr einen Kuss. Sie war wirklich begehrenswert.

»Na siehst du, Olli, es geht doch. Das ist endlich einmal die richtige Antwort. Ich dachte schon, du bist prüde. Im Übrigen fehlt Dieter nicht, der sitzt dahinten in dem Alkoven mit irgendeiner Schnalle. Sie ist vermutlich etwas Besseres, darauf steht er anscheinend.«

Dieter Duckstein sollte hier sein? Tatsächlich, er trug wie heute Vormittag einen schwarzen Anzug mit weißem Hemd. Er hatte sich einen schwarzen Hut besorgt und eine Lederkrawatte umgebunden, was ihn in die Nähe der Blues Brothers rückte. Die Frau ihm gegenüber kannte Olli zwar nicht, aber nach Stuhrs Beschreibung konnte es sich durchaus um Anna Maria Rasmussen handeln. Verkleidet war sie nicht. Die beiden führten bei Mineralwasser ein temperamentvolles Streitgespräch wie ein altes zankendes Ehepaar. Ab und zu blitzten Ducksteins Zähne tatsächlich wie die eines Hais auf. Die beiden schienen äußerst vertraut zu sein, auch wenn sie sich nicht berührten.

Svenja fühlte vermutlich mit ihren prüfenden Händen, dass seine Aufmerksamkeit ein wenig von ihr abgelenkt worden war, und deswegen nahm sie ihn jetzt noch ein wenig fester in den Griff. Olli fühlte sich hin und her gerissen. Sollte er nicht besser den Auftrag weiterverfolgen, anstatt seinem Begehren nachzugeben? Andererseits hatte er Stuhrs Auftrag bereits erfüllt, denn er hatte ganz eindeutig mitbekommen, dass sich die beiden sehr gut kennen mussten. Zudem war es für Stuhrs Sicherheit ausgesprochen wichtig, dass ihn Duckstein jetzt nicht erkannte oder Svenja irgendetwas mitbekam.

Svenjas Händchen lockerte den Griff und küsste Olli leidenschaftlich. »Komm, wir hauen ab, mein Süßer.« Sie hakte sich bei ihm ein, so gut das bei seiner Plastikverkleidung ging, und stolzierte mit ihm zum Schlussakkord von Mackie Messer aus dem Lokal.

Sie wollte ihn gegen den kühlen Nachtwind in die Richtung ihrer Wohnung ziehen. Olli stemmte sich dagegen. »Svenja, das geht nicht. Wir müssen schnell noch einmal zum Friedhof und meine Klamotten holen.«

Sie umschlang ihn wieder leidenschaftlich mit einem Arm, und die andere Hand ging unter dem Müllsack erneut auf Suche. »Olli, du verstehst mich nicht. Ich liebe dich. Ich will dich. Jetzt. Sofort. Bei mir brauchst du keine Klamotten.« Sie küsste ihn, und er begann nun auch, unter ihrem Kittel herumzufummeln. Es würde schwer genug werden, die wenigen Meter bis zu ihrer Wohnung heil durchzustehen.

Sie hatte recht. Um seine Sachen könnte er sich auch morgen kümmern.

22 DAS SALZ DER ERDE

Die Biologische Anstalt befand sich nur einen Steinwurf vom Hotel entfernt, allerdings auf dem Unterland, nur wenige Meter vom Helgoländer Nordosthafen. Stuhr hatte schlecht geschlafen. Immer wieder hatte ihn Anna Maria Rasmussen in einer anderen verdächtigen Rolle aus dem Traum geschreckt, obwohl sie vermutlich mit der ganzen Sache überhaupt nichts zu tun hatte. Schließlich weckte ihn morgens um acht ein alarmierender Anruf von Kommissar Hansen auf. Der Friedhofsgärtner hatte Ollis Klamotten auf dem Inselfriedhof in einem Müllsack gefunden, der vermutlich aus dem Inselmagazin stammte. Dort war Olli gestern Abend auch zum letzten Mal gesehen worden.

Stuhr bekam Gewissensbisse. Hatte er etwa ungewollt seinen jugendlichen Freund direkt ins Verderben geschickt? Er bekam bei dem kurzen Spaziergang zur Anstalt das Bild von Olli vor dem Fahrstuhl von gestern nicht mehr aus dem Kopf. Hatten ihn etwa die Gestalten auf dem Gewissen, die dort vor ihm herausgetorkelt waren?

Natürlich berichtete er dem Kommissar sofort von seinem letzten Kontakt mit Olli. Hansen sagte zu, diesen Duckstein schnellstmöglich zu durchleuchten. Irgendetwas schien ihn jedoch zu bewegen, doch er äußerte sich nicht weiter. War etwa bereits der nächste Mord entdeckt worden, oder hatte es gar Olli erwischt?

Die Sorge um Olli hatte Stuhr ziemlich aufgewühlt, als er vor dem verhältnismäßig großen, langgestreckten Zweckbau aus den 60er-Jahren stoppte. Eine Klingel gab es nicht. »Guten Morgen. Schön, Sie zu sehen, Herr Stuhr. Na, sind Sie schon auf die Flachzangen gekommen?«, begrüßte ihn Dr. Rogge unerwartet hinter seinem Rücken. Vermutlich hatte er ihn von dem benachbarten Aquarium aus gesehen und war zu ihm herübergeeilt.

»Sie meinen die Börtebootfahrer und so«, gab Stuhr seine Vermutung preis.

»Richtig, Herr Stuhr.« Der Direktor streckte ihm seine Hand entgegen. »Es gibt zu wenig anspruchsvolle Arbeit auf der Insel. Der Strukturwandel steckt hier noch in den Kinderschuhen. Heerscharen von Hilfskräften halten die triste Betonpflasterung auf der Insel zwar picobello in Schuss, aber das ist wie Bunkerputzen. Schöner wird davon nichts. Wir brauchen mehr Qualität auf Helgoland, Flundern statt Flachzangen.«

Stolz führte ihn der Direktor jetzt durch einen langen, linoleumgepflasterten Gang auf die andere Seite der Anstalt zum Treppenhaus. Nachdem sie den ersten Stock erklommen hatten, zeigte er aus dem Fenster und wies auf das freie Land vor der Meeresenge hin, die die Düne von der Hauptinsel trennte. »Schauen Sie, da gäbe es noch genug Bauland, wenn wirklich jemand bauen wollte, alles gesichert durch Betonmolen von Hitlers Wahn, hier einen Kriegshafen zu errichten. Eine Aufschüttung würde überhaupt nichts verbessern. Sie verstehen? Ich habe in diesem Punkt ständig im Clinch mit meinen Mitarbeitern gelegen, die die Umweltverträglichkeitsprüfung durchgeführt haben. Vor allem mit dem Kollegen Reinicke, der nun aber verstorben ist, wie Sie gestern Mittag sicherlich mitbekommen haben.«

Auch wenn Stuhrs Gedanken noch bei Olli verweilten, interessierten ihn die Ausführungen des Direktors durchaus. So nickte er und fragte nach. »Was meinen Sie, was der Insel denn wirklich helfen würde, Dr. Rogge?«

Es war nicht zu verhindern, dass Dr. Rogge jetzt abhob, um über den Überlebenskampf der Insel zu dozieren. »Arbeitsschwerpunkt der Biologischen Anstalt Helgoland sind die marinen Naturstoffe. Ob Sonnenschutzmittel aus Algen, krankheitshemmende Stoffe aus Schwämmen, Pilzen und Bakterien oder der Delfinhaut nachempfundene Schiffsanstriche. Die Natur liefert zahlreiche Vorlagen für vermarktungsfähige Waren. Solche in der Region entwickelten Produkte werden in der Zukunft das Überleben der Insel sichern müssen.«

Stuhr schaute Dr. Rogge zwar interessiert an, doch sein Blick wurde von dem grauen Müllsack im Treppenhaus abgelenkt, der keine zehn Meter entfernt im Flur neben einem Schrank lehnte. Er hätte beschwören können, dass der eben noch nicht dort gestanden hatte. Vermutlich war Stuhr aber nach seiner schlaflosen Nacht und der Schreckensmeldung am Morgen einfach nur zu abgespannt. Er wendete sein Interesse wieder Dr. Rogge zu, der seinen Exkurs gnadenlos fortsetzte.

»In enger Zusammenarbeit mit Industriepartnern werden bereits jetzt in der Anstalt Naturstoffe in Meeresorganismen charakterisiert und auf eine mögliche Nutzung überprüft. Wir können von der Insel aus die technologischen Antworten geben, nach denen die Welt jetzt schon fragt.«

Aus den Augenwinkeln schielte Stuhr wieder zum Müllsack, der nun eine deutlich andere Form aufwies. Jetzt klappte eine Tür in dem langen Gang auf, und von Stuhrs abschweifenden Blicken irritiert, blickte sich Dr. Rogge um. Eine junge Mitarbeiterin in einem knappen weißen Kittel ergatterte sich die Aufmerksamkeit des Direktors, bevor sie vor ihnen knapp grüßend in der Damentoilette verschwand.

Stuhr wendete seine Aufmerksamkeit wieder dem Direktor zu. »Ja, das hört sich gut an, was Sie sagen. Aber woran fehlt es denn, dass sich die Situation auf der Insel in diesem Sinne positiv ändern könnte?«

Die Antwort von Dr. Rogge kam etwas unerwartet. »Nun, haben Sie etwa eine Lösung, Herr Stuhr, wie man Flachzangen zu Flundern weiterentwickeln kann?«

Die hatte Stuhr natürlich nicht, doch das Gespräch wurde wieder durch die junge Mitarbeiterin unterbrochen, die jetzt von der Damentoilette direkt auf sie zu eilte. Die Kürze ihres Aufenthalts auf der Toilette ließ darauf schließen, dass sie lediglich ihre Lippen nachgezogen hatte, was ihr aber durchaus zum Vorteil gereichte.

»Entschuldigen Sie, wenn ich störe, Dr. Rogge. Ich wollte mich nur zum Hauptpraktikum zurückmelden. Ich gehe jetzt nach unten ins Labor. Schönen Tag noch.« Sie strahlte ihn an.

Dr. Rogge nickte freundlich zurück, und beide Männer verfolgten gebannt den eindrucksvollen Abstieg der gut gebauten jungen Dame zum Erdgeschoss.

Der Schweiß stand Stuhr noch auf der Stirn, als er sich wieder umdrehte, um sein Gespräch mit Dr. Rogge fortzuführen. »Sie meinen also letztendlich, Ihnen auf der Insel müsste mehr geholfen werden. Richtig?«

»Richtig, Herr Stuhr. Ich merke, wir verstehen uns. Das Land hat hier doch völlig versagt. Die Nabelschnur der öffentlichen Hand ist viel zu dünn, die uns hier am Leben erhalten soll. Uns könnte in der Tat mehr geholfen werden. Schauen Sie sich doch nur einmal die armselige Betonpflasterung der Strandpromenade an. Da läuft jeder Tourist schreiend davon.« Dr. Rogge wies auf den unebenen, mit grobkörnigen Betonplatten gepflasterten Weg, den Stuhr vorhin entlanggegangen war.

Mehr Interesse als die Pflasterung erweckte bei Stuhr die kleine Gestalt, die er gestern noch unter der Laterne gemeinsam mit Anna Maria Rasmussen ausmachen hatte können. Dieter Duckstein eilte im Sturmschritt heran. Stuhr überlegte, ob er vielleicht auf dem Weg zu Dr. Rogge war.

Der Direktor schien Duckstein jedoch noch nicht bemerkt zu haben, denn er drehte sich wieder zurück zu ihm und begann, Forderungen zu formulieren. »Damit ich hochrangige Mitarbeiter requirieren kann, fehlt hier ein Gymnasium, eine Berufsschule, und studieren sollte man auf Helgoland auch können. Dann bleiben die Familien. Wenn nur ein Glied der Familie von der Insel muss, sind sie meistens für immer weg.«

Stuhr wurde deutlich, dass ihn Dr. Rogge ausschließlich eingeladen hatte, um seine Kontakte zu nutzen. Seine Tarnung schien also deutlich besser als die von Olli gehalten zu haben. Stuhr stutzte wieder. Wo war denn jetzt nur der Müllsack geblieben? Er war spurlos verschwunden.

Das alles bekam Dr. Rogge nicht mit, der ihn treuherzig ansah. »Herr Stuhr. Sind Sie bereit, uns zu helfen? Haben Sie Kontakt mit diesem Dreesen knüpfen können? Es wird sich ganz bestimmt für Sie auszahlen, glauben Sie mir.«

Ob das nun ein verkappter Bestechungsversuch werden sollte, darüber konnte sich Stuhr keine Gedanken mehr machen, denn jetzt öffnete sich völlig unerwartet die Tür der Herrentoilette, obwohl dort niemand hineingegangen war. Ein jüngerer Mitarbeiter in einem weißen Kittel verließ den Raum mit erhobenem Haupt und eilte geschäftig kurz grüßend an ihnen vorbei. Stuhr erstarrte. Das war Olli, zweifelsfrei! Er war also noch am Leben. Dieser Teufelskerl schien ihm bereits wieder einen Schritt voraus zu sein. Vielleicht hatte er inzwischen die ganzen Interna der Anstalt aufgedeckt. Hoffentlich kam er jetzt hier heil heraus.

Bei Ollis Anblick wurde Dr. Rogge ungemütlich. »Junger Kollege, bitte einmal kurz aufmerksam zuhören. Kurze Hosen und Turnschuhe, das geht nicht. Möchte ich nicht wieder bei Ihnen feststellen müssen. Verstanden?«

Olli stoppte kurz seinen Schritt und nickte brav zurück, bevor er weiter dem Treppenhaus zustrebte.

Dr. Rogge wendete sich ihm wieder zu. »Sehen Sie, Herr Stuhr. Das ist die wissensgierige Generation, auf die wir setzen. Den Namen des neuen Mitarbeiters kenne ich noch nicht so richtig, aber das ist einer dieser jungen Absolventen von der Uni, die so in die Arbeit vertieft sind, dass sie sich kaum noch die Zeit nehmen, sich sorgfältig einzukleiden. Die wollen auch nichts werden, die wollen nur forschen, forschen und forschen. Das ist das Salz der Erde, auf dem Helgoland fußt.«

Stuhr musste Dr. Rogge von Olli ablenken. Es war der richtige Moment, um den Zettel mit der Dienstnummer von Dreesen zu zücken. Feierlich übergab er ihn dem Anstaltsdirektor. »Herr Dreesen erwartet Ihren Anruf. Er bittet aber um Diskretion.«

Mit hochrotem Kopf nahm Dr. Rogge den kleinen Zettel wie ein kostbares Artefakt in Empfang. »Mensch, Herr Stuhr, dass Sie das hinbekommen haben, ist eine Wucht. Chapeau!«

Trotz der salbungsvollen Dankesworte war nicht zu übersehen, dass Dr. Rogge seinen Laden nicht im Griff hatte. Seine Mitarbeiter kannte er kaum, und Reinicke hatte vermutlich hinter der Fassade des Frühstückdirektors anstellen können, was er wollte. Michael Reinicke musste hier Verbündete gehabt haben, aber mindestens auch einen Gegner in der Verwaltung, denn sonst hätte er mit der Reisekostenabrechnung nicht tricksen müssen.

Aus den Augenwinkeln bekam Stuhr durch das Treppengeländer mit, dass Olli wieder auf die Herrentoilette flüchten musste, dieses Mal allerdings eine Etage tiefer. Der Grund der Flucht eilte mit kurzen markigen Schritten auf den Direktor der Anstalt zu. Schon vom Treppenabsatz her überbrachte er ihm seine Botschaft. »Dr. Rogge, ich komme mit guten Nachrichten zu Ihnen. Der Zuwendungsbescheid aus Berlin ist so gut wie durch. Nur noch ein paar kleine Formalitäten, und dann kann alles seinen geregelten Gang gehen. Haben Sie Ihren Füller parat?«

Erst jetzt bemerkte Duckstein Stuhr und grüßte. Dr. Rogge wollte ihn vorstellen, aber Duckstein winkte ab. »Ich weiß. Guten Tag, Herr Stuhr. Wir haben uns bereits flüchtig auf dem Flughafen in Büsum kennengelernt. Sie sind durch den wagemutigen Flug nach Helgoland auf dieser Insel ja bekannt wie ein bunter Hund. Ich habe lieber in Cuxhaven das Weite gesucht.«

Artig grinste Stuhr dem ihn skeptisch musternden Duckstein zu und grüßte freundlich mit Unschuldsmiene zurück, doch innerlich freute er sich darüber, dass Duckstein bei seiner Anfahrt nach Helgoland vom Regen in die Traufe gekommen war.

Dr. Rogge wurde jetzt unruhig. Er wollte offensichtlich die notwendigen Formalitäten mit Duckstein erledigen. »Herr Stuhr, nichts für ungut, aber dieser Termin hat jetzt für mich höchste Priorität. Unaufschiebbare Dienstgeschäfte, Sie verstehen? Der junge Mann von eben kann Sie durch alle Labore führen, einen schönen Gruß von mir. Sie werden ihn irgendwo auf dem unteren Flur in einem der Büros finden.«

Das kam Stuhr durchaus zupass, denn Olli musste er dringend sprechen. So gab er Dr. Rogge und Duckstein die Hand und trabte die Treppen hinunter.

Er befand sich bereits im unteren Flur, als ihm Dr. Rogge noch einmal aus der ersten Etage nachrief. »Ach, Herr Stuhr, bei aller Eile, das hätte ich fast vergessen. Ich habe doch für Sie noch eine kleine Freundesgabe der Biologischen Anstalt für unsere Förderer.«

Dr. Rogge kam ihm einige Treppenstufen entgegen und zog eine Jahresfreikarte für das Aquarium aus seinem

Jackett. Dann verabschiedete er sich nochmals, bevor er sich mit Duckstein in das Chefbüro zurückzog. Stuhr betrachtete die Freikarte, die natürlich nur eine symbolische Gabe für die Förderer sein konnte, denn unabhängig von deren kurzer Verweildauer auf der Insel würde sich das Interesse an dem kleinen Aquarium spätestens beim zweiten Besuch erschöpft haben.

Stuhr lauschte, bis sich die Tür hinter Dr. Rogge und Duckstein schloss, und huschte dann in die Herrentoilette zu der einzigen verriegelten Kabine. »Olli? Ich bin's, Stuhr. Wir sind allein.«

Aus dem sich öffnenden Türspalt lugten zwei Augen vorsichtig in den Toilettenraum. »Ist die Luft rein?« Stuhr musste das noch einmal bestätigen, bevor Olli erleichtert die Kabinentür vollständig öffnete.

Stuhr lobte ihn sofort. »Gute Arbeit, Olli. Lass uns schnell zum Hotel gehen, ich muss meine Sachen abholen und bezahlen. Unterwegs erzähle ich dir alles, ich muss hier weg. Vermutlich hat Duckstein zu viel über mich durch die Rasmussen erfahren, der hat mich eben ausgesprochen skeptisch gemustert. Ich könnte noch die Morgenmaschine schaffen.«

Trotz Ollis skeptischem Gesichtsausdruck öffnete Stuhr vorsichtig die Toilettentür zum Flur, der wie ausgestorben vor ihm lag. Stuhr deutete mit einer knappen Kopfbewegung an, dass die Luft rein war. Wenig später verließen sie unbehelligt das Institut durch den Haupteingang. Auf dem Weg zum Fahrstuhl bestätigte ein sichtlich erleichterter Olli Stuhrs Verdacht. »Du hast recht mit deiner Vermutung gehabt, Stuhr. Die Rasmussen und Dieter Duckstein haben irgendetwas miteinander.

Gestern Abend in den Mocca-Stuben kamen die mir vor wie ein vertrautes altes Ehepaar. Sie haben die ganze Zeit gestritten.«

Olli berichtete kurz von dem Kostümwechsel und der Veranstaltung. Er wirkte ziemlich fertig. War ihm überhaupt noch zuzumuten, hier weiterhin die Stellung zu halten?

»Wir sind kurz vor dem Ziel, Olli. Dieser Institutsdirektor scheint mir keinen besonders großen Durchblick zu haben.«

Olli widersprach. »Falsch, Stuhr. Dr. Rogge ist ein Volltrottel, der das Institut lediglich nach außen vertritt. Sein Spitzname ist JR, genau wie der von dem fiesen Ewing von Dallas. Die Geschäfte führen hier ganz andere. Die Gegenspielerin wird Frau Doktor genannt. Wer das ist, weiß ich aber nicht.«

Innerlich jubelte Stuhr. Jetzt musste Olli nur noch die Gegenspielerin identifizieren. Vermutlich würde sie den Liebling von Dr. Rogge, den Reinicke, auf dem Kieker haben. Stuhr war sich ganz sicher, dass das der Schlüssel zur Lösung des Falles war.

Sie hatten jetzt das Hotel auf dem Oberland erreicht, und Stuhr huschte schnell hinein. Zum Glück war keiner der Rasmussens da, sondern eine Servierkraft, und so konnte er ohne große Erklärungen die Formalitäten erledigen. Er sammelte nur sein Notebook ein, Zahnpasta und -bürste ließ er liegen.

Dann hastete er wieder zu Olli hinaus. Stuhr war bewusst, dass er Olli mit der Bitte um weitere Ermittlungen eine hohe Last aufbürden würde. Aber eine

Freundschaft wie die zwischen ihnen würde das sicherlich aushalten. Jetzt ging es im Eilschritt zur Landungsbrücke. Beschwörend redete Stuhr auf Olli ein. »Genau ein einziger Tag fehlt uns noch, Olli. Dann könnten wir am Ziel sein. Du musst herausbekommen, wer die Gegenspielerin von Dr. Rogge ist. Dann sind wir durch. Kommissar Hansen kann sie dann verhören.«

Erstaunlicherweise sagte sein tapferer Freund ohne Widerworte sofort zu. Stuhr zog sein Handy und informierte den Kommissar kurz über den neuesten Ermittlungsstand und das weitere Vorgehen. Hansen hatte seinerseits zwar noch keine Details über Duckstein in Erfahrung bringen können, aber immerhin schlug er pragmatisch vor, Ollis Kleidersack zu der einlaufenden Katamaranfähre bringen zu lassen, weil dort keine Insulaner an Bord seien. So könnte er sich dort unbemerkt umkleiden. Stuhr deckte den Hörer kurz ab und teilte Olli den Vorschlag des Kommissars mit. Olli schien erleichtert zu sein und war sofort einverstanden.

Gegen seine Art umarmte Stuhr Olli zum Abschied kurz freundschaftlich, bevor er in das Dünen-Taxi einstieg. Er winkte ihm noch einmal zu und setzte dann das Telefonat mit dem Kommissar fort. »Hansen, der Olli hat echt seine Haut für dich riskiert. Hier geht es nur weiter, wenn du mir sagst, was nun wirklich Sache auf dem Festland ist. Ich merke doch, dass irgendetwas im Gange ist.«

Die Antwort des Kommissars war mehr als knapp. »Mord in Cuxhaven.«

Stuhr musste erst einmal auf der Bank an der Reling des Dünen-Taxis Platz nehmen, denn mit den Morden verhielt es sich ja wie in der Endphase bei der Konferenzschaltung der Fußball-Bundesliga. Er protestierte gegen den Ort des Verbrechens. »Das kann doch nicht sein! Das liegt nicht in Schleswig-Holstein.«

Kommissar Hansen holte ihn wieder auf den Boden der Tatsachen zurück. »Aber an der Nordsee, Stuhr. Die Tat trägt eine ähnliche Handschrift wie die in St. Peter-Ording. Nichts für schwache Gemüter, das Opfer wurde von einem Ausflugschiff an die Kaimauer gequetscht. Zuerst glaubte man noch an einen Unfall. Ich bin auf dem Weg dorthin, um mir ein genaues Bild zu verschaffen.«

Damit war zumindest Stübers Theorie mit den Sinnesorganen aus dem Rennen, denn von dem Opfer in Cuxhaven würde sicherlich nicht mehr viel zu erkennen sein. Stuhr blieb nichts übrig, als dem Kommissar Glück zu wünschen.

23 ALTE LIEBE

Der Blick auf den breiten Strom brachte Kommissar Hansen ins Grübeln, denn immer wieder hatte die Elbe in seinem Leben Schicksal gespielt. Als Polizeischüler musste er seinerzeit das Atomkraftwerk Brokdorf gegen Demonstranten aus der ganzen Republik verteidigen. Im Deutschen Herbst war er zum Personenschutz für Helmut Schmidt in Hamburg abgestellt worden. Dieser war ein geradliniger Politiker, der vermutlich nur in der falschen Partei untergekommen war. Das einzig Unangenehme an Schmidt war sein ständiges Gequarze, und deswegen war er öfter auf der Suche nach frischer Luft an die Landungsbrücken nach St. Pauli geflüchtet. Richtige Seeluft kann man in Hamburg nicht atmen, denn die Stadt liegt eigentlich im Binnenland. Die Elbe bildet die Lebensader der Stadt zur Nordsee hin, und bis zur Mündung bei Cuxhaven sind es immerhin mehr als 100 Kilometer.

Nun stand er hier auf dem zweistöckigen Betonbau auf der Alten Liebe, der stromseitigen Begrenzung des Cuxhavener Hafens zum Elbfahrwasser hin, und verfolgte die ein- und auslaufenden Schiffe. Bei Sonnenschein wie heute war das ein feiner Zeitvertreib, denn bedingt durch den Verlauf der schmalen Fahrrinne in der Elbmündung mussten die Pötte ganz dicht an der Alten Liebe vorbeifahren, bevor sie sich in die Weite der Nordsee begeben konnten.

Als er einst genau an dieser Stelle seiner Frau den Verlobungsring angesteckt und um ihre Hand angehalten hatte, herrschte ziemlich kaltes und stürmisches Regenwetter. Er konnte sich noch genau an die leeren Gesichter der Seeleute an den Relingen vor den beleuchteten Kajütgängen erinnern, die auf den voll beladenen Schiffen unter mächtigem Dampf an ihnen vorbeizogen. Er hatte sie bedauert, denn nach diesem letzten warmen Moment unter Land würden sie sich vermutlich wochenlang auf hoher See befinden, was bei ungemütlichem Wetter kein Vergnügen sein konnte.

Im Nachhinein gesehen war seine Ehe aber auch nicht gerade vergnügungssteuerpflichtig gewesen. Gut, der steuerliche Splittingvorteil kam ihm damals sehr gelegen, um sich gemeinsam mit seiner Frau eine eigene Wohnung leisten zu können. Zum Glück hatten sie sich früh entschieden, auf Nachwuchs zu verzichten. Aber war er nicht auch irgendwie ein einsamer Seemann geworden? Schön war es zwar, abends nach Hause zu kommen. Aber jeden Morgen war er auch wieder froh, in den Dienst gehen zu können. Wie ging es seiner Frau eigentlich den ganzen Tag? War sie froh, dass er weg war? Warum wollte sie nie wissen, was er tagsüber gemacht hatte? Vielleicht sollte er einfach mal nachfragen. Aber Unterhaltungen mit seiner Frau konnten auch schnell umschlagen. Zu ihrem nächsten Geburtstag würde er sie in das beste Restaurant in Kiel einladen, und dann würde er das Gespräch mit ihr suchen. Eigentlich wusste er überhaupt nicht, ob sie zufrieden war. Hansen erschrak, als er von der Seite angesprochen wurde. »Kommissar Hansen, vermute ich? Ich bin Kommissar Ten Hoff,

Polizeiinspektion Cuxhaven, Fachkommissariat 1. Ich grüße Sie herzlich. Welcome in Cuxhaven.«

Sofort erkannte Hansen die markante Stimme Ten Hoffs mit den Anglizismen von ihrem gestrigen Telefonat wieder und reichte ihm die Hand. »Moin. Ist ja kein besonders schöner Anlass, zu dem wir uns heute treffen, Herr Kollege.«

Kommissar Ten Hoff spielte das herunter. »Bullshit, was meinen Sie, wie viele Tränen von Angehörigen der Auswanderer und Seemannsbräute an diesem Ort schon geflossen sind? Da kommt es auf die eine oder andere auch nicht mehr an. Übrigens war der Tote nicht besonders beliebt, also wird sich der Tränenstrom in Grenzen halten.«

Hansen konnte sich ein schiefes Grinsen nicht verkneifen. »Sie sehen das aber äußerst gelassen. Haben Sie denn kein Mitleid mit dem Opfer?«

»Ach was. Wissen Sie, wir leben in unserem Beruf doch irgendwie davon, dass immer wieder Teile der Menschheit sich gegenseitig die Köpfe einschlagen.«

Das war natürlich nicht zu verneinen, und so kam Hansen direkt zur Sache. »Schädelbruch als Todesursache? Ich dachte, der Tote wäre unter Wasser von einem anlegenden Schiff zerquetscht worden? Ihre Polizeiinspektion konnte schließlich anfangs einen Unfall nicht gänzlich ausschließen.«

Kommissar Ten Hoff drehte sich um und wies auf den Seitenanleger, der vom Pfahlbau aus gut zu erkennen war. »That's right. Ein Unfall war unsere erste Vermutung. Schauen Sie da drüben hin, dort hat gestern Morgen das Bäderschiff Atlantis vergeblich anzulegen versucht. Aber das Schiff ließ sich einfach nicht gerade an die Spundwand legen, um eine Gangway ausbringen zu können. Die Besatzung hat dann mit Enterhaken probiert, im trüben Brackwasser nach der Ursache zu fischen. Irgendwann brachte man zum Schrecken der einsteigewilligen Passagiere eine Wasserleiche an die Oberfläche. Ich bin sofort mit dem Erkennungsdienst zur Alten Liebe gefahren, und es dauerte einige Zeit, die vielen neugierigen erlebnishungrigen Urlauber zu überzeugen, in einen anderen Bereich auszuweichen. Dann haben wir zunächst die Atlantis abgefertigt, damit endlich die Tagesurlauber nach Helgoland gekarrt werden konnten. In New York hätte so etwas keine fünf Minuten gedauert. Sure.«

Seine Zwischenfrage konnte sich Hansen nicht verkneifen. »Sind Sie eigentlich ein gebürtiger Amerikaner?«

Ten Hoff sah ihn ungläubig an. »Nein, ich bin natürlich Deutscher. Wie kommen Sie darauf?«

»Na ja, ich kann nicht so gut Englisch, und Sie streuen ab und zu englische Wörter ein, die ich nicht alle verstehe.«

Kommissar Ten Hoff konnte sich vor Lachen kaum noch halten. »Nein, ich bin ein typischer Deutscher. In Rotterdam geboren, mit zwölf Jahren zum Vater nach Aurich und mit 25 Jahren zum Austauschdienst nach New York, Lower Manhattan. Der Slang dort ändert die Lebenseinstellung und den Zungenschlag mehr, als man will. Das waren wirklich wilde Zeiten dort, das streift man nicht mehr ab. Dagegen ist das hier alles mehr oder weniger Routine. Mein Vorname ist übrigens Pieter. Duzt ihr euch in Kiel nicht bei der Kripo?« Er streckte Hansen die Hand entgegen.

Der fühlte sich ein wenig überfordert, denn bis jetzt duzten ihn nur seine Frau und Stuhr. Aber Ten Hoff schien durch und durch ein gerader Kerl zu sein. »Hansen. Sag einfach Hansen zu mir. Das machen alle so bei mir. Pieter, wann und wie kamt ihr auf die Idee, dass da etwas nicht stimmen konnte?«

Sein Kollege stöhnte auf. »Well, Hansen, erst irgendwann am frühen Nachmittag wurde in der Gerichtsmedizin an kaum erkennbaren Einschnürungen festgestellt, dass die mit einem Stein beschwerte Wasserleiche an den Füßen mit einer Angelschnur am Anleger der Atlantis fixiert worden war, damit der Kopf knapp unterhalb der Wasseroberfläche blieb. Deswegen war der Schädel auch so fürchterlich zerquetscht.« Einen passenden amerikanischen Fluch unterließ er jetzt aber, vermutlich wegen der Härte des passenden Ausdrucks.

Der Kieler Kommissar blickte seinen Kollegen skeptisch von der Seite an. »Das erinnert alles ein wenig an die Mafiaopfer, die im Hafen von Palermo unter Wasser an Betonklötze gebunden schwebend eine Mahnwache für Justiz und Verräter sein sollten.«

Ten Hoff reagierte jetzt impulsiv. »Right, that's it, Hansen. Und deshalb haben wir sofort über Europol einen Abgleich vornehmen lassen, und herausgesprungen ist dein Fall in St. Peter-Ording und der deines Kollegen auf Sylt. Sure, that fits.«

Wieso denn ausgerechnet der Fall auf Sylt? Der war doch völlig anders gelagert. Hatte Hansen etwas übersehen? Gab es etwas, was Ten Hoff wusste und er nicht? »Pieter, kannst du auch Klartext mit mir sprechen?«

Der Kollege aus Cuxhaven referierte seine bisherigen Ermittlungserkenntnisse. »Sure. Wir haben herausgefunden, dass der Tote Volker Krömmer hieß und Aktivist einer Cuxhavener Initiative gegen die Elbvertiefung war.«

Hansen fragte ungläubig nach. »Krömmer war ein Aktivist gegen die Elbvertiefung? Ist die denn ungesetzlich?«

»Das musste ich auch erst einmal nachlesen. Fast jede Dekade wurde die Elbe bisher auf Wunsch der Hamburger Bürgerschaft um ein bis zwei Meter vertieft, weil die Handelsschiffe immer größer wurden und der Fluss und der Tidehub immer wieder Segmente anlagerten. Angeblich soll das ein Staatsvertrag von 1921 hergeben, aber die Stadt Cuxhaven prüft gegenwärtig eine Klage gegen die geplante Elbvertiefung, und auch das Land Niedersachsen ist aus verschiedenen Gründen dagegen. Natürlich würde man gern einen Teil der Container, die nach Hamburg gekarrt werden, nach Cuxhaven, Bremerhaven oder Wilhelmshaven umlenken. Das ist aber Politik. Auf jeden Fall gibt es seitdem in Cuxhaven und in anderen Elborten jeden Ersten des Monats Mahnwachen, und Krömmer ist einer der aktivsten Gegner der Elbvertiefung.«

Den Tiefgang der Elbe, den die Hamburger für die größten Seeschiffe anstrebten, hätte sich Hansen manchmal für seine Ehe gewünscht, aber nach den vielen Jahren lebt man eigentlich sowieso mehr nebeneinander her. Mit seinem Beruf hatte er ja auch ein besonders interessantes

Hobby. Nein, verlassen würde er seine Frau nicht, aber im Nachhinein hätte er sich doch mehr Gemeinsamkeiten gewünscht.

»Pieter, ich verstehe das trotzdem nicht. Wo sind die Parallelen zum Fall auf Sylt und in St. Peter-Ording?«

Sein Kollege strahlte ihn an. »Well, das liegt doch auf der Hand. Auch der Aktivist war schon lange tot, bevor er beim Anlegen der Atlantis an der Spundwand zerquetscht wurde. Vermutlich zur Abschreckung von weiteren Protesten zur neuerlichen Elbvertiefung. Alle Opfer waren lange tot, bevor sie gefunden wurden, und alle bildeten eine Art Mahnwache.«

Gut, das konnte Hansen noch nachvollziehen. »Aber die Elbvertiefung, die betrifft doch nicht Sylt oder St. Peter-Ording. Wen sollten die Opfer dort abschrecken?«

Pieter grinste breit. »Nun, vor Sylt wird jedes Jahr für Millionen Euro Sand aufgespült zum Küstenschutz, und 30 Kilometer vor der Insel wird gerade der Offshore-Windpark Butendiek hochgezogen. In St. Peter-Ording würde man gern größere Teile des Naturschutzgebietes Wattenmeer für den Tourismus öffnen, und gleichzeitig wird geprüft, ob in 1.000 Metern Tiefe ein Endlager für Kohlendioxid aus anderen Bundesländern errichtet werden kann. Shit. Das sind alles Millionen-, wenn nicht gar Milliardenprojekte. Wenn irgendein Hirnloser dagegen agiert, wird der von den Investoren mit Geld zugeschissen oder beseitigt. Es geht um viel Kohle, um schwarze Luxusautos und blonde Frauen.«

So hatte Hansen die Sache bis jetzt noch nicht gesehen. »Mensch, Pieter, du kennst dich aber aus.«

Sein Kollege winkte ab. »No, no, nicht ich. Wir haben bei uns einen Archivfuchs, der findet so etwas alles heraus. Hansen, hast du dich eigentlich einmal gefragt, für wen dein Opfer in Sankt Peter als Abschreckung dienen könnte?«

Hatte Hansen Tag und Nacht, aber ohne eine Antwort zu finden. Er schüttelte den Kopf.

Ten Hoff fuhr fort. »Ich habe heute Morgen die Claudia verhört. Die hat mich über viele Hintergründe aufgeklärt.

Der Kieler Kommissar war irritiert. »Claudia? Welche Claudia denn?«

Erstaunt sah ihn Ten Hoff an. »Na, die Mutter von dem Malte. Hast du die Spur denn nicht weiter verfolgt?«

Auch darauf konnte sich Hansen noch keinen Reim machen.

»Na, der Malte, der jetzt in Bad Bederkesa bei seiner Mutter lebt. Der Sohn von Michael Reinicke.«

Klar, jetzt fiel es dem Kommissar wie Schuppen von den Augen. Er hatte auf eine Vernehmung von Claudia Reinicke zunächst verzichtet, weil sie und ihr Sohn nicht mehr auf der Insel gemeldet waren und er nicht einfach so in Niedersachsen ermitteln konnte. Pieter schien die ersten Teile des Puzzles richtig zusammengefügt zu haben. Dennoch, Bedenken blieben. »Hat denn Reinicke gutachterliche Aufträge an diesen Orten gehabt?«

Sein Cuxhavener Kollege nickte ernst. »Ja, aber nicht nur dort. Er war ausgesprochen dick im Geschäft für die Biologische Anstalt. Teilweise hatte er aber auch privat

Unteraufträge angenommen. Die Wedeler Yachthafenvereinigung beispielsweise hatte von ihm ein Gutachten erstellen lassen, inwieweit die neuerliche Elbvertiefung ihren Sportboothafen zusätzlich verschlicken würde.«

Das erklärte immerhin den Flug von Reinicke nach Wedel, von dem der Pilot Grenz berichtet hatte. An dieser Stelle bohrte Hansen nach. »Hat die Yachthafenvereinigung das Gutachten bei der Biologischen Anstalt Helgoland bestellt oder direkt bei Reinicke?«

Ten Hoff blickte ratlos. »Das ist eine der wenigen Fragen, die mir Claudia Reinicke nicht beantworten konnte oder wollte. Schließlich bezog sie Unterhalt von ihm. Sie hat in diesem Punkt die Aussage verweigert, aber dieses Recht steht ihr auch zu. Deshalb wollte ich dich bitten, mit mir gemeinsam nach Helgoland zu fahren, um den Leiter der Anstalt zu verhören. Dr. Rogge soll er heißen. Ich kann allein dort nichts ausrichten, denn Helgoland gehört verwaltungsmäßig zu eurem Landkreis Pinneberg. Das ist euer Beritt.«

Jetzt konnte Hansen endlich einmal seinen niedersächsischen Kollegen verblüffen. »Yes. Das ist richtig, Pieter. Den Dr. Rogge kannst du aber knicken, der hat keinen Durchblick. Sei unbesorgt, wir durchforsten gerade die gesamte Anstalt. Meine besten Leute sind vor Ort, und meinen Oberkommissar werde ich nach Wedel schicken. Ich halte dich auf dem Laufenden.«

So ganz schien Ten Hoff ihm aber nicht zu trauen. Deswegen entschloss sich Hansen, ihm seine Überlegungen offenzulegen. »Unter uns, Pieter, ich habe in einer völlig anderen Richtung ermittelt als du. Der erste Tote auf Sylt war anscheinend sehr wohlhabend. Vermutlich ein Unternehmer, vielleicht sogar ein Finanzmakler. Als zweiten traf es den Gutachter einer öffentlich geförderten Anstalt, und als dritten einen resoluten Protestler. Ich werde das Gefühl nicht los, dass hier mehrere Tätergruppen gegeneinander agieren. Das würde die Auflösung natürlich erheblich verkomplizieren, aber andererseits auch erklären, warum wir auf der Stelle treten.«

Nach kurzem Nachdenken pflichtete ihm sein Kollege bei. »Indeed. Das würde in der Tat einiges erklären. Die Tätergruppen setzen sich mit ihren Taten gegenseitig Warnzeichen, dabei ist der Rubikon schon längst überschritten, jedenfalls nach unseren Maßstäben.«

Jetzt wurde Hansen hellhörig. »Wenn die sich gegenseitig warnen, dann müssen noch größere Geschäfte im Raum stehen. Welche könnten das sein?«

Ungläubig sah ihn Ten Hoff an. »Unbelievable, Hansen. Liest du denn keine Zeitung?«

Nein, die Kieler Rundschau las er nicht. Ihm reichte die Kenntnisnahme der Schlagzeilen. Das Käseblatt studierte ausschließlich seine Frau und erzählte ihm dann manchmal abends, was sie interessant fand. Die Todesanzeigen, Werbung für Busreisen und das Wochenend-Journal. Das war nicht seine Welt, die aus spannenden Kriminalfällen bestand. Die Antwort für seinen niedersächsischen Kollegen war ausweichend. »Manchmal im Büro. Aber die Hektik, du weißt. Welche großen Geschäfte stehen denn an?«

An den Fingern der rechten Hand begann Ten Hoff jetzt die ihm bekannten Großprojekte aufzuzählen, die sich seiner Kenntnis nach in einer gutachterlichen Prüfung befanden. »Die Fehmarnbeltquerung nach Dänemark, die Weiterführung der Autobahn A20 westlich von Hamburg über die Elbe, der Bau des neuen Tiefwasser-Containerhafens in Wilhelmshaven, die mögliche Landaufschüttung zwischen Helgoland und Düne, die Verbreiterung des Nord-Ostsee-Kanals ...«

Als er auf die linke Hand wechseln wollte, um seine Aufzählung fortzusetzen, hob Hansen beschwörend seine Hände. »Hör auf, Pieter! Wir sollten uns besser gegenseitig nicht verrückt machen. So viele mögliche neue Tatorte kann doch keine Polizei der Welt abschirmen.«

Ten Hoff gab ihm zum Abschied die Hand und kommentierte das auf seine eigene Art. »That's alright, man. Fair play. Lass uns gut zusammenarbeiten, dann stehen wir das auch gemeinsam durch. Wenn wir doch noch nach Helgoland müssen, in Rastede befindet sich unsere Hubschrauberstaffel. Es dauert keine Stunde, und dann sind wir auf der Insel. Definetly.«

Jedes Wort verstand Hansen nicht, aber er ergriff herzhaft die Hand seines Kollegen. Sie würden gut zusammenarbeiten. Gemeinsam schlenderten sie zum Parkplatz.

»Soll ich dich noch irgendwohin mitnehmen?«, fragte Pieter hilfsbereit.

Hansen lehnte dankend ab. Er wollte noch einen Moment an diesem Ort verweilen.

Erst als der Wagen des niedersächsischen Kollegen nicht mehr zu sehen war, zog er sein Handy aus dem Jackett und rief Oberkommissar Stüber an, denn er benötigte jetzt dringend eine Mitarbeiterliste der Biologischen Anstalt. Stüber hatte aber keine Neuigkeiten, außer dass unverständlicherweise Büroleiter Zeise auf die Beförderungsschiene gesetzt worden war und der Chef von der Politik weiterhin mächtig unter Druck gesetzt wurde. Hansen bat seinen Oberkommissar, die Auftragslage bei der Wedeler Yachtvereinigung abzuklären.

Dann informierte er sicherheitshalber den Kollegen Klüver vom Bundeskriminalamt, der für übergreifende Wirtschaftskriminalität zuständig war und den er in einem vorherigen Fall schätzen gelernt hatte. Er gab ihm die Daten der Opfer durch und ließ ihm durch Stüber die Liste der Fahrgenehmigungen für den Sand zufaxen. Noch war der Bund nicht zuständig, aber vielleicht war in seiner Abteilung der eine oder andere Name bekannt.

Er machte sich ernsthafte Sorgen um Oliver Heldt auf Helgoland, denn ein Stich ins Wespennest bleibt selten ohne Folgen. Bis jetzt schien dort zwar alles eher harmlos zu sein, aber offensichtlich liefen in der Biologischen Anstalt viele Fäden zusammen.

24 STURZFLUG

Stuhr wollte nach dem undurchschaubaren Verwirrspiel auf Helgoland endlich wieder einmal einen herrlichen Sommertag genießen. Er hatte sogar kurz überlegt, ob er sich nicht in Badehose auf die Terrasse seines Strandhotels in St. Peter-Ording begeben sollte, denn von der spöttischen Blondine nebenan war nichts mehr zu hören und zu sehen. Vermutlich war sie inzwischen abgereist. Doch das war ihm letztendlich auch egal, denn er war ausschließlich hier, um sich zu erholen. Er rekelte sich genüsslich auf dem Liegestuhl, während sein Gehirn noch einmal den Film des morgendlichen Rückflugs von Düne nach Büsum abspulte, was immer mehr die Vorherrschaft über sein Denken gewann.

Auf dem Flughafen hatte ihn nach der Abfertigung durch die polnischen Hilfstruppen, die offensichtlich eine lange Nacht hinter sich hatten, ein braun gebrannter Pilotenkollege des Buschfliegers begrüßt. Ihr Start verzögerte sich wegen einer landenden Sportmaschine zwar ein wenig, aber dann stiegen sie schnell in den strahlend blauen Himmel auf, der sie den gesamten Flug über das Wattenmeer begleiten sollte. Er fragte sich, ob Dreesen auf seinem Flugsimulator auch dieses Spiegeln des Sonnenlichts in den Prielen genießen konnte, die in weichen Schwüngen das Watt durchzogen? Bevor sie den Deich des Festlands erreichten, winkten ihnen von einem kleinen Seebäderschiff, das offensichtlich von Büsum aus Kurs auf Helgoland nahm, viele Hände zu. Dort herrschte sicherlich eine fröhlichere Stimmung als auf dem Katamaran gestern. Auch die Landung in Büsum war sehr angenehm, und bereits nach der Hälfte des Flugfeldes bog die Maschine ab und tuckerte langsam auf das Flughafengebäude zu, wo die nächsten Tagesausflügler bereits ungeduldig warteten.

Thies Theißen schien heute seinen dienstfreien Tag genommen zu haben, denn ein Kollege kümmerte sich um die Abfertigung. Auf der Rückfahrt zu seinem Hotel konnte Stuhr dann genau wie am Montagmorgen nur staunen, wie abwechselungsreich sich die Halbinsel Eiderstedt präsentierte. Der schöne Traum von dieser Sonnenfahrt wurde zunehmend unangenehm, denn irgendwann konnten seine zusammengekniffenen Augenlider das stechende Sonnenlicht nicht mehr ausblenden.

Stuhr quälte sich unwirsch von seinem Liegestuhl hoch, um entgegen seiner Gewohnheit ein eiskaltes Flaschenbier aus dem Kühlschrank zu holen. Obwohl das Gebräu nach dem zweiten Schluck warm war und schal schmeckte, beruhigte es ihn. Wohlwollend gab er seinen sich wieder senkenden Augenlidern nach, um in einen geruhsamen Mittagsschlaf hineinzutaumeln.

So richtig einschlafen konnte er aber nicht, denn wie in einem Tagtraum schossen die Bilder der letzten Tage völlig unkoordiniert durch sein Hirn. Glücklicherweise wurde ihm aber vom Himmel ein großes Kaleidoskop gereicht, in dem er noch einmal alle Facetten der Eindrücke der letzten Tage in spitzwinkligen Spiegelkammern wiedererkennen konnte, obwohl sie förmlich und farblich durchmischt waren. Mit dem Kaleidoskop unter dem Arm schwang er sich auf, um über Land und Sand zu schweben. Große Glücksgefühle empfand er bei diesem Flug über St. Peter-Ording zunächst nicht, denn er war mehrfach in Gefahr, abzuschmieren, doch erstaunlicherweise konnte er sich immer wieder fangen. Wohlwollend nickte ihm Dreesen von einer Wolke bei seinen Flugversuchen zu, bis er endlich bei den Pfahlbauten von St. Peter-Ording einschwebte. Erstaunlicherweise stand die Arche Noah noch unversehrt an ihrem Platz. Er senkte seine Flughöhe und nahm Kurs auf den Pfahlbau, um den herum sich verschiedene Personen gegenseitig jagten. Dann drehte er sein Kaleidoskop, und sofort fügten sich die zueinandergehörigen Formen und Farben zusammen. Als Erstes machte er den Duckstein aus, dem er inzwischen alles zutraute. Der hatte aber keine Pistole in der Hand, sondern schien eher auf der Jagd nach Anna Maria Rasmussen zu sein, die in einem knappen Pepitakostüm mit ihren hochhackigen Schuhen immer wieder unglücklich in die wenigen kleinen Salzwasserlachen trat, die die ablaufende Flut nicht mehr in die Nordsee zurückführen konnte. Im Gerüst des Pfahlbaus kraxelten Christiane Clausen und Thies Theißen herum. Sie jagten sich aber nicht, sie schienen sich beide eher hilflos im Holzkonstrukt verheddert zu haben. Das alles kümmerte Dr. Rogge wenig, denn der hielt sich unterhalb der großen hölzernen Freitreppe der Arche versteckt, unter der Reinicke malträtiert gefunden worden war. Waren das alle Schurken, die sich hier zum Showdown versammelt hatten? Nein, vorn am Strand hatte sich ein wenig unerwartet sogar noch Fiete Rasmussen mit seinem Börteboot eingefunden. Ein Schuss von der Terrasse ließ alle Akteure erstarren. War das der große Unbekannte, der von einer erhabenen Position aus einfach alles abknallte, was ihm im Wege stand? Stuhr richtete sein Kaleidoskop auf die Arche und versuchte, durch aufgeregtes Wedeln mit seinen Schwingen wenigstens einen Moment in der Luft stehen zu bleiben, um zumindest den Ansatz einer Figur oder eines Gesichtszuges auszumachen. Richtige Flieger wissen allerdings, dass ein Flugkörper nicht so einfach in der Luft stehen kann. Er stürzte ab, allerdings wurden schnell aus den verbleibenden 30 Metern zum Sand 300, dann 3000. Er schien nun die Erdanziehungskraft endgültig überwunden zu haben und wie eine Rakete dem Erdball zu entgleiten. Dann verspürte er einen unerwartet harten Aufprall. Er blickte sich um. Offensichtlich lag er flach wie eine Schildkröte auf seiner Sonnenterrasse in St. Peter-Ording.

Ein vertrautes Gesicht, das allerdings durch eine verspiegelte Polizistensonnenbrille zuerst nicht zu identifizieren war, starrte ihn vom Nachbarapartement mit besorgten Stirnfalten an. »Stuhr, alles in Ordnung mit dir?«

Das konnte nur sein ehemaliger Oberamtsrat Dreesen sein. Braun gebrannt wirkte er hier auf den ersten Blick weltmännisch wie ein Flavio Briatore der Landesverwaltung, wenngleich er früher lediglich ein kleinkarierter Korinthenkacker gewesen war. Träumte Stuhr noch, oder war er tatsächlich schon wach?

Bevor er Dreesen antworten konnte, trat jetzt seine Nachbarin hinter Dreesen hervor. »Ach, die Herren kennen sich? Dann will ich nicht weiter stören.«

In seiner Rückenlage bekam Stuhr mit, dass sich die Blondine tatsächlich auf den hinteren Bereich ihrer Terrasse zurückzog, aber sie schien in Hörweite zu verharren. Dreesen kam näher und beugte sich über ihn, um ihm hoch zu helfen, und so konnte Stuhr seine erste brennende Frage Dreesen zuflüstern. »Was machst du denn hier?«

Dreesen zuckte mit den Schultern und verwies mit dem Daumen wortlos auf die Blondine hinter sich.

»Hat die etwa auch eine Genehmigung für den Sand?« fragte Stuhr bissig nach. Den folgenden Blick von Dreesen kannte Stuhr von seinen beiden verflossenen Ehefrauen, wenn die gelogen hatten. Er schien mit sich zu kämpfen, aber er blieb immerhin ehrlich. »Ja, sie auch. Aber einmal ganz im Ernst, Stuhr. Würdest du denn dem blonden Brenner irgendetwas verweigern? Das ist doch endlich einmal eine tolle Frau.«

Damit hatte Dreesen sicherlich recht, aber andererseits musste sich ein Landesbeamter auch an gewisse Grundsätze halten, für die er einen Eid abgelegt hatte. Mühselig versuchte Stuhr, sich vom Boden aufzurappeln. Dann zog er Dreesen zu seiner Sitzecke, wo sie die Blondine nicht hören konnte. »Sag mal, Dreesen, wie hast du die Genehmigungen eigentlich durchbekommen? Normalerweise müssen doch zig Leute mit unterschreiben, die oben in der Zeichnungssäule des Antrags stehen.«

Wegen der Sonnenbrille konnte er nicht erkennen, ob Dreesen einen schelmischen Blick aufgesetzt hatte. Sein Mund verzog jedoch keine Miene, als er sich zur Sache äußerte. »Die Vertikalmöwe, Stuhr. Die hat in aussichtslosen Fällen bis jetzt immer funktioniert.«

Oh je. Normalsterbliche konnten mit dem Begriff nichts anfangen, aber Stuhr kannte diese Unart der Abkürzung im Verwaltungsdschungel von früher, wenn anstelle der einzelnen Abzeichnungen der Fachreferenten mit der Unterschrift hinter allen Laufzeichen irgendein aufgeblasener Abteilungsleiter das Verfahren abkürzte und einfach mit einer geschweiften Klammer für alle unter ihm Stehenden mitzeichnete. Das meinte Dreesen mit Vertikalmöwe. Wenn man Liebling der Hausspitze war, dann ging das meistens durch, aber wenn auch nur irgendetwas schiefging, dann konnte man schnell von den übergangenen Kollegen gelyncht werden.

Dreesen focht das nicht an. »Warum sollte ich das nicht tun, Stuhr? Im Verwaltungskrieg kannst du nicht auf jedes Einzelschicksal Rücksicht nehmen. Fragst du viele, bekommst du viele Rückläufe, und die Laufmappen häufen sich auf dem Schreibtisch bis ins Unermessliche. Ich will nicht wie die Kollegen enden, deren Schreibtische mit Aktenbergen überhäuft sind. Verwaltung muss flutschen und für den Menschen da sein. Warum sollten die von mir ermächtigten Personen nicht wie tausend andere auf dem Watt herumgondeln, von den abgedrehten Strandseglern einmal ganz abgesehen? Wenn ich schriftlich eine plausible Erklärung von einem Steuerzahler bekomme, der meint, auf dem Sand herumgurken zu müssen, warum soll ich ihm das denn verweigern? Verwaltung muss unbürokratisch und bürgernah sein, Stuhr.«

Dreesens Ausführungen standen im krassen Gegensatz zu dem, was Stuhr früher wegen dessen Dünnhäutigkeit mit ihm hatte durchmachen müssen. Stuhr zog das Gespräch in seichteres Fahrwasser. »Woher kennst du die Blondine eigentlich?«

Dreesen nahm jetzt die Sonnenbrille ab und blickte ihn harmlos wie ein frommes Lamm an. »Na, hier aus Sankt Peter natürlich, woher denn sonst?«

Das verstand Stuhr nicht. »Aber du bist doch eigentlich blank. Wie bist du denn an die Blondine herangekommen?«

Dreesen hielt den Zeigefinger vor den Mund und sah ihn missbilligend an. »Mensch, Stuhr. Du wirfst mir aber unangenehme Dinge an den Kopf. Nicht, dass sie das mitbekommt. Warum fragst eigentlich ausgerechnet du mich das? Du weißt doch am besten, wie das läuft. Man lernt sich beim Glas Wein kennen, und dann ergänzt man sich eben.«

Ergänzen. Das war schon ein großes Wort aus dem Mund von Dreesen, der sich ja gerade mit Hauen und Krachen notgedrungen aus der Ehe mit seiner Olsch verabschieden musste.

»Was hast du denn in die Beziehung eingebracht, Dreesen?«

Sein alter Oberamtsrat zuckte mit den Schultern. »Na ja, sie hat keinen Führerschein. Früher hatte sie sogar einen Fahrer. Ich fahre sie zu den Plätzen, die sie besuchen möchte. Dafür lädt sie mich stets auf einen Kaffee oder einen Prosecco ein. Auch die Sonnenbrille ist ein Geschenk von ihr. Gucci steht an der Seite. Ist, glaube ich, eine italienische Firma, aber ich kenne die nicht. Sie scheint jedenfalls sehr vermögend zu sein, und endlich ist es einmal eine Frau, die keinen Igel in der Handtasche hat. Sie zeigt sich großzügig, das ist doch für beide Seiten gut.«

Stuhr konnte sich schon denken, dass Dreesen sich zur Einbringung seines Anteils wieder einmal einen Wagen von der Fahrbereitschaft ausgeliehen hatte. Er ließ nicht locker. »Und weiter?«

Dreesen schien ehrlich zu bleiben. »Sie hat keinen Mann, keine feste Beziehung. Sie liebt es, auch einfach einmal an einem starken Arm durch Sankt Peter zu promenieren.«

Jetzt wollte sich Stuhr das Lachen nicht mehr verkneifen. »Aber Dreesen, du bist doch mindestens eine Handbreit kleiner als sie. Schaust du denn nie in den Spiegel? Das ist doch keine Ergänzung, das nenne ich schlicht Mängelverwaltung.« Es war zu spät, sich auf die Lippen zu beißen, denn Dreesen zog mit enttäuschter Miene ab. Stuhr rief seinem alten Oberamtsrat hinterher. »He, Dreesen, ich bin kein Klugscheißer. Glaube mir, ich weiß es wirklich besser!«

Aber Dreesen antwortete nicht mehr. Er hatte offensichtlich das Weite gesucht. Sei es drum, sagte sich Stuhr. Er ließ sich wieder auf die Liege plumpsen und versuchte, an die Traumsequenz mit dem großen Unbekannten auf der Arche anzuknüpfen. Das gelang ihm aber nicht mehr, und irgendwie wurde auch noch die Sonne verdeckt.

Der Geruch von großzügig aufgetragener Sonnencreme ließ ihn die Augen öffnen. Die Blondine hatte sich über ihn gebeugt. »Das haben Sie aber fein gemacht. Der Herr liebt es offensichtlich, Schicksal für andere zu spielen. Wenn Ihr Bierrausch verflogen ist, dann könnten wir uns ja einmal ernsthaft unterhalten, Sie blasierter Heini. Ich bin um 19 Uhr unten an der Bar. Einen schönen Nachmittag wünsche ich Ihnen noch.«

Oh je, die Dame war stinksauer. Sie drehte sich resolut um und begab sich zurück in ihr Appartement. Einen knackigen Po hatte sie aber, konnte Stuhr noch augenblinzelnd feststellen. Mit der Ruhe war es jedoch bei ihm vorbei.

25 HELGOLÄNDCHEN

Beim Anblick des Katamarans kamen bei Olli zunächst unangenehme Gedanken an die letzte Überfahrt auf. Der Kapitän hatte ihn jedoch bereits erwartet und begrüßte ihn wie einen alten Bekannten. Er zog ihn schnell an der Mannschaft vorbei, die gelangweilt ihre Pause absaß, und bugsierte ihn auf die Kapitänsbrücke. Dort lachten sie noch einmal im Nachhinein gemeinsam über den Horrortrip vom Vortag. Dann konnte Olli seinen Müllsack in Empfang nehmen, den der Friedhofsarbeiter auf Bitte von Kommissar Hansen beim Kapitän abgeliefert hatte. Olli zog sich auf der Toilette schnell um und stopfte den Kittel in den Müllsack. Dann verließ er das Schiff. Der Kapitän des Katamarans winkte ihm zum Abschied noch einmal freundlich von der Brücke zu und hielt den Finger auf die Lippen. Der würde offensichtlich Schweigen wie ein Grab.

Endlich konnte Olli wieder normal durch die Gegend laufen, und dieses überaus angenehme Gefühl entlastete ihn. Er musste mehr über die Anstalt herausbekommen, als Svenja in der letzten Nacht preisgegeben hatte. Er rief sie an, aber sie wirkte überaus angespannt.

»Du, Olli, das passt jetzt überhaupt nicht. Wir führen gerade eine Messung durch, da darf nichts schiefgehen. Ich melde mich nachher. Küsschen.« Damit beendete sie das kurze Gespräch.

So einfach, wie er sich das vorgestellt hatte, würden die Nachforschungen nach Lage der Dinge also nicht werden. Vielleicht kannte Svenja aber auch nicht mehr Interna, denn sie begann gerade einmal ihr zweites Praktikum in der Anstalt, und auffällig wären seine Nachfragen zudem auch. Nein, er musste einen besseren Weg finden. Er musste zurück in die Höhle des Löwen.

Es war jetzt Mittag, und es war stark zu vermuten, dass sich Dr. Rogge wieder zu seinem Stammtisch begeben würde, von dem Stuhr berichtet hatte. Auch Duckstein würde sich vermutlich im Unterland aufhalten, und so wählte er den Invasorenpfad und den sich anschließenden Klippenrandweg über Mittel- und Oberland, um von beiden ungesehen hintenherum zur Anstalt zu gelangen. Wenn er dort dumm gefragt wurde, dann würde er sich einfach nach Svenja erkundigen.

Entschlossen öffnete er die Eingangstür und marschierte durch den langen Flur und das Treppenhaus in den ersten Stock, in dem er heute Morgen im Müllsack Verstecken spielen musste, bis ihm Svenja wenigstens den Kittel eines Kollegen über die Toilettenwand geworfen hatte. Jetzt war die Anstalt wie ausgestorben, vermutlich nutzten die Mitarbeiter die Mittagspause, um sich zu sonnen oder dem bunten Treiben am Hafen zuzusehen. Er lauschte einen Moment an der Tür von Dr. Rogge, aber es war kein Geräusch zu vernehmen. So schlich er einige Schritte weiter und betrachtete das Namensschild der Sekretärin. Ruth Rasmussen. Der Name dieser Familie schien auf Helgoland äußerst weit verbreitet zu sein.

Olli nahm sich ein Herz und klopfte entschlossen an der Tür. Eine tiefe Stimme bat ihn herein. Die Frau, die hinter dem Schreibtisch saß und das Büro von Dr. Rogge beschirmte, war keine Schönheit, aber sie war trotzdem eine freundliche Erscheinung. Vom Mittelscheitel her verdrängten zunehmend silberne Strähnen die braune Farbe ihres Haarschopfes, der recht ungezügelt auf ihre Schultern fiel. Sie musste um die 50 sein, und sie strahlte ihn an. »Oh, endlich einmal ein junger Mann, der mich besucht. Guten Tag. Was kann ich für Sie tun?«

Das war doch schon einmal erfreulich, befand Olli. Er grüßte zurück und stellte sich kurz vor. Dann kam er zur Sache. »Ich wollte mich eigentlich bei Ihrer Anstalt bewerben. Ich dachte mir, wenn ich jetzt schon einmal hier zum Urlaub auf Helgoland bin, dann schaue ich mir den Laden am besten vorher an.«

Sie strahlte ihn weiterhin an, zog eine Schreibtischschublade auf und holte ein Formular heraus. »Na, das war doch eine prima Idee. Wenn Sie wollen, dann füllen Sie jetzt gleich den Bewerbungsbogen aus. Ich melde mich dann wieder bei Ihnen.«

Das erstaunte Olli. »Werden bei Ihnen denn überhaupt Informatiker gesucht?«

Ihr strahlender Blick wich einem freundlichen Lächeln. »Gesucht werden auf der Insel vor allem kräftige junge Männer. Wenn die denn auch noch ihr Handwerk beherrschen und den Finger vom Alkohol lassen können, dann ist das für alle Beteiligten doppelt gut.« Das war zumindest eine ehrliche Antwort. Sie schien ein gebranntes Kind zu sein.

Olli füllte den Bogen ordnungsgemäß aus, nur den Nachnamen und den Straßennamen änderte er ein wenig ab. Dann gab er ihr den Bogen zurück.

Sie setzte eine Lesebrille auf und überflog das Formular. Dann schien sie einen Makel gefunden zu haben.

Sie zog die Lesehilfe auf die Nasenspitze herunter, um wie eine Lehrerin streng über die Brille blickend bei ihm nachzubohren. »Ich sehe, Sie sind erst 35, und verheiratet sind Sie auch nicht. Wollen Sie sich tatsächlich zu uns in die Einsiedelei begeben? Haben Sie sich das auch wirklich gut überlegt?«

»Ach«, versuchte er ihre Bedenken zu zerstreuen, »Helgoland bietet doch jede Menge Abwechslung. Natur, Strände, Shops und Hafenbetrieb. Wo gibt es das schon auf einem einzigen Quadratkilometer?«

Sie antwortete zunächst nicht, sondern musterte ihn nachdenklich. Dann sagte sie nicht ohne Schmerz in der Stimme: »Ja, im Sommer ist das so, aber von Anfang November bis Ende März regiert hier quer stehender Regen, und die Sonne hält sich fast durchgehend versteckt. Plötzlich wird die Insel für alle fühlbar klitzeklein. Wehe dem, der dann nicht weiß, wo er hingehört. Meinen Sie, dass Sie das durchstehen?«

»Helgoländchen«, rutschte ihm heraus.

Sie taxierte ihn ernst. »Genau, Helgoländchen. Das haben Sie schon richtig erkannt. Man hat hier keine Möglichkeit, den anderen Mitbewohnern zu entfliehen.« Glücklich wirkte Ruth Rasmussen jetzt nicht gerade.

Olli musste das Heft des Handelns wieder in die Hand bekommen und stellte die Gegenfrage. »Sie wissen, wo Sie hingehören?«

Die Sekretärin von Dr. Rogge hob skeptisch die Schultern. »Ach, Dr. Held, fragen Sie mich nicht solche Dinge. Ich lebe hier. Mein Mann führt ein Börteboot, der macht einfach, was er will. Manchmal fährt der mitten im Winter zum Festland, ohne zu fragen, nur um endlich einmal wieder festen Boden unter die Füße zu bekommen. Ich würde da niemals mitfahren, das wäre mir viel zu gefährlich. Aber diese Erdung, die fehlt einem hier im Winter manchmal auf der Insel.«

Das konnte sich Olli gut vorstellen, aber er wollte ja nicht wirklich auf Helgoland überwintern. Ihm reichten die schönen Stunden mit Svenja. Aber auf die skeptische Nachfrage der Sekretärin hin musste er eine entkrampfende Antwort finden. »Ach, Frau Rasmussen. Woher soll ich wissen, ob ich mich hier ganzjährig wohlfühlen würde? Vorhersagen sind immer schwierig, vor allem, wenn sie die Zukunft betreffen. Reizen würde mich Helgoland aber schon. Wenn es nicht klappt, geht die Welt für mich auch nicht unter. In Hamburg gibt es viele gute Jobs.«

Die Sekretärin von Dr. Rogge sprach ihm jetzt Mut zu. »Da machen Sie sich mal keine Sorgen, das wird schon klappen. Es wäre schön, wenn Sie hier sesshaft werden könnten. Ich werde ein gutes Wort für Sie einlegen.«

Sie schien ihn irgendwie zu mögen. Das war die Gelegenheit nachzubohren. »Bei Dr. Rogge?«

Ruth Rasmussen prustete lauthals los. »Wie kommen Sie denn darauf?«

Olli zeigte sich überrascht. »Das ist doch der Chef hier, ich habe das Namensschild nebenan gelesen.«

»Nein, nur weil ›Direktor‹ auf einem Schild steht, muss man doch nicht annehmen, dass der die Geschicke einer Anstalt mit Hunderten von Mitarbeitern und Studierenden verantwortungsvoll leiten könnte. Nein, die Arbeit erledigen hier ganz andere völlig unspektakulär.«

Wie von Zauberhand klopfte es an der Tür, die sich wenig später einen Spalt öffnete. Eine freundliche, aber bestimmte Frauenstimme gab eine Bestellung auf. »Ruth, können Sie bitte Kaffee und Kekse in meinem Büro aufdecken? Heute Nachmittag kommen noch zwei Herren aus Berlin vom Ministerium für Bildung und Forschung. Ich hoffe, sie bringen den endgültigen Förderbescheid mit, damit wir endlich mit der Renovierung unserer Mitarbeiterwohnungen am Hang beginnen können. Ich gehe nur noch kurz einmal nach Hause und mache mich frisch für den Besuch, falls Dr. Rogge nach mir fragen sollte.«

Ruth Rasmussen fiel es vermutlich selbst nicht auf, aber sie hatte unbewusst Haltung angenommen. Schnell sagte sie zu. »Nur für Sie drei, Frau Dr. Sommerfeld?«

Die Frauenstimme bestätigte das, aber die Sekretärin hatte noch eine inhaltliche Nachfrage. »Hatte Dr. Rogge nicht heute Morgen mit Herrn Duckstein bereits die letzten Formulare endgültig auf den Weg gebracht? Oder habe ich das falsch verstanden?«

Die Stimmte antwortete ein wenig ungeduldig, aber nicht unfreundlich. »Ja, das schon, aber mit diesem Duckstein ging es nur um ein kleineres Projekt für ausländische Stipendiaten. Der Duckstein macht das doch sowieso nur, um für größere Projekte im Gespräch zu bleiben. Das ist ein Halunke, wenn Sie mich fragen. Vielen Dank für Ihre Bemühungen, Frau Rasmussen.« Die Tür wurde leise wieder zugezogen.

Fragend blickte Olli die Sekretärin an, die sofort aufgestanden war, um Kaffeegeschirr zusammenzustellen.

»Die hat hier die Hosen an, richtig?«

Ruth Rasmussen musste unwillkürlich lachen. »Dr. Held, Sie scheinen für ihr jugendliches Alter ja bereits eine gehörige Portion Menschenkenntnis zu besitzen. Aber in der Tat, Frau Dr. Sommerfeld hat das Institut in das 21. Jahrhundert gerettet und auch die sichere Einbettung in das Alfred-Wegener-Institut für Polar- und Meeresforschung in Bremerhaven maßgeblich betrieben. Ohne Frau Doktor wären unsere Arbeitsplätze alle in Gefahr.«

Frau Doktor! Diese Dr. Sommerfeld musste die Gegenspielerin von Dr. Rogge und Reinicke sein. Ruth Rasmussen war jetzt damit beschäftigt, Kaffee aufzusetzen. Olli stand auf und bedankte sich bei ihr für das nette Gespräch.

Sie entschuldigte sich bei ihm, dass sie nun keine Zeit mehr für ihn hatte. »Ich drücke Ihnen beide Daumen für die Bewerbung, Dr. Held. Auf gute Zusammenarbeit.«

Olli verabschiedete sich und verdrückte sich in den Flur. Kurz vor dem Treppenhaus hing ein von einer Plexiglashaube eingerahmtes Telefon an der Wand. Er durchsuchte das beiliegende dünne Helgoländer Telefonverzeichnis. Da war der Buchstabe ›S‹. Sommerfeld, Dr. Ulrike, Kirchstraße 442. Das musste sie sein. Die Kirchstraße befand sich im Oberland bei der Kirche, das Straßenschild hatte er gestern gesehen. Dieses Mal verließ Olli die Anstalt erhobenen Hauptes. Er eilte zum Aufzug. Während er vor der verschlossenen Fahrstuhltür wartete, orientierte er sich auf einer Inselkarte, die sogar die Hausnummern der Straßenecken auswies. Olli hatte sich nicht geirrt. Nach wenigen Minuten öffneten sich die Türen, und heute beförderte ihn ein Mann ins Oberland. Olli bog zweimal um die Ecke, und dann befand er sich bereits auf der Kirchstraße. Jedes Haus hatte eine eigene Nummer, die offensichtlich straßenunabhängig zugeteilt worden war, denn die Kirchstraße war nicht viel länger als ein Sportplatz. Die Hausnummer 442 war an einem kleinen, mit Ziegeln gedeckten weißen Steingebäude befestigt, vor deren Fenster weiße Blumenkästen hingen, aus denen üppige bunte Blüten sprossen.

Olli blickte sich um. Nicht weit von dem Haus der Sommerfeld entfernt entdeckte er auf einer Bank am Rande des Friedhofs unübersehbar eine Gestalt, die trotz des sommerlichen Wetters in einem schwarzen Anzug ungeduldig zu warten schien. Das musste Duckstein sein. Olli flüchtete sich schnell in ein Spirituosengeschäft und näherte sich einem Whiskyregal, das neben dem Schaufenster stand. Während er abwechselnd die eine und andere Flasche prüfend in die Hand nahm, konnte er aus der Distanz Dieter Duckstein gut beobachten, der hinter seiner Spiegelsonnenbrille einen gelangweilten Eindruck machte, jedoch das Haus der Sommerfeld offensichtlich fest im Visier hielt.

Wenig später öffnete sich die Haustür, und eine großgewachsene Dame in einem eleganten Kostüm verließ das Haus. Das musste Frau Dr. Sommerfeld sein. Sie hatte ihre Haare zu einem Knoten hochgesteckt, was ihr einen klassisch-strengen Gesichtsausdruck verlieh. Sie erkannte Duckstein sofort, denn sie wendete sich ab und eilte mit kurzen schnellen Schritten an Ollis Schaufenster vorbei. Sie strebte auf den Fahrstuhl zum Unterland zu. Duckstein versuchte, sich ihr von hinten zu nähern, aber sie wies alle Gesprächsangebote barsch zurück, ohne sich umzudrehen.

Olli verließ das Spirituosengeschäft und folgte den beiden in ausreichender Entfernung. Vor dem Fahrstuhl versuchte Duckstein, sie am Ärmel festzuhalten. Er fing sich prompt eine schallende Ohrfeige ein, und der Aufzugführer weigerte sich in der Folge, Duckstein zu befördern. Als sich die Fahrstuhltür schloss, rannte Duckstein sofort zur Freitreppe und hastete hinunter. Olli konnte schlecht hinterherlaufen, ohne aufzufallen. Also blieb er vor der Fahrstuhltür stehen. Keine Minute später öffnete sich die Tür wieder, und Frau Dr. Sommerfeld stürzte wutentbrannt an ihm vorbei. Sie schien Duckstein überlistet zu haben, indem sie sich gleich wieder hochbefördern ließ.

Mit entschlossenem Schritt marschierte sie direkt auf das Hotel Panoramic zu. Olli entschied sich, vor der Brüstung neben dem Fahrstuhl zu bleiben und den Blick auf das Unterland zu genießen. Er durfte nicht auffallen. Wenig später erhob sich ein heftiges Geschrei hinter den Panoramafenstern des Hotels, und kurz darauf kam Anna Maria Rasmussen außer sich aus dem Hotel gestampft.

Eine Männerstimme rief ihr hinterher. »Anna, nun bleib doch! Das wird sich alles schon irgendwie aufklären.«

Aber Anna blieb nicht, sondern strebte nun ebenfalls dem Fahrstuhl zu. Dr. Sommerfeld blieb von der Bildfläche verschwunden. Olli entschloss sich, gemeinsam mit der Rasmussen Fahrstuhl zu fahren.

Sie schnaubte vor Wut. Unten angekommen, stöckelte sie, so schnell sie konnte, zu den Landungsbrücken. Obwohl Olli Abstand halten musste, konnte er, wie vermutlich die meisten anderen Menschen auch, auf der Brücke mitverfolgen, wie sie bereits aus großer Entfernung Dieter Duckstein wie ein Kesselflicker beschimpfte, obwohl der sich mit dem Dünen-Taxi bereits auf dem halben Weg zum Flughafen befand.

Schließlich verharrte sie verzweifelt heulend am Geländer der Landungsbrücke. Das würde ihrem Ruf auf der Insel sicherlich nicht zuträglich sein, befand Olli. Er fühlte sich wieder einmal in Bezug auf die schlechte Menschenkenntnis Stuhrs bestätigt. Eine kleine feine Dame sollte das sein. Stuhr musste sich in sie verguckt haben.

Ollis Mission war hier beendet. Er hatte die Gegenspielerin von Reinicke aufgespürt, und Duckstein war dabei, sich aus dem Staub zu machen. Das alles schien für ihn mehr ein Beziehungsdrama als ein Mordfall zu sein. Darum sollte sich Stuhr lieber kümmern.

Aber zunächst unternahm er noch einen neuen telefonischen Anlauf bei Svenja. Dieses Mal hatte sie endlich Zeit für ihn.

26 SANDBURGEN

Der Kieler Kommissar hatte sich noch ein wenig in Cuxhaven umgesehen. Vom Stadtbild her bot es nicht besonders viel. Die Stadt wurde erst im letzten Jahrhundert gegründet, und die 50er- und 60er-Jahre hatten rigoros das alte Stadtbild planiert, soweit es nicht vom Bombenhagel in Mitleidenschaft gezogen worden war. Beeindruckend fand Hansen allerdings nach wie vor den alten Windsemaphor nahe der Alten Liebe, ein technisches Großgerät, das den auslaufenden Schiffen mit Signalarmen und -zeigern die Windstärken und -richtungen vor Borkum und Helgoland anzeigte. Obwohl die moderne Technik dieses Wahrzeichen längst überflüssig gemacht hatte, war es als technisches Museum noch in Betrieb.

Dann war er noch einmal kurz zum Strand nach Duhnen gefahren. Viel geändert hatte sich nicht in den letzten Jahren, und da er wenig Lust verspürte, sich am Strand durch Sandburgen zu kämpfen, hatte er sich auf die Rückfahrt gemacht. Zum Glück gab es in Wischhafen vor dem Anleger der Elbfähre nach Glückstadt keine Warteschlange, und so schälte er sich auf dem Schiff aus dem Fahrzeug und genoss die Querung zwischen den großen Pötten, die auf dem Fluss unterwegs waren. Der Genuss hielt sich jedoch in Grenzen, denn Stüber rief an. Er hatte Neuigkeiten.

»Volltreffer, Hansen. Die Leiche auf Sylt konnte identifiziert werden. Es handelt sich um Richard Heidenreich, einen Investor aus Hamburg. Mitarbeiter seiner Firma hatten sich gewundert, dass er auch am dritten Tag nach seinem Ausflug nach Sylt nicht in sein Direktionszimmer zurückgekehrt war. Da keine Familienangehörigen bekannt waren, hatte man sich kurzerhand an die Polizei gewandt.«

»Mensch Stüber, das Autokennzeichen, von dem Grenz bei den Landungen berichtet hatte. HH-RH. Das würde doch passen!«

Sein Oberkommissar blieb gelassen. »Schon gecheckt, Chef. Er hatte sogar zwei schwarze Limousinen mit dem Kennzeichen, beides Bentley. Aber mit der Kennung gibt es noch 42 andere schwarze Fahrzeuge, die infrage kommen können. Da müssen wir abwarten.«

Das leuchtete Hansen ein. »Ist denn bekannt, was ihn nach Sylt getrieben hatte?«

Stüber legte wie immer eine kleine Kunstpause ein, bevor er exklusive Inhalte preisgab. Irgendwann würde ihn Hansen wieder einmal daran erinnern müssen, dass er sein Zuarbeiter und nicht sein Dienstvorgesetzter war. Dann kam er aber endlich mit den Informationen herüber. »Ja, seine Mitarbeiter haben uns die gesamte Akte zugemailt. Der Heidenreich schien noch ein Unternehmer vom alten Schlag zu sein, der hatte nichts zu verbergen. Er wollte in Hörnum durch eine große Sandaufspülung mit einem in Japan patentierten Verfahren der Nordsee die in den letzten Jahrzehnten weggespülten Landmassen wieder entreißen. Vorgesehen waren ein richtiger Südstrand und ein Sportboothafen, der bis an die Fahrrinne der Fährverbindung nach Helgoland reichen sollte. Dadurch hätten auch die Superreichen für ihre großen Yachten einen angemessenen Anlaufpunkt auf Sylt gehabt. Dahinter war eine entsprechende Bebauung durch Heidenreichs Architekten geplant. Insgesamt hätten dort fast 250 Millionen Euro verbuddelt und 100 vorwiegend hochwertige Arbeitsplätze geschaffen werden können, wenn nicht ...«

Stüber war nicht mehr zu verstehen, weil ein lautes Hupen auf der Fähre alles übertönte. Zuerst vermutete Hansen, dass eine Hochzeit gefeiert wurde, aber dann bekam er mit, dass die Fährpassage offenbar beendet war und sein Fahrzeug schlicht im Weg stand. Sollte er seine Plakette hochhalten und den anderen Mitreisenden damit kommunizieren, dass er ein wichtiges Gespräch zum Schutz der Allgemeinheit führte? Nein, besser war es, kleinlaut zum Auto zu schleichen und den Parkplatz am Fähranleger in Glückstadt anzusteuern. ›Alter Tattergreis‹ war noch das Vornehmste, was ihm die nachfolgenden Mitreisenden an den Kopf knallten. Zweimal war er versucht, die Autonummer zu notieren, aber ihn interessierten Stübers Informationen mehr.

»Stüber, bist du noch dran?« Sein Oberkommissar hatte immerhin die Stellung gehalten, und er setzte seinen Bericht fort. »Ja, wie ich bereits eben sagte. Insgesamt hätten hier fast 250 Millionen Euro verbuddelt werden können und 100 vorwiegend hochwertige Arbeitsplätze geschaffen werden, wenn nicht ...« Jetzt unterbrach Stüber das Gespräch. Hansen schlug wütend auf das Lenkrad. Es sollte anscheinend nicht sein. Doch Stüber meldete sich wieder. »Kommissar Klüver vom BKA hat uns gerade Infos über Dieter Duckstein und seine ehemalige Frau zugesendet. Die beiden haben gemeinsam zwei Insolvenzverfahren heil durchgestanden. Vorstrafen gibt es keine, aber die Steuerfahndung kennt Ducksteins Haus vermutlich besser als er selbst. Er gilt als vermögend, aber sein Geld lagert nicht auf deutschen Konten. Klüver versucht jetzt über Europol noch einmal, auf mögliche versteckte europäische Depots von ihm zu stoßen.«

Das waren spannende Details, aber dieser Duckstein interessierte Hansen genauso sehr wie die toten Katzen des Nachbarn. Er hielt ihn lediglich für eine schmierige Ratte. »Stüber, was ist denn nun bei Heidenreich schiefgelaufen?«

Sein Oberkommissar setzte noch einmal von vorn an. »Heidenreich wollte in der Tat fast 250 Millionen Euro in die Hand nehmen, um ein Millionärsbecken mit der entsprechenden Infrastruktur aus dem Watt zu stampfen. Er hatte sogar eine Unbedenklichkeitsbescheinigung der Biologischen Anstalt Helgoland in den Händen. Das soll angeblich der Heiligenschein sein, der jeden Landesbediensteten ohne weitere Nachprüfungen Baugenehmigungen erteilen lässt.«

Warum kam Stüber nicht auf den Punkt? Hansen war schier am Verzweifeln. »Stüber, du hast eben zweimal ›wenn nicht‹ gesagt. Was ist schiefgelaufen?«

Wieder legte Stüber die gewohnte kleine Kunstpause ein, bevor er ein wenig unwillig endlich die Auskunft gab. »Na ja, seine Architekten hatten zur Nordsee hin großzügig geplant. Richtung Norden sollte allerdings zur südlichsten Straße von Hörnum, dem Süderende, gegen den Häuserbestand am Hang ein hoher Zaun gezogen werden. Man kann das ja irgendwie verstehen, dass man vom Pöbelpack abgeschirmt sein will.«

Kommissar Hansen wollte keine neue Diskussion mit Stüber über dessen Ansichten beginnen. Er beschränkte sich auf das Dienstliche. »Hast du die Besitzer der Häuser schon überprüfen lassen und mit der Liste aus der Staatskanzlei abgeglichen? Vielleicht war Heidenreich eine regelrechte Hassfigur auf Sylt.«

Sein Oberkommissar beschwichtigte ihn. »Nein. Heidenreich hatte sich als Investor völlig zurückgehalten. Er hatte seine Finanzmanager alles mit den Architekten einfädeln lassen, und deswegen ist das Projekt vermutlich auch in die falsche Richtung gelaufen. Zur Rettung hat sich Heidenreich dann der Dienste von Reinicke versichert, dessen Gutachten deutlich machen sollte, dass die Planung für Sylt eine Aufwertung bedeuten würde.«

Hansen wurde unruhig. »Wen hatte Heidenreich denn beauftragt? Die Biologische Anstalt oder Reinicke direkt?«

Sein Oberkommissar übte sich in Demut. »Mensch, Hauptkommissar Hansen. Druck hilft doch keinem jetzt. Ich weiß es nicht. Über die Infos von Heidenreich verfüge ich seit keiner halben Stunde, und in Wedel habe ich noch niemanden erreicht. Der Vorstand arbeitet ehrenamtlich. Daneben gibt es auch noch ein Privatleben. Ich jedenfalls habe noch eines. Ich melde mich morgen wieder.«

Hansen beendete mürrisch das Gespräch und entschied sich, wegen der politischen Gefechtslage abzuwarten und Stuhr erst zu informieren, wenn Stüber nähere Erkenntnisse über den Widerstand in Hörnum gesammelt hatte. Beruhigend war natürlich die Tatsache, dass sich Stüber offenbar wieder mit der Witwe Eilenstein vertragen hatte.

Wo sollte Hansen jetzt hinfahren? Eigentlich sollte er in die Polizeidirektion nach Kiel reisen, um Stüber zukünftig mehr auf die Finger zu klopfen. Er entschied sich aber, nach Sankt Peter zurückzukehren und das schöne Sommerwetter zu genießen.

27 MUSCHELFANG

Schon von Weitem war seine blonde Terrassennachbarin an der Hotelbar unübersehbar. Nicht, dass sie mögliche Nebenbuhlerinnen wegen ihrer besonderen Schönheit ausstach. Sie war schlicht der einzige Gast an der Bar. In dem kleinen Schwarzen ohne Sonnenbrille wirkte sie mindestens zehn Jahre jünger als ihre vermuteten 50 Jahre.

Stuhr kam keine zwei Minuten zu spät, doch das ließ sie ihn schmerzlich spüren. »Eine Dame lässt man nicht warten, Herr Stuhr. Wenn sie noch ein wenig Nachhilfe in Benimm in Anspruch nehmen möchten, dann kann ich Ihnen diverse Adressen zukommen lassen. Sie scheinen es wirklich nötig zu haben. Doch Spaß beiseite, ich bin Ihnen ernstlich böse.« Sie drehte sich zwar von ihm weg, aber so richtig böse schien sie nicht zu sein.

Eigentlich wollte Stuhr an diesem Abend demonstrativ nur Mineralwasser trinken, aber letztendlich entschied er sich dafür, doch einen Gin Fizz zu bestellen, um die Stimmung zu entkrampfen. Als er das der Bartenderin mitteilte, fragte er nur der Höflichkeit halber bei seiner blonden Nachbarin nach, ob sie einen Drink mittrinken wollte. Mehr als unerwartet sagte sie zu, und deswegen setzte er sich zunächst kommentarlos neben ihr auf einen Barhocker. Es fiel Stuhr schwer, die nicht enden wollende gesprächslose Phase bis zur Anlieferung der Getränke zu überbrücken, denn sie schien ihn die ganze

Zeit prüfend zu mustern. Die Präsenz dieser Frau war für ihn kaum auszuhalten.

Ungewollt trommelte er mehrfach mit den Händen kurzfristig an der Tresenkante, was seine Nachbarin mit Missachtung quittierte. Dann kamen endlich die heißersehnten Kaltgetränke, und Stuhr bediente eine erste Erwartungshaltung, indem er ihr stilvoll auf Französisch zuprostete. »A votre santé, Madame.«

Sie duckte sich überraschenderweise fast ein wenig zu mädchenhaft für ihr Alter weg, aber sie bedankte sich entsprechend. »Merci, Monsieur.« Dann prostete sie zurück und nippte am Longdrink. Nachdem sie ihn abgestellt hatte, taxierte sie ihr Gegenüber. Diesem Blick versuchte Stuhr auszuweichen, indem er schnell einen zweiten tiefen Schluck von seinem Getränk nahm, denn schließlich war dies keine Hengstparade.

»Stuhr. So lassen Sie sich doch nennen, richtig? Warum haben Sie Ihren ehemaligen Kollegen Dreesen heute Mittag so gekränkt? Ich fand das richtig schäbig. Haben Sie eine Erklärung für Ihr Verhalten?« Die Blondine sah ihn gespannt an.

Stuhr blieb gelassen. »So, Dreesen fühlt sich also gekränkt. Was haben Sie denn noch über mich erfahren? Uralte Märchen von Oberamtsrat Dreesen, der Urgestalt deutscher Verwaltungskunst?«

Die Blondine schien tatsächlich eine Entschuldigung erwartet zu haben, denn sie drehte sich wieder deutlich verunsichert zum Bartresen hin. Stuhr orderte noch zwei Drinks nach, was bei seinem blonden Gegenüber zunächst auf Widerstand stieß. »Herr Stuhr, warum machen Sie das? Denken Sie etwa, ich bin Freiwild?«

Stuhr antwortete nicht, denn ihm war klar, dass eine blonde Frau wie sie sich an jeder Bar der Welt gejagt fühlen musste. Ihm war ihre Haarfarbe egal, er versuchte, mehr in die Herzen zu schauen. Sie schien immer noch auf einer Erklärung zu bestehen. So nahm Stuhr seinen gesamten Mut zusammen. »Vielleicht war ich heute Mittag ein wenig eifersüchtig.«

Sie verdrehte ungläubig die Augen. »Eifersüchtig? Auf Dreesen?«

Stuhr antwortete nicht. Ja, genau das war er wohl. Ihn hatte schon geärgert, dass er nie eine Frau wie die Rasmussen kennengelernt hatte. Jetzt hatte plötzlich auch noch die graue Maus Dreesen seine Pfoten an der Blondine. Da konnte doch schon einmal die Wut in einem hochsteigen. Er sah seine Terrassennachbarin skeptisch an. Bei ihr würde es sicherlich noch ein langer und dorniger Weg werden.

Doch er irrte sich. Unerwartet hielt sie ihm ihr halb leeres Glas entgegen und stieß mit ihm an. »Du bist ein großer Mann, Stuhr. Ich mag das. Natürlich habe ich auch einen Namen. Ich bin die Jeanette, alter hanseatischer Geldadel.«

Stuhr war beeindruckt von diesem Vornamen, der dieser eleganten Frau mit den klassischen Gesichtszügen gerecht wurde. Er war froh, dass die neuen Getränke gereicht wurden. Seinen Vornamen liebte er nicht sonderlich, aber jetzt schien er angebracht zu sein. Er reichte ihr eines der neuen Getränke und prostete ihr zu. »Also gut. Ich bin der Helge.«

Sie lächelte zurück. »Prost, Helge. Freunde dürfen Jenny zu mir sagen.«

Stuhr blieb skeptisch. »Was hat denn Dreesen zu dir gesagt?«

Sie gluckste. »Na, was wohl? Natürlich Jeanette und Sie.«

Stuhr biss sich wütend auf die Zunge. Da war wohl seine Fantasie mit ihm durchgegangen. Er sollte sich bei ihr entschuldigen. Förmlich hob er sein Glas. »Tut mir leid wegen heute Mittag, Jenny. Ist nicht meine Art sonst. Na Sdorowje.«

Der russische Trinkspruch ließ Jenny aufhorchen. »Bist du auch ein Investor, Helge?«

Stuhr versuchte, sein Frührentnerdasein in die bestmöglichen Worte zu kleiden. »Nein, Jenny, genau genommen bin ich eine Art Freelancer. Ein Mann für alle Fälle und insofern unternehmerisch tätig.«

Jenny prostete ihm mit einem tiefen Blick in seine Augen zurück. »Helge, ich liebe Männer, die etwas unternehmen. Mein erster Mann hat in den Achtzigern jede Menge Beton in den Himmel gestapelt. Er war allerdings so verliebt in das Baugewerbe und Geldverdienen, dass ich mir damals notgedrungen einen anderen Mann suchen musste.«

Stuhr blieb charmant. »Das muss doch ein tolles Leben gewesen sein, geldmäßig so von oben herunter.« Er prostete ihr zu.

Sie lachte ihn aus und griff zu ihrem Drink. »Das war kein tolles Schicksal als das Anhängsel eines Investitionsgenies. Er war zwar intelligent, und ehrlich war er meistens auch, aber in seinen Adern floss nur Beton. Wie man eine Frau richtig streichelt, dieses Wissen war ihm leider nicht vergönnt. Seine Betonbauten zieren dagegen heute noch viele Bahnhofsviertel Deutschlands. Gelitten habe ich nicht unter ihm, aber außer Geld hat er mir auch nichts gegeben. Schade, und irgendwann wurde er mir zu ältlich. Ich mag das nicht.«

Stuhr zog sofort seinen kleinen Bauchansatz ein und setzte sich aufrecht hin. »Niemand wird jünger.«

Sie tätschelte ihm lachend vorsichtig den Bauch. »Für mich musst du dich nicht verstellen. Ich habe dich in den letzten Tagen genau beobachtet. Atme einfach wieder entspannt aus, du bist schon in Ordnung so.« Sie drehte sich um und bestellte zwei Drinks auf ihre Kosten.

Schön sah sie aus, wenn sie so entspannt war. Ihre Entspannung wich allerdings schnell, als sie ihm tief in die Augen schaute. Dafür nahm seine Anspannung zu. Er flüchtete sich zum letzten Gesprächsfetzen zurück. »Was heißt das, du hast einen richtigen Mann gesucht? Warum hast du die Fronten gewechselt?«

Glücklich wirkte Jenny jetzt nicht, aber sie berichtete detailliert von ihrer Scheidung. Ihrem alten Ehemann musste es das Herz gebrochen haben, aber sie wollte zum Schluss nur noch weg. Nach ihren plastischen Schilderungen kam sie anscheinend jedoch vom Regen in die Traufe. »Helge, du glaubst es nicht. Auf einmal liebt dich einer von oben bis unten mit Haut und Haaren. Er hatte alles, obwohl er ein Emporkömmling war. Stil, Anstand und Eleganz. Ständig hielt er mir die Türen auf und ging auf dem Bürgersteig immer auf der richtigen Seite. So war ich zunächst schwer verliebt und besaß irgendwann einen neuen Nachnamen. Aber als die große Liebe vorbei war, habe ich feststellen müssen, dass er genau wie mein erster Mann nur hinter dem Geldverdienen her war, und das waren teilweise auch noch windige Geschäfte. Immer schneller bröckelte die Liebe, und am Ende waren nur noch Hass und Abscheu. Ich habe die Scheidung eingereicht und mich entschieden, nicht wieder zu heiraten.«

Stuhr prostete ihr zu. Die Geschichten im Leben schienen allesamt austauschbar zu sein. War es denn bei ihm viel anders gewesen mit dem ganzen Hin und Her? Er war immer schwer verliebt gewesen, doch jedes Mal ahnte er ab einem gewissen Zeitpunkt, dass es nicht für die Ewigkeit halten würde. Er hatte immer versucht, seine Beziehungen aufrecht zu erhalten, doch dafür war er mehrfach gnadenlos abgestraft worden. Nein, so ging es ihm eigentlich besser. Interessiert bohrte er bei seiner Zimmernachbarin nach. »Was hat sich denn für dich durch Scheidung und Partnerwechsel verändert, wenn ich fragen darf?«

Sie war jetzt leicht angeschickert und stieß ihn mit beiden Händen entrüstet an die Brust. »Mein Nachname natürlich. Auf einmal war ich nicht mehr Frau Dr. h.c. Richard Heidenreich, sondern Frau Dieter Duckstein.«

Stuhr blieb fast das Herz stehen. Das konnte doch nicht sein. Heidenreich, war das nicht der Name des Gönners auf dem vergilbten Mannschaftsfoto im Sportheim am Ravensberg gewesen? Und Duckstein? Sie war doch mindestens einen halben Kopf größer als er, doch Jenny zerschmetterte jegliche Hoffnung in ihm.

»Er war genauso knallhart wie Richard, und im Gegensatz zu ihm ergötzte er sich daran, als kleiner Mann mit mir als großer Frau gesehen zu werden. Irgendwann hat er sich in ein junges polnisches Flittchen verliebt, und das Letzte, was ich vor zehn Jahren von ihm gesehen habe, war die Scheidungsurkunde.«

Das wiederum beruhigte Stuhr, denn es schienen bei ihr keine Gefühle mehr für ihn vorhanden zu sein.

Sie zog ihn ein wenig näher an sich heran. »Dabei bin ich doch eigentlich die kleine Jenny, die einen einzigen Menschen sucht, der nur sie liebt. Könntest du mich lieben, Helge?«

Natürlich hätte Helge können, aber er hatte wenig Lust, Nachfolger von Duckstein und anderen Immobilienfossilien zu werden. So bestellte er noch einen Drink und schaute schon einmal demonstrativ auf die Uhr, um ihr zu verstehen zu geben, dass er an der Bar heute nicht sterben wollte.

Jenny deutete das auf ihre Art. Sie zog Stuhr kraftvoll mitsamt dem Barhocker dicht an sich heran. »Angenommene Namen sind Schall und Rauch. Frage mich doch einmal nach meinem Geburtsnamen. Oder interessiere ich dich überhaupt nicht?«

Das waren Dinge, die Stuhr eigentlich nicht so prickelnd fand. Bei ihrem Vornamen würde sie vermutlich Jensen oder Siemsen heißen.

Die Bartenderin stellte jetzt ein wenig aufdringlich ein Glas Salzstangen zwischen die Drinks. Vermutlich wollte sie den Durst der beiden steigern, doch Jenny schob das Glas beiseite. Dann senkten sich bereits ihre unendlich weichen Lippen unerwartet auf seinen Mund. Der Schauer, der dabei seinen Rücken herunterlief, traf ihn mehr als unerwartet. Nach dem Kuss ließ sie seine

Hand nicht mehr los und behielt ihre Mädchenhaftigkeit bei. »Ich mag dich sehr, Helge. Mein Geburtsname ist Muschelfang. Jenny Muschelfang. Du hast doch keine Angst vor mir, oder?« Wieder begann sie, mit ihm zu schmusen. Stuhr konnte sich nicht entsinnen, jemals in seinem Leben so umgeschwenkt zu sein. War er etwa schon verliebt?

Egal, wenn er sie näher kennenlernen wollte, dann musste er jetzt in die Offensive gehen. Er schaute ihr tief in die Augen. »Jenny Muschelfang, wollen wir nicht noch einmal gemeinsam romantisch über die Seebrücke auf den Sand gehen und die Sterne hinter dem Mond funkeln sehen?«

Sie lächelte ihn liebevoll an. »Ja, Helge, das hätte schon etwas. Aber eigentlich sollten wir uns besser auf eine gemeinsame Koje einigen und sehen, wie lange wir es gemeinsam zusammen aushalten können.«

Diesen Vorschlag fand Stuhr noch besser. Er nickte, denn mit Jenny Muschelfang würde er es theoretisch ewig aushalten können. Sie war eine tolle Frau, und er küsste sie zärtlich zurück, obwohl ihm schwante, dass er im Begriff war, alle seine Freiheiten einzubüßen. Er zeigte der Bartenderin seine Zimmernummer wegen der Abrechnung, dann hakte er Jenny in seinen Arm ein und führte sie aus der Bar durch die Rezeption zum bereitstehenden Fahrstuhl. Kaum waren die Türen verschlossen, da nahm ihn Jenny wieder in die Mangel, bis der Lift hielt. Nur mühselig konnte er sich von ihr lösen und zeigte auf seine Zimmertür, aber Jenny steckte ihre Plastikkarte in das Schloss ihrer eigenen Tür und öffnete sie. Stuhr folgte ihr zur Terrasse. Als er seine Hände zärtlich auf ihre Schultern legte, warnte sie ihn vor dem Ausblick auf die Nachbarterrasse. »Nicht hingucken, Helge. Da wohnt ein böses, böses Wesen. Groß und unnahbar. Den würde ich niemals bei mir hineinlassen.«

»Niemals?«, fragte Stuhr ungläubig und blickte jetzt aus einer völlig anderen Perspektive auf sein Feriendomizil. Ja, vielleicht hatte Jenny sogar recht, denn wenn man ihn nicht kannte, konnte man schon denken, dass er nicht ein fühlendes Wesen, sondern eher ein Holzklotz war.

Jenny überspielte diesen Moment mit Musik, die sie aufgelegt hatte. Rosenstolz. ›Liebe ist alles.‹ Stuhr liebte die Musik, und sie tanzten eng zusammen vor der Nachtkulisse auf dem Sand. Es war alles nur schön mit ihr. Sie flüsterte ihm ins Ohr. »Wir bleiben doch heute Nacht zusammen, oder?«

Er überlegte nur kurz, ob er nicht besser eine letzte mögliche Flucht auf seine eigene Terrasse starten sollte. Aber Jenny Muschelfang machte ihrem Geburtsnamen alle Ehre. Sie glitt in ihr Bett und verlangte nach ihm. »Arm, Helge!« Was blieb ihm schon übrig, als zu Jenny Muschelfang ins Bett zu gleiten und sie zu umarmen? Sie küssten sich heftig, doch irgendwann begann sie, sich in seinem Arm einzukuscheln. Ihre Atemzüge wurden zunehmend gleichmäßig.

Er konnte sich nicht erinnern, jemals in seinem Leben so schön und beruhigt eingeschlafen zu sein.

28 KEINE WAHL

Dreesen war an diesem Donnerstagmorgen mehr als gepestet. Unglaubliche 16,4 Stunden waren noch auf der Stempelkarte bis zum Wochenende zu überwinden. Er hatte sich natürlich wie immer einen Wagen von der Fahrbereitschaft gesichert, aber wo sollte er nur hinfahren? Stuhr hatte ihm in Sankt Peter letztendlich sein wahres hässliches Gesicht gezeigt, und was er in zwei Monaten mit der Jeanette Muschelfang nicht auf die Reihe bekommen hatte, das schien Stuhr an einem halben Nachmittag hinbekommen zu haben, denn Jeanette hatte sich seit gestern Abend nicht mehr gemeldet. Sollte er etwa den Wagen abbestellen?

Eigentlich hatte er gehofft, dass Jeanette Mitleid mit ihm haben würde, weil Stuhr ihn so unqualifiziert vor den Kopf gestoßen hatte. Aber er hatte schon auf der Terrasse gespürt, dass sie ihren Jagdinstinkt in Richtung Stuhr ausgerichtet hatte, denn immer wieder blickte sie zu ihm hinüber. Als er sich nach Stuhrs Affront von ihr verabschiedete, hatte sie ihn nicht einmal gebeten zu bleiben. Die Vorstellung, dass seine heiß erkämpfte Jeanette mit Stuhr etwas angefangen haben könnte, tat physisch weh und ging ihm nicht mehr aus dem Kopf. Darum hatte er ihn früher immer schon beneidet, wie schnell der an Frauen herankam. Was hatte Stuhr nur, was er nicht hatte? Er trat wütend den unbedeutenden grauen Aktenberg auf der linken Seite seines Schreibtisches zu Boden.

Immer wieder erschien Stuhrs Nummer auf dem Display seines Diensttelefons, aber bevor nicht Jeanette nach ihm verlangte, würde er den Hörer nicht abnehmen. Vergeblich versuchte Dreesen, sich in den Vormittagsschlaf einzuklinken, doch immer wieder klingelte der verhasste graue Apparat, den er nicht leiser stellen konnte. Auf einmal erblickte er jedoch auf dem Display eine unbekannte Nummer. Vorsichtig nahm er den Hörer ab. Eine markige Stimme weckte ihn aus seiner Depression.

»Hier ist Dr. Rogge von der Biologischen Anstalt Helgoland am Telefon. Guten Tag. Spreche ich mit Herrn Dreesen?«

Dreesen bestätigte das und grüßte zurück. Das war ja interessant, wie schnell der Helgoländer Anstaltsleiter sich meldete.

Dr. Rogge setzte das Telefonat fort. »Ich bin der Leiter der Anstalt und war natürlich auch der Vorgesetzte unseres verstorbenen Herrn Reinicke, Sie wissen?«

Ja, Dreesen wusste natürlich.

Schnell kam Dr. Rogge zu seinem Anliegen. »Herr Stuhr, Sie werden ihn kennen, hat mir signalisiert, dass ich bei Ihnen vorstellig werden darf. Es gibt nämlich Probleme mit einigen Antragsstellungen, die durch Herrn Reinicke veranlasst worden waren.«

Dreesen fragte ungläubig zurück. »So, Probleme also mit den Antragsstellungen? Davon ist mir nichts bekannt, die sind alle auf dem Weg.« Dreesen zog die Liste mit den von ihm an Kollegen weitergeleiteten Projekten aus einer

Akte. Natürlich hatte er diese Liste Stuhr nicht gegeben. »Wenn ich Ihnen helfen soll, dann müssten Sie die Probleme schon näher spezifizieren, Dr. Rogge.«

Dieser zögerte einen Moment, bevor er Klartext sprach. »Herr Dreesen, ich spreche jetzt ganz offen mit Ihnen. Sie wissen von Herrn Reinicke genau, dass uns bisher die Gegenfinanzierung für die Anträge zum Landesprogramm ländlicher Raum gefehlt hat. Ich wollte Ihnen auf dem gleichen Kanal wie Herr Reinicke nun mitteilen, dass ich seit gestern Nachmittag einen entsprechenden Förderbescheid vom Bund in den Händen halte. Meine Vertreterin Frau Dr. Sommerfeld hat für die Anstalt gezeichnet.«

Auf dem gleichen Kanal? Welche Vorstellungen hatte der Anstaltsleiter von seiner Funktion für Reinicke? Sollte er ihm jetzt gleich hier den Marsch blasen? Aber vielleicht war es doch besser, erst einmal zu hören, was er genau wollte. So blieb Dreesen zunächst höflich. »Das freut mich für Sie, Dr. Rogge. Dann sollte ja verwaltungstechnisch gesehen alles seinen geregelten Gang gehen, oder kann ich noch irgendetwas für Sie tun?«

Die markige Stimme klang jetzt leicht verärgert. »In der Tat, Herr Dreesen. Vielleicht ist Ihnen nach dieser Auskunft eine beschleunigte Bearbeitung der Anträge möglich, denn ich muss die Anschlussbeschäftigung vieler auf Zeit engagierter Mitarbeiter in die Wege leiten. Das kann ich aber nur mit einer Mittelzusage seitens des Landes.«

Dreesen verstand das Problem, aber er zeigte sich unwillig, bei der Beschleunigung zu helfen, denn das könnte später von Typen wie Stuhr unter Umständen gegen ihn ausgelegt werden. »Kein Problem, Dr. Rogge, dann übersenden Sie mir den Förderbescheid doch einfach in Kopie. Sie wissen, Anträge bedürfen ausschließlich der schriftlichen Form. Ich bin überzeugt, dass dann alles schnell seinen ordnungsgemäßen Weg geht. Schließlich müssen wir dem Landtag und dem Rechnungshof gegenüber für einen geregelten Mittelabfluss sorgen.«

Dr. Rogge räusperte sich. Er schien zu überlegen, wie er den nächsten Satz beginnen sollte. »Herr Dreesen, ich habe da einen besseren Vorschlag. Vielleicht ist es Ihnen ja möglich, sich am Wochenende den Förderbescheid direkt auf unserer schönen Insel abzuholen. Dann könnten Sie sich gleich am Montag die notwendigen Zustimmungen einholen. Für die Kosten für Hotel und Flug kommt selbstverständlich die Anstalt auf, und Spesen werden Ihnen natürlich auch ausnahmslos erstattet.«

Das war ein Bestechungsversuch. Was musste in Dr. Rogge vorgehen, dass er ihn so direkt und plump anging? Nein, das konnte er so nicht stehen lassen. »Aber Dr. Rogge«, entrüstete sich Dreesen, »Ihr Angebot kann ich als Landesbeamter unmöglich annehmen, das würde mich ja in die Nähe von Korruption versetzen.«

Dr. Rogge ruderte sofort zurück. »Korruption? Nein, keineswegs. Da haben Sie mich gründlich missverstanden. Wir sind schließlich eine öffentlich geförderte Institution, so etwas können wir uns überhaupt nicht leisten. Mir geht es nur um eine gewisse Beschleunigung. Können Sie in der Richtung nicht etwas für uns tun?«

Die Sache stank gewaltig. »Senden Sie mir doch einfach den Bescheid in Kopie zu, dann werde ich sehen, was ich unternehmen kann.«

Das schien Dr. Rogge nicht zu helfen, denn seine Stimme wurde flehend. »Herr Dreesen, können Sie nicht mehr tun? Bitte verwenden Sie sich doch für uns.«

Es war kein unangenehmes Gefühl, Dr. Rogge auf den Knien rutschen zu hören. Jetzt musste Dreesen ihn nur noch irgendwie abwatschen. »Lassen Sie uns die Angelegenheit einmal andersherum beleuchten, Herr Dr. Rogge. Ich koordiniere in der Staatskanzlei dienstlich alle Projekte, die den Lebensraum an der Küste betreffen. Das politische Schlagwort heißt ›Zukunft Meer‹. Ich habe bisher immer ordnungsgemäß alle Projektanträge von der Biologischen Anstalt an die entsprechenden Ressorts weitergeleitet, damit dort geprüft werden kann, aus welchen Fördertöpfen sie finanziert werden können. Die Antworten habe ich umgehend an Herrn Reinicke zurückgeleitet, der daraufhin unter Finanzierungsvorbehalt die Anträge in den entsprechenden Regionalbüros gestellt hat. In diesem Moment war meine Funktion als Landesdiener erfüllt. Ihre Papiere befinden sich außerhalb der Einflusssphäre meines Schreibtisches, Sie verstehen?«

Dr. Rogge verstand natürlich sofort, dass von Dreesen hier keine Hilfe mehr zu erwarten war. Dennoch ließ er nicht locker. »Aber nur einmal zum Hörer greifen und bei den Kollegen ein wenig nachlegen, das wird Ihnen doch möglich sein, oder nicht?«

Die Bitte des Anstaltsleiters eröffnete Dreesen die Chance, ein neues Kapitel seiner Lieblingsbeschäftigung aufzuschlagen. Die Prinzipienreiterei. »Dr. Rogge, nicht dass Sie mich jetzt falsch verstehen, aber wir sind hier die öffentliche Hand und keine Bananenrepublik. Bei uns ist alles genau nach Dienstverordnung und Geschäftsverteilung geregelt, und deswegen verlassen hier auch keine grünen Bananen das Haus.« Dreesen liebte es, in Antworten gleichzeitig Belehrungen einfließen zu lassen, und es war nicht zu überhören, wie Dr. Rogge am anderen Ende der Leitung nach Luft schnappen musste. »Herr Dreesen, ich wollte mich doch nicht in Ihren Regierungsapparat einmischen. Wenn Sie nicht hilfreich für mich wirken können, dann muss ich eben an noch höherer Stelle einsteigen. Ich denke ...«

Das kotzte Dreesen regelrecht an. Er kürzte das Telefonat ab. »Dr. Rogge. Nicht denken, sondern nachdenken, das ist unser Job hier von morgens bis abends, um bürgerfreundlich zu handeln. Da können wir uns unmöglich für irgendwelche Interessenslagen verkämpfen. Verstehen Sie mich bitte nicht verkehrt, aber wenn Sie bei meinem Ministerpräsidenten um Hilfe nachsuchen, dann wird er selbstverständlich mich als Fachmann befragen und Ihnen die gleiche Auskunft erteilen wie ich. Noch einmal, wir sind keine Bananenrepublik. Haben Sie mich jetzt verstanden?«

Dr. Rogge verstand das alles sicherlich nicht, aber ihm war klar, dass das Telefonat nun beendet war, denn er grüßte zähneknirschend zum Abschied. Dreesen grüßte freundlich zurück und schmiss den Hörer befriedigt auf den Apparat zurück. Jetzt sollte Stuhr noch einmal anrufen, dann würde er ihm schon die Leviten lesen.

Er nahm sich noch einmal die Projektliste vor, was ihn ernüchtern ließ. Wenn er reinen Tisch machen wollte, dann blieb ihm vermutlich nichts anderes übrig, als den verhassten Stuhr anzurufen und ihn über seine Hilfe in der Vergangenheit für Reinicke zu informieren. Seine Nummer kannte er auswendig, schließlich stand sie den ganzen Vormittag über fast ununterbrochen auf dem Display seines Telefonapparates. Dreesen zögerte, aber dann wählte er doch.

Stuhr meldete sich sofort. »Dreesen, warum nimmst du denn nicht ab?«

Eine blöde Frage, befand Dreesen, hatte Stuhr denn keinerlei Feingefühl mehr? Er setzte zum Gegenangriff an. »Hast du mir nichts zu sagen, Stuhr?«

Sein ehemaliger Vorgesetzter schien nicht allein zu sein, denn die Antwort klang nicht gerade schuldbewusst. »Nö. Warum?«

Dreesen war sich sicher, dass er Stuhr schon noch irgendwie zu fassen kriegen würde. »Ich habe dir aber etwas zu sagen, Stuhr. Dr. Rogge hat soeben angerufen und mir mitgeteilt, dass er inzwischen seine Förderzusage vom Bund bekommen hat.«

Stuhr blieb ruhig, es schien ihm nicht neu zu sein. »Ja, und?«

»Ich soll ihm bei der Beschleunigung der Anträge behilflich sein, und dafür wollte er mich sogar auf seine Kosten nach Helgoland einladen.«

Nun klang Stuhr aufgebracht. »Das ist ja Bestechung, Dreesen!«

»Sicherlich, und als ich mich verweigert habe, hat er mir mit dem Ministerpräsidenten gedroht. Das habe ich natürlich auf meine Weise abgewettert.«

Stuhrs Nachfrage klang skeptisch. »Hut ab, Dreesen.

Aber du hast dem Reinicke doch auch geholfen. Konntest du jetzt denn mit gutem Gewissen ablehnen?«

Dreesen holte zum Rückschlag aus. »Hast du etwa gerade ein gutes Gewissen, Stuhr?«

Es blieb stumm in der Leitung. Stuhr wurde kleinlaut. »Es tut mir leid wegen gestern Nachmittag. Das kommt nicht wieder vor.«

Dreesen blieb ernst. »Wenn das eine Entschuldigung sein sollte, Stuhr, dann nehme ich sie an.« Er zögerte, aber es war die richtige Zeit, jetzt alles nachträglich ins Reine zu bringen. »Pass auf, Stuhr. Es gibt da noch eine Liste mit den ganzen Anträgen von Reinicke. Ich schicke sie dir per Mail. Im Nachhinein ist es eigentlich unglaublich, an wie vielen Projekten er beteiligt war, für die er eine Landesförderung erreichen wollte.«

»Mensch Dreesen, du bist ein treuer Kerl«, bedankte sich Stuhr. Dann murmelte er allerdings halb laut vom Hörer weg. »Das ist Dreesen am Telefon.«

Sprach er etwa zu Jeanette? Dreesen konnte jetzt seine Eifersucht kaum noch zügeln. »Schon in Ordnung, Stuhr. Hast du denn gestern wenigstens noch einen schönen Abend gehabt?«

Stuhr antwortete umständlich. »Darüber lass uns lieber mal in Ruhe reden.«

»Stuhr, wenn wir Freunde bleiben wollen, dann lass die Pfoten von der Jeanette. Ich bin schließlich nicht der Dusch-Kalli hier, der mit Badehose und Sandalen seinen Dienst für andere ableistet.«

Es blieb einen Moment ruhig in der Leitung. Stuhr schien ihn nicht verstanden zu haben. »Dusch-Kalli. Wie meinst du das?«

Dreesen klärte ihn auf. »Stuhr, ich verspüre wenig Lust, für Jeanette die nützlichen Dinge zu regeln, während du mit ihr herumhühnerst. Kalli nennt man im Knast den zuständigen Kalfaktor. Der bin ich nicht.« So, endlich war es heraus, Dreesen fühlte sich erleichtert.

Aber Stuhr stach mit dem größeren Trumpf zurück. »Ich kann dich gut verstehen. Aber warum sprichst du denn nicht mit Frau Muschelfang selbst darüber? Ich reiche jetzt das Handy weiter.«

Dreesen fluchte unhörbar, denn er wollte in der Gegenwart von Stuhr um alles in der Welt nicht mit Jeanette sprechen. Aber jetzt hatte er keine andere Wahl mehr. Als er ihre Stimme vernahm, begann sein Herz zu pochen. Vermutlich würde sie ihm jetzt die unangenehmen Wahrheiten präsentieren, die er schon länger ausgeblendet hatte.

29 GOLD UND DUKATEN

»Moin, Kommissar. Haben Sie ein wenig Zeit für mich?«

Die Stimme von Christiane Clausen erkannte Hansen selbst am Telefon sofort wieder. Selbstverständlich hatte er Zeit für sie, denn weder aus Westerland noch aus Cuxhaven wurde ihm Neues berichtet. »Moin, Frau Clausen. Worum geht es denn?«

Clausens Stimme klang ein wenig unsicher. »Eigentlich nichts Aufregendes, Herr Kommissar, nur ein eher ungewöhnlicher Fund hier auf dem Sand vor Sankt Peter. Könnte Sie vielleicht interessieren, meinte jedenfalls Thies. Sie haben meinen Ex-Mann ja bereits auf dem Flughafen kennengelernt.«

Dass sie offensichtlich wieder mit dem Vater ihres Kindes in Kontakt zu stehen schien, erfreute Hansen zunächst, obwohl er in seinem Leben gelernt hatte, sich nicht in fremde Beziehungen einzumischen. Die eigene war schließlich kompliziert genug. »Wie ist Ihr Strandfund denn beschaffen?«

Die Clausen schien sich mit der Antwort schwerzutun, denn sie antwortete nur ausweichend. »Zunächst weitgehend hölzern, Kommissar. Ehrlich gesagt, hier ist eigentlich nur ein unbemanntes größeres weißes Holzboot angetrieben worden. Ich war noch nie auf Helgoland, aber Thies hat es bei unserem Spaziergang sofort als ein dort eingesetztes Börteboot erkannt. Er meinte, dass Sie unbedingt den Fund bewerten sollten, obwohl angetriebene Boote ansonsten ja eher keine Sache für die Kieler Kripo sind.«

Da hatte sie nicht ganz unrecht, aber hier lag der Fall in der Tat anders. Sollte Fiete Rasmussen wieder einmal einen seiner berüchtigten Ausflüge unternommen haben?

Hansen sagte zu, sofort zu kommen. Er hastete zu seinem Dienstfahrzeug und startete den Motor. Das Autotelefon klingelte. Es war Ten Hoff, der berichtete, dass sein Archivfuchs herausbekommen hatte, dass Duckstein und Heidenreich noch lange Jahre enge finanzielle Beziehungen pflegten, obwohl der eine dem anderen die Frau ausgespannt hatte. Meistens handelte es sich dabei um kleinere Darlehen, die Heidenreich einräumte, damit Duckstein Tagesgeld verleihen konnte.

Tagesgeld. Das bedeutete, dass sich jemand Geld zu üblichen Zinssätzen lieh. Jedoch handelte es sich nicht um einen Jahreszins, sondern dieser Zinssatz wurde täglich fällig. Viele undurchsichtige Geschäfte auf dem Hamburger Kiez wurden mit diesem Tagesgeld überhaupt erst möglich.

Böse Zungen behaupteten, dass der ehrbare Heidenreich damit das finanzielle Überleben seiner ehemaligen Frau bei dem dubiosen Duckstein absichern wollte.

Hansen dankte Ten Hoff für die Informationen und beendete das Gespräch. In seinem Eifer hätte er fast Christiane Clausen überrollt, die ihn im letzten Moment aufgeregt winkend stoppte. Er stieg aus und salutierte aus Spaß kurz.

Auf dem weiten Sand wirkte seine junge uniformierte Kollegin ein wenig verloren vor dem verlassenen weißen Börteboot, das mit einem kleinen silbernen Anker auf dem

Strand gesichert war. Die Clausen grüßte militärisch korrekt zurück, aber ihrem Gesichtsausdruck war zu entnehmen, dass sich die Lage drastisch verschlechtert haben musste, denn leerer konnte ein Blick kaum sein. Sie zeigte nach Süden. »Doch noch ein Leichenfund, Kommissar, keine 300 Meter von hier. Schauen Sie dahinten, der senkrechte Strich in der Landschaft, das ist Thies Theißen. Wir hatten auf unserem Spaziergang das Boot entdeckt. Als ich Sie angerufen hatte, ist er weitergeschlendert und hat die Leiche gefunden. Er hat mich angerufen, und ich habe die Kollegen vom Revier informiert, die werden gleich aufschlagen.«

Noch ein Opfer. Hansen fluchte, denn der nächste Anschiss vom Chef war gewiss. Andererseits würde man vielleicht neue Spuren sichern können. Hansen spürte, dass der Leichenfund nicht die höchste Priorität in dem jetzigen Dasein der Clausen einnahm. Sie schien mit Theißen offenbar nicht ins Reine gekommen zu sein. »Frau Clausen, hat sich Herr Theißen bereits näher zum Leichenfund geäußert?«

Christiane Clausen zeigte sich ausgesprochen verbittert. »Ach, Kommissar Hansen. Es ist nicht mehr auszuhalten mit ihm. Thies hat sich überhaupt nicht weiter geäußert, denn wir haben uns nach kurzer Zeit wie immer gestritten. Dienst hat immer Vorrang bei mir, das hat er mir vorgeworfen. Dabei ist er doch der Flieger, der es nicht lange an einem Ort aushalten kann.«

Hansen schaute verständnisvoll, doch er widmete seine Konzentration mehr dem Börteboot. Die Kennzeichnung des Bootes ›HEL 30‹ wies eindeutig auf den Helgoländer Heimathafen hin, und der Name Rasmus schien ein Fingerzeig auf die Sippschaft der Rasmussens zu sein.

Fußspuren im Sand um das Boot waren nicht zu erkennen, die hatte das Wasser inzwischen weggespült. Hansen versuchte, die Revierleiterin auf seine Art zu trösten. »Liebe Kollegin, ich bin schon eine Ewigkeit verheiratet. Glauben Sie nur nicht, dass meine Frau und ich ohne Grabenkämpfe miteinander auskommen. Zusammensetzen und reden ist das Einzige, was hilft. Man muss es eben immer wieder aufs Neue versuchen. Niemals aufgeben.«

Clausen nickte tapfer, während Hansen sein schlechtes Gewissen kaum verbergen konnte, denn Ehestreitigkeiten trug er selbst eher mit stumpfen Klingen aus. Aber er musste seine verstörte Kollegin auf andere Gedanken bringen. »Sie bleiben bitte beim Boot und passen auf, dass sich keine Neugierigen nähern, bevor die Spurensicherung eintrifft. Bitten Sie Ihre Kollegen vom Revier, den ganzen Sand nach Rasmussen abzusuchen. Ich fahre jetzt schnell zu Herrn Theißen hinunter.«

Sie nickte zwar, aber Hansen war nicht klar, ob sie ihn richtig verstanden hatte. Er schloss die Fenster des Fahrzeugs und wählte die Nummer von Rost, der wenig später in der Freisprechanlage zu hören war und sofort bestätigte, dass das Boot Fiete Rasmussen als Besitzer zuzuordnen war, wenngleich sein Bruder Rasmus der Eigentümer war. Rost teilte nochmals seinen Eindruck mit, dass Fiete Rasmussen bei der Vernehmung gemauert hatte. In der Tat hatte das Vernehmungsprotokoll wenig ergeben außer der Tatsache, dass Rasmussen öfter den Reinicke zu allen möglichen Zeiten mit seinem Börteboot transportiert hatte. Als Ziele fielen ihm gerade einmal Büsum und Sankt Peter ein. Also nichts Neues an der Westküste.

Hansen stoppte sein Fahrzeug in einigem Abstand zum Fundort, denn er wollte nicht unnötig Spuren vernichten.

Dann eilte er zu Thies Theißen, der ihm vor einer Sandmulde geschockt eine goldene Halskette entgegenhielt. »Die lag neben ihr, vermutlich ist sie ihr im Kampf abgerissen worden.«

Hansen nickte beruhigend, denn jetzt konnte auch er das Opfer in der Sandmulde einsehen. Auf den ersten Blick konnte man fast den Eindruck haben, als sei die Frau nichts anderes als ein Ruhe suchender Strandgast, der sich mit geschlossenen Augen am Meeresstrand entspannte. Blut war nicht zu entdecken. Er fasste an ihr Handgelenk, um den Puls zu fühlen, aber die Wärme war schon aus ihrem Körper gewichen. Wenn man genau hinsah, konnte man am Hals Würgemale erkennen. Auch wenn es nur verwischte Fußspuren gab, zog Hansen den verstörten Theißen von der Mulde fort, damit der Erkennungsdienst noch genug Arbeit behielt.

»Wie haben Sie denn bemerkt, dass das Opfer tot ist?«, fragte der Kommissar.

Theißen fand nur mühsam seine Sprache wieder. »Ich habe das zunächst überhaupt nicht bemerkt. Ich kenne die Dame, Kommissar.«

Erstaunt fragte Hansen zurück. »Sie kennen die Frau? Um wen handelt es sich denn?«

Fast mechanisch spulte Theißen die Antwort herunter. »Ich habe sie schon öfter auf dem Flugplatz abgefertigt, zuletzt am Dienstagmorgen. Sie war eine angenehme Zeitgenossin. Sie musste am Dienstag einen ziemlich üblen Flug auf die Insel gehabt haben. Ich war überrascht, sie hier auf dem Sand anzutreffen, und eigentlich wollte ich ihr nur einen erholsamen Urlaub wünschen. Es handelt sich um Anna Maria Rasmussen, Hoteleignerin aus Helgoland.«

Hansen pfiff durch die Zähne. Das war schier unglaublich.

Seltsam war, dass Theißen ihn nicht ansah. Sein leerer Blick zielte an ihm vorbei. Hansen entdeckte an der Halskette ein kleines Plättchen, auf das ›In ewiger Liebe‹ eingraviert war. Wenn die Kette ein Geschenk von Duckstein war, dann schien Stuhr mit seiner Annahme tatsächlich recht zu behalten, dass die Rasmussen und Duckstein zumindest zeitweise etwas miteinander gehabt haben mussten. Jetzt lag sie ermordet vor ihnen auf dem kalten Sand. Was für ein Leben hatte Anna Maria Rasmussen nur gehabt? In Polen groß geworden, nach dem Kalten Krieg von Dieter Duckstein in den Westen geholt, offensichtlich vor ihm in eine gutbürgerliche Ehe nach Helgoland geflohen und letztendlich hier auf dem Sand an der Nordsee verreckt. Hansen schüttelte es.

Von Norden rasten jetzt zwei Polizeiwagen auf sie zu. Das eine Fahrzeug fuhr nach kurzem Stopp bei der Revierleiterin Clausen gleich weiter, vermutlich um die Suche nach Rasmussen aufzunehmen, während der andere Wagen langsam auf sie zu rollte. Die Kollegen von der Wache Sankt Peter stellten sich kurz vor und begannen, das Gebiet mit kleinen Stäbchen und rot-weißem Plastikband weiträumig abzusperren.

Kommissar Hansen hakte Theißen ein und zog ihn zu seinem Dienstfahrzeug. »Kommen Sie. Der Rasmussen kann niemand mehr helfen. Das ist um. Aber Sie sind durchaus noch in der Lage, Ihr Schicksal in die eigenen Hände zu bekommen. Ich bringe Sie jetzt zu Ihrer Frau.«

»Welcher Frau?«, fragte Theißen irritiert. Hansen empfand den geraden Theißen jetzt als ausgesprochen sperrig, dennoch ließ der sich ohne Widerstand auf den Beifahrersitz bugsieren, und nach kurzer Fahrt drückte Hansen ihn beim gestrandeten Börteboot zu seiner geschiedenen Frau aus dem Fahrzeug. Warum konnten sie nicht zusammen glücklich werden?

Hansen grüßte knapp zum Abschied und fuhr allein weiter. Gerade als er aus dem Rückspiegel mitverfolgen konnte, wie die beiden wieder in Streit gerieten, rief ihn sein aufgeregter Oberkommissar Stüber an.

»Chef, Volltreffer. Ich hoffe, Sie sitzen gut. Der Friedrich Rasmussen hat ein ellenlanges Vorstrafenregister. Zweimal Totschlag, mehrfach schwere Körperverletzung und viele Betrügereien. Er hat früher in Hamburg auf der Meile gelebt und scheint Schutzgelderpresser und Eintreiber gewesen zu sein. Sein Spitzname auf der Reeperbahn war übrigens Zangen-Fiete, weil er mit Flachzangen die Finger seiner Opfer so lange quetschte, bis sie auspackten. Seit acht Jahren ist allerdings Ruhe, er soll jetzt auf Helgoland wohnen.«

Hansen pfiff durch die Zähne. Dieser Fiete Rasmussen war doch nicht ganz so sanftmütig, wie ihn seine Schwägerin gegenüber Stuhr beschrieben hatte.

Aber Stüber war noch nicht fertig. »Halten Sie sich fest, Hansen. Sein Partner für das Kommerzielle wurde Dukaten-Didi genannt, und das ist ein guter Bekannter von uns. Raten Sie einmal, wer!« Hansen hatte keinerlei Ahnung, um wen es sich handeln könnte, denn im Lauf seiner Karriere hatte er viele Ganoven kennengelernt.

Endlich platzte Stüber mit der Auflösung heraus. »Niemand anderes als unser Freund Dieter Duckstein!«

Das konnte Hansen nicht glauben. »Quatsch, Stüber. In dessen Strafregisterauszug weist nichts auf schwere Straftaten hin.«

Dem stimmte Stüber zu. »Richtig, Kommissar, das habe ich ja selbst überprüft. Aber in Rasmussens Akten taucht dieser Name ständig auf. Die müssen ein kriminelles Tandem gebildet haben. Wer weiß, vielleicht hat Duckstein sein Register nachträglich schönen lassen.«

Der Kommissar gab sofort dienstliche Anweisungen. »Haftbefehl einleiten gegen Fiete Rasmussen, Stüber, und zwar sofort. Jetzt halten Sie sich fest. Kein Kilometer von seinem hier auf dem Sand gestrandeten Börteboot entfernt liegt die erwürgte Anna Maria Rasmussen. Zu seinem Boot wird er nicht mehr zurückkehren, das sichert die Clausen. Schreiben Sie sofort eine Großfahndung nach ihm aus.«

Stüber bestätigte knapp die empfangenen Anordnungen und legte auf. Zum ersten Mal seit langer Zeit war Hansen wieder mit sich zufrieden. Die Dinge waren endlich auf den Weg gebracht, und bald würde es auf ganz Eiderstedt von Polizeifahrzeugen nur so wimmeln. Jetzt musste er nur noch dringend Stuhr sprechen, aber der ging wieder einmal nicht ans Telefon. Egal, er würde ihn einfach in seinem Feriendomizil in St. Peter-Ording aufsuchen. Kurz vor den Pfahlbauten musste Hansen seine Fahrt wegen der vielen Urlauber verlangsamen, und die verkohlten Reste der Arche verengten den Strandraum zusätzlich und störten das hochsommerliche Ferienbild empfindlich.

Wieder kam ein Rufzeichen, es war noch einmal Stüber. Seine Stimme klang aufgeregt. »Wenn Sie so weitermachen, Chef, dann werden Sie noch ein berühmter Mann. Der Polizeidirektor hat die Fahndung einkassiert. Wir sollen verdeckt fahnden. Er schickt zwei Kollegen zur Verstärkung.«

Hansen schlug wütend mit der Handfläche auf das Lenkrad. Was sollte das denn? Hier war Gefahr im Verzug. Stübers Kommentar verdarb ihm endgültig die Laune.

»Ein wenig kann ich unseren Chef schon verstehen. Schließlich demonstrieren heute die Milchbauern vor dem Kieler Landtag, und das Innenministerium liegt nur einen Steinwurf entfernt. Da kann unter Umständen jeder Gummiknüppel gebraucht werden.«

Bisher war Hansen nicht bekannt, dass Milchbauern zu Gewalttätigkeiten neigten. Sein Chef hatte den Schutz der Landeseinrichtungen vermutlich nur als Gefälligkeit für den Innenminister angeordnet. Gegen die Anordnung würde er sich dennoch nicht durchsetzen können. Nein, er würde einen anderen Weg gehen müssen. Er wählte die Nummer seines niedersächsischen Kollegen Ten Hoff. »Pieter, bist du es? Ich benötige deine Diensthilfe.«

Die Antwort klang ihm inzwischen sehr vertraut. »Yes, Sir. What's going on?«

30 MITTAGSRUHE

Es war schön, neben Jenny aufzuwachen. Sie atmete leise und gleichmäßig. Ihre Augen waren noch geschlossen, und sie schien genau wie Stuhr diesen stillen Moment der Zweisamkeit zu genießen. Die halb zugezogenen Vorhänge zur geöffneten Terrassentür ließen lediglich gedämpftes Licht in den Raum, und nur ab und zu wurden sie ein wenig von einem Windhauch aufgebläht. Der Sand, auf dem jetzt am frühen Nachmittag das Strandleben tobte, flimmerte weit entfernt von seinen Augen und Gedanken. Wieso konnte er ausgerechnet mit Jenny die Zweisamkeit so gut aushalten? Er schnupperte an ihrer ebenmäßigen Haut, denn er liebte den Duft, den sie verströmte. Er mochte ihr Lachen, und er fand heute Morgen auch gut, dass sie den Mund nicht verzogen hatte, als sie zu ihm in seinen alten Golf gestiegen war. Sollte er sich nicht vielleicht doch einmal ein schickes neues Auto kaufen? Andererseits war er mit seinem Wagen eigentlich zufrieden, und warum sollte er ein tadellos funktionierendes Fahrzeug verschrotten lassen?

Als er sich noch ein wenig näher an ihren warmen Körper herankuschelte, vernahm er wieder das gleiche leise Klopfen, das ihn geweckt haben musste. Er hatte sich also doch nicht getäuscht. Sicherheitshalber hatte er noch eines dieser Hinweisschilder außen an die Klinke gehängt, dass sie nicht gestört werden wollten. Er lauschte zur Flurtür. Von sich aus würde er sich nicht rühren, bis Jenny aufgewacht wäre.

Das monotone Klopfen wiederholte sich und wurde jetzt von einer leisen männlichen Stimme unterlegt. »Jenny, mach auf. Ich muss dringend mit dir sprechen.«

Jenny wachte aber nicht auf, und so setzte sich das Geklopfe fort. Die Eifersucht schoss Stuhr ungewollt sofort trübe Gedanken in den Kopf, die er nur mühsam mit Logik verdrängen konnte. Das Klopfen wurde lauter und die flehende Stimme auch. »Jenny, du musst mir helfen. Nur noch ein einziges Mal. Bitte!«

Jenny begann nun, sich erstaunt zu ihm umzudrehen und müde zu rekeln. Sie blinzelte Stuhr fragend an. »Was willst du von mir? Lass uns doch noch einen Moment schlafen.« Sie umarmte ihn, bis die Stimme wieder bettelte. Jetzt erst bekam Jenny mit, dass die Störung vom Hotelflur herrührte. Sie fuhr hoch und legte den Zeigefinger auf ihre Lippen. Dann fragte sie laut zur Tür hin: »Was ist denn los? Wer ist da?«

Die erleichterte Stimme, die jetzt in normaler Stimmlage Einlass begehrte, kannte Stuhr. Das konnte nur dieser Dieter Duckstein sein, ihr Ex-Mann. Jegliche Logik wurde schlagartig wieder von der Eifersucht verdrängt. Hatten sie ihre gemeinsamen Zeiten doch noch nicht beendet?

Aber Jenny bewahrte die Ruhe. »Was willst du, Dieter? Wir sind uns nichts mehr schuldig. Ich heiße wieder Muschelfang und nicht mehr Duckstein. Ich bitte dich, meine Mittagsruhe zu respektieren. Tschüß und guten Tag noch.« Jenny ließ sich ins Bett zurückfallen. Sie schien nicht gewillt zu sein, mit ihm zu sprechen, was auf Stuhr ausgesprochen beruhigend wirkte.

Aber Dieter Duckstein ließ nicht locker. »Ich lasse dich in Ruhe. Ich muss mich nur kurzfristig ohne großes Aufheben verstecken. Ich bin sozusagen auf der Flucht. Wenn du nur einen einzigen Funken Anstand hast, Jenny, dann gewährst du mir für drei, vier Stunden Unterschlupf.«

Zum Glück schien Jenny nach wie vor nicht bereit zu sein, Duckstein in ihr Liebesnest hineinzulassen, sondern suchte Stuhrs Blick. Sie zeigte stumm auf sein Zimmer, und ihre offene Handfläche erbat seine Magnetkarte.

Was sollte er schon machen? Er schlich zu seiner Hose und händigte ihr das Kärtchen aus. Sie küsste ihn dankbar. Dann stand sie auf und stellte sich nackt hinter die Tür. Sie öffnete sie nur so weit, dass sie die Plastikkarte gerade durchschieben konnte. Schnell verschloss sie die Tür wieder und kam zurück zu ihm ins Bett gekrochen. Sie kuschelte sich eng an ihn. Sie schien ernsthaft die Mittagsruhe mit ihm fortsetzen zu wollen. »Danke, mein Held.« Aus dem Küssen wurde schnell ein gegenseitiges gieriges Umschlingen, das allerdings abrupt durch die laute Stimme eines Nachrichtensprechers aus dem Nebenraum gestört wurde. Jenny unterbrach die Zärtlichkeiten, richtete sich auf und klopfte resolut an die Wand zum Nachbarzimmer. Die Lautstärke wurde daraufhin sofort reduziert, und Jenny ließ sich wieder genüsslich in seinen Arm fallen.

Die Liebe zu ihr gewann glücklicherweise die Oberhand über Stuhrs kindische Eifersuchtsgefühle. Was hatte diese Frau nur, was die anderen alle nicht hatten? Er streichelte ihr zärtlich über den Rücken, und es war ihm ziemlich egal, dass ein Ex-Lover von ihr nebenan die Zeit totschlug. Jetzt nervte allerdings das lauter werdende Geräusch eines Hubschraubers, der in der Nähe einen Landeplatz zu suchen schien. Auf der Terrasse tauchte kurz ein flüchtiger Schatten auf. Versuchte Duckstein etwa, sich Einblick in ihr Zimmer zu verschaffen?

Stuhr musste sich darüber aber nicht den Kopf zerbrechen, denn wenig später drang bereits ein großer kräftiger Kerl durch die Tür ins Zimmer. Beruhigend daran war zunächst, dass es sich aufgrund der Körpergröße nicht um Duckstein handeln konnte. Als sich der Kerl ein wenig aus der hellen Terrassentür näherte, erkannte Stuhr eindeutig Fiete Rasmussen. Beunruhigend war die Tatsache, dass seine Pistole auf sie gerichtet war. Gefährlich leise fragte er: »Wo ist er, Frau Muschelfang?« Stuhr hob vorsichtig die Hände und verwies mit einer Kopfbewegung auf seine Bettpartnerin, die bereits wieder selig an seiner Brust schlief. Rasmussen schlug kräftig mit der Faust auf den kleinen Beistelltisch, was sie auffahren ließ. »Wo ist er? Ich frage ungern zweimal. Ich habe keine Zeit.«

Erschrocken fuhr Jenny hoch. Sie schien den ungebetenen Gast näher zu kennen. Positiv war lediglich zu bewerten, dass Jenny endlich einmal nicht geduzt wurde. Ansonsten nahm dieses Eindringen äußerst bedrohliche Züge an, denn jetzt giftete sie los. »Rasmussen, was fällt Ihnen denn ein, hier einzudringen? Richard ist vermutlich in Hamburg im Büro, wo denn sonst? Hauen Sie auf der Stelle ab, sonst rufe ich sofort die Polizei.«

Die Situation wurde heikel, denn die Antwort schien den Eindringling nicht zufriedenzustellen. Vermutlich hatte Jenny dieses Mal mit dem Herunterputzen und Bedrohen die falsche Strategie gewählt, denn die Gestalt im Gegenlicht des Vorhangs erweckte nicht den Eindruck, vor irgendetwas zurückzuschrecken. »Wie kommen Sie denn auf Heidenreich? Der ist längst mausetot.«

Jenny nahm das ungläubig zur Kenntnis. Rasmussen entsicherte mit einem unangenehmen metallischen Geräusch seine Waffe, um seinem Begehren Nachdruck zu verleihen. »Sie wissen genau, wonach ich suche. Nach Duckstein. Dukaten-Didi, wenn Sie das passender finden. Sagen Sie mir, wo er ist, und dann lasse ich Sie und das Milchgesicht neben Ihnen ungeschoren davonkommen. Aber schnell.«

Rasmussen schien Stuhr nicht wiedererkannt zu haben, das war beruhigend, aber die Situation spitzte sich insgesamt zu, und das von der Terrasse hereindringende, immer lauter werdende Hubschraubergeräusch trug nicht gerade zur Entspannung der Situation bei.

Jenny bereinigte die Situation mit einem kurzen Fingerzeig. »Nebenan, Duckstein befindet sich einen Raum weiter.«

Rasmussen schien unsicher zu sein, ob er Jenny Glauben schenken sollte. »Wenn das nicht stimmt, Frau Muschelfang, dann gnade Ihnen Messias.« Dennoch, er räumte unerwartet das Zimmer wieder Richtung Terrasse, obwohl von dort das Geräusch des landenden Hubschraubers unerträglich laut wurde. Stuhr krabbelte auf allen Vieren zur Terrassentür und zog sie leise zu. In diesem Moment fiel draußen ein Schuss, und der folgende Aufschrei war eindeutig Rasmussen zuzuordnen.

Geistesgegenwärtig verriegelte Stuhr die Terrassentür und rannte zu Jenny, die aufrecht im Bett sitzend paralysiert schien. Er warf ihr den Bademantel zu, damit sie beide einigermaßen würdevoll vor diesen Verrückten aus dem Hotel flüchten konnten. Doch dann krachte es schon, und die Zimmertür brach aus dem Futter. Er nahm Jenny schützend in den Arm. War es das Ende?

31 DIENSTHILFE

»You'll never walk alone, Hansen.« Ten Hoff empfing ihn mit breitem Grinsen und schüttelte ihm kräftig die Hand, als wenn es ihm Spaß bereiten würde, sein neuestes Spielzeug auf dem Sand vorzuführen. Dass die rotierenden Blätter den Strand mächtig aufwühlten, schien ihn im Gegensatz zum Piloten, der ihn vom Lenkknüppel knapp grüßte, überhaupt nicht zu stören.

Kommissar Hansen hatte seinem niedersächsischen Kollegen bereits am Telefon ausgiebig von den neuesten Entwicklungen der letzten Stunden berichtet, auch von den einsamen nächtlichen Fahrten Rasmussens durch das Wattenmeer. Deswegen bat er ihn, die letzten Winkel des Sandes abzufliegen, zu denen Polizeiwagen nicht mehr hinkamen, denn er hielt Rasmussen für menschenscheu.

Ten Hoff nickte und begab sich mit seinem Piloten sofort auf die Suche. Kommissar Hansen fuhr zu der Clausen zurück und sammelte sie wieder ein. Von Theißen war keine Spur mehr zu sehen, und Hansen vermied es nachzufragen. Sie machten sich gemeinsam auf den Weg zur Wache auf und verfolgten über das Funkgerät die Suche an Land und in der Luft.

Da sich in der Weite des Sands keine Spur von Rasmussen feststellen ließ, beorderte Hansen den Hubschrauber zur Deichlinie von St. Peter-Ording, denn niemals würde sich Rasmussen zu den vielen Urlaubern an den Strand oder auf die Seebrücke wagen. Fast genau wie zwei Tage zuvor schleppte Christiane Clausen eine Kanne mit wohlriechendem, frisch gebrühtem Kaffee heran und stellte Kommissar Hansen den fast schon vertrauten weißen Becher mit den schwarzen Kuhfellflecken vor die Nase. Sie sah ihn erstaunt an. »Wie sind Sie denn nur an den Hubschrauber herangekommen? Ohne den wären wir jetzt aufgeschmissen.«

Hansen grinste in den Kaffee. »Jahrzehntelang gepflegte internationale Beziehungen, verehrte Kollegin. Auch ein Ergebnis der Globalisierung. Sie werden mich verstehen, wenn Sie später den Kollegen Ten Hoff kennenlernen.« An ihrem irritierten Blick erkannte Hansen, dass die Clausen nicht recht schlau aus dem Gesagten wurde. Sie wusste natürlich genau, dass die Polizei Schleswig-Holsteins aus Kostengründen über keine eigene Hubschrauberstaffel verfügte. Vielleicht bestimmte aber auch Theißen ihre Gedanken, aus denen sie Ten Hoff jetzt riss.

»Hansen, da schleicht sich tatsächlich jemand abseits aller Wege quer durch das Dünengras auf das Hotel Strandgut zu, dessen Beschreibung durchaus auf Rasmussen zutreffen könnte. Ich bleibe zunächst lieber auf Abstand.«

Hansen war gespannt. Die Clausen goss dieses Mal erst ein wenig Milch in den Becher, bevor sie ihn vorsichtig mit dem heißen Kaffee auffüllte. »Das erspart den Abwasch eines Teelöffels«, erklärte sie ihre Handlung. »Sie sehen, auch blonde Frauen von der Westküste sind bisweilen lernfähig.«

Ten Hoffs Stimme aus dem Funkgerät klang alarmierend. »Hansen, die verdächtige Person steigt jetzt über eine Außenleiter zu den Terrassen auf der Seeseite des Hotels hoch. Sollen wir eingreifen?«

Das war eine schwierige Situation für Hansen. Wie konnte er sicher sein, dass es sich wirklich um Rasmussen handelte? Er griff zum Funkgerät: »Pieter, kannst du bestätigen, dass es sich um Rasmussen handelt?«

Das schien Ten Hoff nicht zu können, denn eine Antwort blieb zunächst aus. Die Clausen nippte gespannt am Kaffee, bis Ten Hoffs erlösende Antwort erfolgte. »Rasmussen eindeutig identifiziert. Was sollen wir tun?«

Hansen nickte zunächst kurz der Clausen zu, die sofort über ihr Funkgerät ihren Kollegen knapp die Lage schilderte und sie zur Landseite des Hotels Strandgut beorderte.

Nun instruierte Hansen Ten Hoff. »Pieter, kannst du vom Hubschrauber aus den hinteren Teil der Terrasse sichern, damit Rasmussen nicht über die Außenleiter entfliehen kann!«

Der Tonfall von Ten Hoff wurde zackiger: »Yes, Sir. Lame Duck Approach. Wir gehen direkt von oben herunter. Sag Bescheid, wenn ihr soweit seid.«

Die Clausen begab sich kurz ins Nebenzimmer und kehrte mit entschlossenem Blick zurück. Sie warf Hansen ein kleines Headset zur weiteren drahtlosen Kommunikation zu. »Damit geht es einfacher, wenn es ernst wird.«

Der Kommissar sah sie erstaunt an, denn so etwas hatten sie nicht einmal in der Polizeidirektion.

»Das stammt nicht aus dem Konjunkturpaket, Herr Kommissar, sondern vom Regionalfond der EU«, lächelte sie spöttisch. Dann setzte sie ihr Headset auf und folgte

Hansen, der mit ihr in seinem Dienstfahrzeug den kurzen Weg zum Treffpunkt mit ihren Kameraden jagte, die ein wenig angespannt wirkten.

Christiane Clausen sprang aus dem Fahrzeug und sammelte sofort ihre Truppe mit einem rotierenden Fingerzeig hinter sich.

Nach einiger Zeit meldete sich Ten Hoff wieder. »Wir sind jetzt ein wenig dichter dran. Der Verdächtige kauert seit einiger Zeit vor einer offenen Terrassentür, die er zielsicher angesteuert hat. Ich vermute, dass er das Hotel infiltrieren wird.«

Kommissar Hansen war besorgt, weil Stuhr sich just in diesem Hotel aufhielt. Bei dem schönen Wetter würde der sich jedoch vermutlich am Strand tummeln, hoffte er.

Dennoch, die Situation spitzte sich jetzt zu, denn Ten Hoff meldete sich wieder. »Er ist drin.«

Hansen gab das Zeichen zum Einschreiten, und die Clausen schlich zu seinem Erstaunen als Erste gebückt ins Foyer, ihren linken Zeigefinger zum Anmeldetresen hin auf den Mund haltend und mit der rechten Hand ihre Polizeimarke zückend. Sie erkundigte sich beim Personal über die Räumlichkeiten. Eigentlich wollte Hansen die Operation leiten, aber die Clausen marschierte schnurstracks weiter zur Treppe, an der sie wieder den Finger kreisend ihre Leute sammelte. Auf ein knappes Kommando hin wurden die Waffen gezogen und entsichert. Ihre Truppe schien gut eingespielt zu sein, denn in alle Richtungen sichernd schlichen sie jetzt schnell die Treppen hoch. Das waren vermutlich neu antrainierte Standardsituationen, die ihm als gewöhnlicher Kommissar völlig fremd waren. Er kannte so etwas nur aus amerikanischen Filmen, die er des lieben Friedens willen zu seinem Missvergnügen gemeinsam mit seiner Frau immer samstagabends ansehen musste, obwohl die Handlungen ausgesprochen weit weg von seiner Arbeitswirklichkeit waren.

Das Personal hatte sich hinter der Rezeption versteckt, und Hansen schlich der Truppe hinterher. Er fühlte sich ein wenig wie ein mit durchgeschleppter blinder Hund.

Als sie endlich auf der Terrassenetage angelangt waren, dröhnte auf einmal Ten Hoffs Stimme im Kopfhörer noch dramatischer als sonst am Funkgerät. »Hansen! Der Verdächtige ist zurück auf der Terrasse und schleicht jetzt von uns aus gesehen zum Hotelzimmer linkerhand. Wir können näher heranfliegen, um ihn abzulenken. Come on. Ihr müsst von hinten die Zimmer infiltrieren.«

Die Clausen sah Hansen fragend an. Der überlegte, ob es nicht besser sei, das Eintreffen des Sonder-Einsatzkommandos abzuwarten. Aber dann fiel ein Schuss, und ein lauter Schrei war zu hören. Hansen blieb nichts übrig, als zu nicken. Sicherlich würde sie ihren männlichen Kollegen vornehm den Vortritt lassen. Wortlos zeigte sie jedoch auf zwei Kollegen und ballte die Faust gegen die letzte Tür am Ende des Flurs. Dann folgte sie mit einem anderen Kollegen und besetzte die Tür davor. Sie gab ein Handzeichen, und im nächsten Moment trat sie genau wie ihr Kollege nebenan mit dem Fuß die

Tür ein und stürmte das Zimmer. »Hände hoch! Ruhe bewahren!«, schrie die Clausen.

Doch wenig später erscholl bereits ihre Entwarnung. »Sicherheit hergestellt.«

Hansen betrat vorsichtig den Raum, in dem die Revierleiterin mit gestreckten Armen und entsicherter Waffe mitten im Raum stand. Im Doppelbett saß Stuhr seelenruhig mit der Blondine von der Seebrücke im Arm, was Hansen missbilligend zur Kenntnis nahm. »Klasse Job gemacht, Stuhr.«

Der blickte unsicher zurück.

Über den Flur vermeldeten jetzt auch aus dem Nachbarraum die Kollegen, dass Sicherheit hergestellt war. Hansen verließ das Paar und eilte in das Zimmer nebenan, in dem Dieter Duckstein wimmernd an Handschellen gefesselt mit dem Gesicht zur Wand kniete. Den sich hinter dem Bett krümmenden, gefesselten Rasmussen bemerkte er erst, als er den Raum vollständig betreten hatte. Hansen nickte den beiden Beamten anerkennend zu. »Gute Arbeit, Kollegen.«

Einer der beiden Polizisten wehrte das Lob ab. »Das sind niedersächsische Handschellen, Kommissar.«

In diesem Moment trat Ten Hoff mit seinem strahlenden Grinsen wie ein Hollywoodstar durch die Terrassentür des Zimmers, zeigte auf den Kieler Kommissar und wiederholte seinen Spruch vom Sand. »You'll never walk alone, Hansen.«

Hansen nickte. Erst später konnte er sich schlaumachen, was dieser Satz genau bedeutete. Sein Büroleiter Zeise wollte zunächst natürlich ungefragt eine unterschwellige Homosexualität bei dem niedersächsischen

Kollegen nicht ausschließen, bevor er von wissenden Kollegen abgewürgt wurde, die ihn auf die ehrenhafte Herkunft aus dem englischen fußballerischen Umfeld hinwiesen. Vermutlich hatte Ten Hoff ihm das schönste Kompliment unterbreitet, was ihm jemals kollegial zuteil wurde.

Der ging jedoch gerade auf Christiane Clausen zu, stellte sich vor und gab ihr den sicherlich ersten Handkuss ihres jungen Lebens. Dieser Auftritt erstaunte nicht nur Hansen. »Wo kommst du denn her, Pieter?«

Sein niedersächsischer Kollege zeigte in die Luft. »Von oben. Hansen, denn alles Gute kommt von oben, oder glaubst du nicht mehr an den lieben Gott?«

Während Hansen noch fassungslos den Kopf schüttelte, berichtete Ten Hoff von seinem Einsatz. »Come on, Hansen. Als ich gesehen hatte, dass Duckstein mit der Schießerei angefangen hatte und Rasmussen wehrlos verletzt auf dem Boden lag, da musste ich etwas unternehmen. Wir sind ja nicht in der Bronx, wo sich die Halunken unbehelligt gegenseitig abmurksen können. Duckstein versuchte direkt unter uns, über die Terrasse zu flüchten. Landen konnten wir dort schlecht wegen der vielen Sonnenschirme und Liegestühle, also bin ich vom Hubschrauber kurzerhand auf Duckstein gesprungen und habe ihn außer Gefecht gesetzt. Das haben wir in der Bronx oft so gemacht. Rasmussen hat meinen Einsatz mitbekommen und sofort die Pfoten gehoben. Ich musste nur noch die Handschellen anlegen.«

Mitleid hatte Hansen zwar nicht mit Duckstein, doch wenn zwei Säcke Zement im Doppelpack vom Himmel fallen, kann das für niemanden auf der Erde lustig sein. Hansen nickte seinem Kollegen für die unerwartete Diensthilfe dankend zu. Dann wendete er sich beiden Verhafteten gleichermaßen zu. »Die Herren kennen sich offenbar. Wer hat denn angefangen mit der Streiterei?«

Rasmussen biss sich auf die Lippen, doch Duckstein fluchte lauthals. »Sie können mich fragen, bis Sie schwarz werden. Vernehmen Sie das blutende Schwein da unten. Der Bastard ist kein Mensch. Ich will meinen Anwalt sprechen. Sie werden sehen, der wird mich in Stundenfrist hier herausboxen.«

Duckstein schien ungebrochen zu sein, obwohl er gerade mit einer Handfeuerwaffe einen alten Bekannten mit einem Beinschuss niedergestreckt hatte. Die nächsten Tage versprachen außerordentlich harte und unergiebige Vernehmungsarbeit. Im alten Rom hätte man der Einfachheit halber vermutlich beide in eine gemeinsame Zelle gesperrt, und den Rest hätten die Löwen besorgt. Aber Hansen hatte noch viele Fragen, vor allem an Rasmussen.

Sein Handy klingelte. Es war Oberkommissar Stüber. »Hansen, wir haben einen Anruf bekommen von Rasmus Rasmussen, dem Bruder von Fiete. Er will eine Aussage machen. Er sagt, dass er den Mörder kennt.«

Hansen fragte ungläubig nach. »Den Mörder? Nur einer?«

Stübers Antwort war eher geschäftsmäßig. »Ja, das scheint so zu sein. Jedenfalls hat er es mir gegenüber am Telefon so gesagt.«

Hansen war mehr als gespannt. »Und wer soll der Täter sein, Stüber?«

Sein Oberkommissar hielt sich bedeckt. »Das hat er mir nicht gesagt. Er könnte jedoch in den nächsten Flieger nach Heide-Büsum steigen. Würden Sie ihn dort heute Nachmittag abholen?« Hansen drehte sich zu Ten Hoff um. »Pieter, habt ihr noch Benzin und einen dritten Sitz im Flieger?«

Ten Hoff nickte.

»Stüber, sagen Sie dem Rasmussen, dass wir in einer halben Stunde bei ihm sind. Hotel Panoramic, das war doch richtig, oder? Wir haben übrigens gerade seinen Bruder Fiete und diesen Duckstein nach einer Schießerei festgenommen, aber das sollte er vor seiner Aussage besser nicht wissen.«

Stüber versprach, Rasmus Rasmussen umgehend über die Ankunft zu informieren.

Währenddessen schielte Ten Hoff die ganze Zeit zu Christiane Clausen. Er schien Gefallen an ihr gefunden zu haben, wenngleich die beiden mindestens 20 Lenze trennten. Ten Hoff versuchte, sich bei ihr mit einem knackigen Kommentar über die beiden Verhafteten einzuschmeicheln. »Ich habe nichts gegen Schießereien, vor allem dann nicht, wenn es die Richtigen trifft. Manchmal fliegen einfach nur zu wenige Kugeln, sonst würde sich vieles von selbst erledigen.«

Die Revierleiterin konnte sich daraufhin einen Seitenhieb auf Ten Hoff nicht verkneifen. »Mein Gott, draußen ist es ja schon warm, aber das ist nichts gegen die heiße Luft hier drinnen.«

Die Kollegen der Revierleiterin hatten Schwierigkeiten, sich das Grinsen zu verkneifen.

Hansen war in Eile. Er nickte der Clausen noch ein-

mal anerkennend zu, denn sie hatte bei dem Sturm auf das Hotel wahrlich ihren Mann gestanden, und wenn Ten Hoff nicht Cowboy und Indianer gespielt hätte, dann hätte ihre Truppe die beiden Gauner festgenommen.
»Frau Clausen, wir müssen weiter. Lob an Ihre Mannschaft. Gute Arbeit geleistet. Abführen, die zwei. Ich sage in der Polizeidirektion Bescheid, damit die beiden Herren standesgemäß nach Kiel überführt werden können. Danke für alles.«

Sie dankte ihm ihrerseits im Namen ihrer Kollegen.

Ten Hoff verabschiedete sich jetzt lediglich mit einem knappen militärischen Handgruß und ließ die Hand der jungen Kollegin unbeleckt, bevor er über die Terrasse zur Außenleiter stürmte, um auf schnellstem Wege zum Dünenstreifen zu gelangen, auf dem der Hubschrauber mit rotierenden Blättern wartete. Sein wildes Winken schien zu bedeuten, dass Hansen ihm jetzt folgen sollte. Dessen Bedarf an Abenteuern war eigentlich gedeckt. Dennoch folgte er Ten Hoff über die Außenleiter. Als er ihm in die Maschine half, pochte sein Herz. Die Welt, in die er sich jetzt notgedrungen begeben musste, war nicht die seine. Weder der Hubschrauber noch Helgoland.

32 HORIZONTALE

Jetzt war es Jenny Muschelfang, die ihn gegen den Unbill der Welt überraschend in ihre Arme schloss und die Bettdecke über sie beide zog. »Die machen das schon da drüben. Dafür werden sie schließlich bezahlt. Wir können sowieso nichts dagegen tun.

Auch wenn Stuhr sich unter der Decke mit Jenny zunächst wieder geborgen fühlte, so war natürlich nicht auszublenden, dass der Polizeieinsatz nebenan noch nicht beendet war. Irgendwann stieg jedoch der Hubschrauber wieder hoch, und in der einkehrenden Stille klopfte es leise an der angelehnten Tür.

Die behutsame Stimme der jungen Polizistin meldete sich. »Der Spuk ist vorüber. Wir haben nebenan beide festgenommen. Entschuldigen Sie bitte die Störung. Wir ziehen jetzt ab.«

»Kann ich nicht mit Kommissar Hansen sprechen?«, wollte Stuhr wissen.

Sie lachte. »Der ist schon lange mit dem Hubschrauber in der Luft. Er will schließlich auch einmal Helgoland sehen. Ich soll schön grüßen, er wird sich telefonisch bei Ihnen von unterwegs melden. Nichts für ungut.«

Die Polizistin grüßte noch einmal kurz und bemühte sich, die Zimmertür möglichst dicht an die aufgesplitterte Zarge zu ziehen. Stuhr wartete ab, bis die restlichen Beamten verschwunden waren, bevor er sich hastig anzog und zur Rezeption hintereilte. Dort wirkten die Damen noch reichlich verstört, aber er bekam sofort eine neue Plastikkarte für ein anderes Zimmer ausgehändigt. Auf der Treppe bemerkte Stuhr, dass sein Telefon vibrierte. Dreesen war am Apparat. Das passte gut, dann musste er nicht in Jennys Gegenwart mit ihm reden.

Sein alter Oberamtsrat zeigte wieder deutlich bessere Laune. »Na, Stuhr, verbrennst du dir gerade schön die Tapete?«

Stuhr wehrte ab. »Nee, Dreesen, hier ist zurzeit nichts mit Sonnenbaden. Im Gegenteil, hier sind gerade eben die Bleikugeln geflogen. Ich habe auch genug Sonne gehabt, und ab morgen ist sowieso wieder Fußball angesagt. Köln gegen München. Wolltest du einen Tipp abgeben oder warum rufst du an?«

Dreesen lachte zunächst kurz, weil er das vermutlich für einen Scherz hielt. Dann wurde er jedoch ungewohnt dienstlich. »Stuhr, ich wollte dich nur offiziell davon in Kenntnis setzen, dass alle laufenden Anträge von Reinicke von mir abschlägig beschieden worden sind. Ich habe das sozusagen im Vorgriff für die Kollegen mit erledigt.«

Das konnte Stuhr kaum glauben. »Was, du hast alle Anträge ohne Nachfrage bei deinen Kollegen einfach so abgebürstet?«

Dreesen antwortete beflissen. »Selbstverständlich. Stuhr, da herrscht sozusagen stilles Einverständnis unter uns Kollegen. Wenn große Projekte im Raum stehen und wenn dafür auch noch Landesmittel beantragt werden, dann fordern wir grundsätzlich die Antragsteller auf, ihre Vorhaben ausführlich zu beschreiben und alle möglichen und unmöglichen Anlagen beizufügen. Eine Prüfung ist aufwendig genug, und sie muss gewissenhaft durchgeführt werden. Das kann Arbeitskraft für Wochen binden.«

Diese Aussage erstaunte Stuhr. »Bei dir?«

Dreesen lachte. »Ja, auch bei mir, Stuhr. Allerdings kommen manchmal wegen des immensen Aufwandes erst gar keine Unterlagen bei uns an, dann haben sich die Projekte sozusagen von selbst erledigt.«

»Und was ist, wenn sich Projekte nicht von selbst erledigen?«

Dreesen zögerte kurz. »Dann ist es noch einfacher, dann kann ich sie erledigen. Wenn alle Unterlagen beigebracht sind, lehne ich einfach ab.«

Stuhr konnte in der folgenden Pause den Dienstschimmel deutlich wiehern hören. »Aber ich denke, ihr seid gehalten, in konjunkturschwachen Zeiten großzügig zu verfahren, damit die Wirtschaft wieder angekurbelt wird?«

Jetzt konnte sich Dreesen kaum noch einkriegen. »Als wenn meine Vorgesetzten Ahnung von den Staatsfinanzen hätten. Es hat sich doch durch die Finanzkrise überhaupt nichts geändert. Nicht ein Banker hat bisher in Deutschland vor Gericht gestanden, und die faulen Wertpapiere sind nach wie vor auf dem Tisch. Die nächste große Blase wird gerade schon wieder aufgetan durch das politische Wettretten von maroden Firmen. Nein, ich tue das, was jede sparsame deutsche Hausfrau macht. Ich halte das Geld der Steuerzahler zusammen.«

Stuhr musste innerlich über Dreesens Grundsatzrede lachen. Dennoch war er froh, dass sein ehemaliger

Kollege offensichtlich seine dienstliche Schieflage wieder in die Horizontale gebracht hatte, wenngleich seine Methoden zweifelhaft waren. Aber wer klagt schon gegen den Staat? Wenn er sich jetzt noch einmal aufraffen würde und die Genehmigungen für das Befahren des Wattenmeers neu überprüfen würde, dann wäre er endgültig wieder auf der Spur. Stuhr verabschiedete sich und beendete das Gespräch.

Das Handy vibrierte schon wieder. Kommissar Hansens Name war auf dem Display zu lesen. Der hätte ja vorhin mit ihm reden können. Beleidigt stellte Stuhr sein Telefon auf lautlos und steckte es wieder in die Tasche. Nein, er musste sich zunächst um Jenny kümmern. Die hatte sich inzwischen angekleidet, ihren Koffer gepackt und saß mit versteinerter Miene abholbereit auf ihrem Bett. Stuhr ließ die Plastikkarte mit der neuen Zimmernummer vor ihrer Nase baumeln, woraufhin sich ihre Gesichtszüge lockerten. Sie ließ sich in den Arm nehmen, und als sie gemeinsam die eingetretene Tür durchschritten, strahlte sie ihn bereits wieder an. Auf dem Flur überlegte Stuhr kurz, ob er sie nicht über die Schwelle in das neue Hotelzimmer tragen sollte. Aber er übte sich in Zurückhaltung und ließ ihr den Vortritt in den lichtdurchfluteten Raum, der sich als Luxussuite entpuppte, was Jennys Laune noch einmal deutlich beflügelte.

»Warum haben wir das nicht gleich gebucht, Helge? Sind wir uns denn gegenseitig nicht gut genug?«

Während Stuhr noch nach einer Antwort auf ihre an der Realität vorbeizielende Frage rang, zog sie die dicken

Vorhänge zu und ihn auf das Bett.»In der Horizontalen kann man besser nachdenken, Helge.«

Das bezweifelte Stuhr stark, doch nach einer kurzen Knutscherei begann Jenny ungefragt, von sich zu erzählen. Sollte sie ihr Leben lang etwa in der Fischverarbeitung ihres Vaters darben? Sie war jung und schön, und die Männer legten ihr die Welt zu Füßen. So war sie an Heidenreich und Duckstein geraten, und sie hatte dadurch viel von der großen weiten Welt mitbekommen. Geld spielte keine Rolle, und am Wochenende ging es oft mit dem Flieger nach London oder Paris zum Shoppen. Gegessen und geschlafen wurde nur in den ersten Häusern, und nach Konzerten von Udo Jürgens und James Last konnte sie mit den Künstlern dank der Geschäftskontakte ihrer Männer in den VIP-Lounges näher ins Gespräch kommen.

Stuhr stellte ihr die Frage, die man Frauen eigentlich nicht stellen darf. »Warum bist du jetzt nicht mehr mit Duckstein oder Heidenreich zusammen, wenn das alles so schön war?«

Jenny antwortete entwaffnend offen. »Geld ist nicht alles, Helge. Beide waren angeblich oft dringend geschäftlich irgendwo unterwegs, aber so richtig habe ich nie gewusst, was wirklich ablief. Sie hielten mich für dumm. Ich habe beiden vertraut, doch irgendwann war das auch aufgebraucht. Ich habe dir schon einmal an der Bar gesagt, wenn ich einen Mann begehre, dann muss der groß wie ein Schrank sein. Ich muss mich in seine Arme fallen lassen können, so wie bei dir. Dieter und Richard wollten bei mir immer nur am Busen einschlafen.«

Stuhr nickte daraufhin verständnisvoll und auch ein wenig verächtlich ob ihrer Verflossenen, obwohl er sich eingestehen musste, dass auch er genau das jetzt am liebsten bei ihr tun würde. Behutsam half er ihr, sich von ihrer Kleidung zu befreien.

33 WECHSELBAD

Der Flug mit dem Hubschrauber verlief ruhig, und keine 20 Minuten später landeten sie auf dem verwaisten Hubschrauberlandeplatz des ehemaligen Marinefliegerkommandos, das jetzt zum Unmut der Helgoländer über Afghanistan wirbelte. Hansen und Ten Hoff kletterten aus der Kanzel und verließen das Gelände zur Strandpromenade hin. Viele Orte aus Stuhrs Berichten wurden schlagartig lebendig. Die Hummerbuden, das Inselkrankenhaus, die Börteboote und schließlich der Fahrstuhl zum Oberland. Noch lebendiger war aber der junge Mann, der ihm händchenhaltend mit einer hübschen jungen Dame lässig entgegengeschlendert kam. Es war Olli, der ihn jedoch nicht erkannte, weil dessen Aufmerksamkeit ausschließlich der jungen Frau galt, die er fest an der Hand hielt.

Das war doch kaum zu glauben. Während Ten Hoff und er sich unter Einsatz ihrer Leben die Hacken wund liefen, schäkerte Olli herum und Stuhr sprang durch die Betten. Auch das Gejammer von Stuhr über die triste Bebauung konnte Hansen nicht nachvollziehen. Sicherlich, zunächst am Hafen mussten sie kurz an einigen Lagerhallen vorbei, aber der weitere Gang am Hafenbecken entlang mit den bunten Hummerbuden und den Börtebooten war schön, und die kleinen Hotels, die in der Folge den Südstrand säumten, wirkten sehr gepflegt.

Sie nahmen den Fahrstuhl zum Oberland, was bei

der Hitze angenehm war. Erwartungsvoll betraten sie das Hotel Panoramic, das verlassen wirkte. Die großen Panoramascheiben waren noch verhängt, und da kein Licht brannte, war es recht dunkel im Schankraum.

Erst spät bemerkte Hansen, dass sich ein Schatten hinter dem Tresen löste und auf sie zukam. »Gestatten, Rasmus Rasmussen, Bruder von Fiete und Ehemann von Anna Maria.« Der Mann verbesserte sich mit finsterer Miene. »Nein, inzwischen Witwer.«

Ten Hoff drückte ihm sein Beileid aus und stellte sich und Hansen kurz vor. Dann übergab er das Gespräch an den Kieler Kommissar, der ihn kurz von der Schießerei und der Festnahme seines Bruders und Ducksteins in Kenntnis setzte.

Rasmus Rasmussen setzte sich grimmig auf einen Barhocker vor den Tresen. Er lud die beiden ein, neben ihm Platz zu nehmen. Getrunken hatte er nicht.

Hansen eröffnete das Gespräch. »Sie scheinen nicht sonderlich überrascht zu sein von dem, was ich Ihnen berichtet habe.«

Rasmussen verneinte. »Jörn Rost, ihr Kollege von der Wasserschutzpolizei hier, der hat heute Mittag angerufen und mich über den gewaltsamen Tod meiner Frau informiert. Eben hat er noch einmal durchgeklingelt und mich von der Verhaftung in Kenntnis gesetzt. Sie wissen, dass Duckstein und mein Bruder früher zusammen undurchsichtige Geschäfte in der Hamburger Rotlichtszene betrieben haben?«

Hansen nickte. »Bis er vor acht Jahren zu Ihnen auf die Insel kam, richtig?«

Rasmussen bestätigte das. »Ja, die Jahre davor waren für die Familie furchtbar. Ich weiß nicht, ob Sie sich vorstellen können, wie das ist, wenn man einen Bruder hat, der nicht nur krumme Geschäfte macht, sondern ausgesprochen brutal zur Sache geht. Zangen-Fiete war sein Spitzname. Sie werden das wissen. Vor zehn Jahren musste er wieder einmal für zwei Jahre ins Gefängnis, weil er im Auftrag von Duckstein mit einer Zange einem Zahlungsunwilligen die Fingerkuppe weggequetscht hat. Ich bin dann zu ihm ins Gefängnis gefahren und habe ihm in einem letzten Versuch den Vorschlag gemacht, zu mir auf die Insel zu ziehen, damit er endlich aus dem Schlamassel herauskommt. Irgendwann stand er dann mit einem Pappkarton vor meiner Pension, und ich habe ihm mein Börteboot überlassen. Damals liefen hier noch viele Fahrgastschiffe an, und er kam nicht nur gut ins Geschäft, er kam endlich auch auf andere Gedanken.«

Jetzt fragte Ten Hoff nach. »Hatten die Insulaner denn keine Ahnung von seinem Vorleben?« Rasmussen schüttelte den Kopf. »Anfangs nicht. Ich habe auf Helgoland ja eine gute Stellung, und deswegen bekam Fiete natürlich einen Vertrauensvorschuss. Es ging auch lange Zeit gut. Irgendwann sprach jedoch der Leiter unserer Biologischen Anstalt, Dr. Rogge, einmal verächtlich von Flachzangen, und die Bemerkung richtete sich eindeutig gegen Fiete. Da sich keine Nachfragen am Stammtisch einstellten, musste ich davon ausgehen, dass die Geschichte von seinem Vorleben auf der Insel herumgegangen war. Vielleicht hatte Jörn Rost einmal einen über den Durst getrunken und dann ist es ihm herausgerutscht. Ansonsten ist unser Polizist ausgesprochen korrekt, da lasse ich nichts auf ihn kommen. Es kann aber auch aus dem Rathaus gedrungen sein. Standesamt oder so. Ich weiß es nicht.«

Hansen sah ihn skeptisch an. »Herr Rasmussen, Ihren Ausführungen muss ich entnehmen, dass es irgendwann mit Ihrem Bruder nicht mehr gutging. Können Sie den Zeitpunkt eingrenzen?«

Rasmussen nickte. »Leider Gottes, ja. Das war genau der Zeitpunkt, als ich Anna Maria auf die Insel gebracht hatte. Für einen Mann wie mich, der nicht zu groß geraten ist und auch den Bauch schlecht verbergen kann, war Anna im ersten Moment ein wahrer Glücksgriff. Ich habe versucht, ihr trotz der Enge auf der Insel das Leben so angenehm wie möglich zu gestalten. Ich habe sie geliebt wie keine andere Frau auf der ganzen Welt. Ich habe ihr Kreditkarten gegeben, und sie konnte auf das Festland fahren, wann immer sie wollte.«

»Das ist ja zunächst nichts Schlechtes«, befand Ten Hoff.

Rasmussens Gesicht verfinsterte sich. »Doch. Immer öfter scharwenzelte Fiete um Anna Maria herum. Am Anfang dachte ich noch, dass er einfach familiären Kontakt zu uns suchte. Aber immer öfter bekam ich mit, dass er sie scheinbar unabsichtlich berührte. Fiete ist ein bisschen größer als ich, und durch seinen Job war er stets braun gebrannt und hatte eine athletische Figur. Vielleicht konnte ich allein ihre Bedürfnisse nicht zufriedenstellen, aber sucht man sich denn ausgerechnet den eigenen Bruder aus? Nein!«

Hansen konnte das natürlich nachvollziehen. »Es gab aber mindestens noch einen anderen Mann im Leben ihrer Frau, richtig?«

Rasmus Rasmussen sah ihn erstaunt an. »Woher wissen Sie das? Aber es ist richtig. Als ich sie kennenlernte, war sie ausgerechnet mit Dieter Duckstein zusammen. Dieser niederträchtige Kerl hatte früher schon dem Investor Heidenreich aus Hamburg die Frau ausgespannt, und als sie sich von ihm getrennt hatte, lernte er in Polen Anna Maria kennen und nahm sie sozusagen als Ersatz einfach mit nach Deutschland, ohne Rücksicht auf ihre Bedürfnisse zu nehmen. Na ja, und weil Duckstein wegen mancherlei Projektfinanzierungen am Rockzipfel von Dr. Rogge hängt, kam sie öfter mit auf die Insel. So habe ich sie kennen- und lieben gelernt.«

Kommissar Hansen blickte Rasmus Rasmussen tief in die Augen. Der Mann war gebrochen. »Ist Duckstein denn mit Dr. Rogge ins Geschäft gekommen?«

Rasmussen verneinte das. »Zunächst nicht, er wirkte einfach zu unseriös. Aber irgendwann haben sich Reinicke und Duckstein gefunden, ein Herz und eine Seele. Im Anschluss hat Reinicke mit Geld nur noch um sich geworfen, obwohl er lediglich ein mittelprächtiges Salär bezog. Mir war das egal, solange Anna Maria sich von Duckstein vernachlässigt fühlte und in meine Arme wechselte. Sie war eine tolle Frau. Es war unglaublich, wie sie in wenigen Jahren aus der abgehalfterten Pension meiner Eltern ein Vier-Sterne-Haus gezaubert hat.«

Im Geiste zog Kommissar Hansen im Vergleich zu europäischen Häusern zwar zwei Sterne ab, obwohl das immer noch einen Stern mehr bedeutete als bei seiner bescheidenen Pension in Sankt Peter. Doch nach dem Gang mit Ten Hoff über die Insel schien ihm die Klassifizierung für Helgoländer Verhältnisse durchaus berechtigt zu sein.

Jetzt bohrte Ten Hoff nach. »Herr Rasmussen, hat es Sie denn nie nervös gemacht, dass Duckstein ständig wegen Reinicke auf die Insel kam?«

Rasmussen schüttelte energisch den Kopf. »Zunächst eigentlich nicht. Anna Maria und ich waren schließlich frisch verheiratet, und ich hatte mehr das Gefühl, ausgerechnet meinen undankbaren Bruder im Auge behalten zu müssen.«

Hansen griff ein. »Aber irgendwann haben sich Duckstein und Ihre Frau wieder getroffen, richtig?«

Rasmus Rasmussens Blick glitt jetzt auf den Boden des Tresens. »Das ist leider Gottes richtig. Sie haben sich anfangs versteckt getroffen, aber auf einer kleinen Insel wie Helgoland kann man Geheimnisse nicht verbergen. Wissen Sie, letzten Dienstag hat meine Frau im dicken Nebel einem späteren Hausgast, der sie auf einem Horrorflug begleitet hatte, im Nebel am Hafen zum Dank einen Kuss auf die Wange gedrückt. Keine zwei Minuten später klingelte bei mir bereits das Telefon. Sie können sich vorstellen, wie sehr ich mich auf diesen Gast gefreut habe.«

Innerlich musste Hansen grinsen, denn das konnte nur Stuhr gewesen sein.

Ten Hoff klinkte sich wieder in das Gespräch ein. »Ihr Bruder hatte nach meiner Aktenlage inzwischen ebenfalls geheiratet. Hat seine Frau denn von alledem nichts mitbekommen?«

Rasmussen zuckte mit den Schultern. »Ruth? Nein, das glaube ich nicht, denn so richtig herangelassen hatte Anna Maria nach meinem Empfinden den Fiete anscheinend nicht. Im Gegenteil, je öfter Duckstein auf die Insel kam, umso schroffer behandelte sie Fiete. Deswegen hat sich das Verhältnis zu meinem Bruder auch wieder entspannt. Zum Schluss haben wir sogar wieder Skat zusammen gekloppt. Letztendlich habe ich in der Verwandtschaft nur noch meinen Bruder, und Blut ist nun einmal dicker als Wasser.«

Hansen war sich nicht sicher, ob Rasmussen mit seiner Einschätzung richtig lag oder ob es Wunschdenken war. »Aber Ihre Frau hat sich in der Folge wieder öfter mit Duckstein getroffen, richtig?« Rasmussen nickte. »Nicht nur öfter, Kommissar, sondern auch immer ungenierter. Vorgestern Abend sollen Duckstein und sie wie ein trautes Paar in den Mocca-Stuben gesessen haben. Zum Schluss ging Anna mehr oder weniger, wann und wohin sie wollte. Irgendwann habe ich aufgehört, sie zur Rede zu stellen. Eine glückliche Ehe war das nicht mehr.«

Der Kommissar nickte zwar, aber eine glückliche Ehe, was hieß das schon? Manche Ehen sind für beide Partner irgendwann nur noch ein Joch.

Kommissar Ten Hoff führte das Gespräch weiter. »Gestern am Hafen soll sich eine hässliche Szene abgespielt haben, als Ihre Frau dem flüchtenden Duckstein hinterhergelaufen ist und ihn arg beschimpft hat.«

Stille breitete sich am Tresen aus. Es dauerte eine Weile, bis Rasmussen Luft holte, um die Tragödie weiter zu erzählen. »In der Biologischen Anstalt tobt schon länger ein Kampf um die Führung zwischen Jürgen

Rogge und seiner eifrigen Verwaltungsleiterin, die überaus korrekt zu sein scheint. Sie hat bei einer Revision viele Formfehler von Reinicke aufgedeckt, die zugunsten von Duckstein durchschlugen. Die Vermutung lag nahe, dass Reinicke dafür Geld unter der Hand von Duckstein bekam. Als Dr. Sommerfeld, so heißt die Kollegin von Dr. Rogge, gestern mitbekam, dass sie von Duckstein beschattet wurde, ist sie bei uns aufgetaucht und hat Anna als Nutte bezeichnet, die sich mit Duckstein von der Insel wegscheren solle.«

Es fiel Rasmussen sichtlich schwer, bei der Schilderung, wie sein Lebenstraum sich zerstörte, die Haltung zu bewahren. Schön war das gesamte Familiendrama nicht, aber die Aufklärung einer der Morde war immer noch nicht näher gerückt. Hansen gewährte eine Pause, bevor Rasmussen fortfuhr. »Na ja, Anna ist ziemlich ausgerastet und zum Hafen abgehauen. Sie wusste, dass Duckstein auf dem Weg zum Rückflug war. Als sie bemerkte, dass er bereits auf dem Dünen-Taxi war und keinerlei Anstalten unternahm, zu ihr zurückzukehren, da ist sie ausgeflippt und hat ihn wüst beschimpft. Erst Stunden später ist sie nach Hause gekommen, hat ihre Sachen gepackt und ist dann wortlos abgehauen. Ich habe irgendwie geahnt, dass ich sie nie wieder sehen würde. Was habe ich nur verkehrt gemacht?«

»Hatten Sie denn eine Ahnung, dass sie umgebracht werden würde?«, hakte Hansen nach.

Rasmussen wies das vehement von sich. »Nein, keineswegs. Nur die bestimmte Art, wie sie mich verließ, und die Tatsache, dass sie mir den Ehering vor die Füße geworfen hat, brachten mich zu der Überzeugung, dass sie für immer weggehen wollte. Heute Morgen habe ich dann erfahren, dass sie mit Fiete von der Insel abgehauen ist, im Börteboot. Ich habe Ruth in der Biologischen Anstalt aufgesucht und ihr reinen Wein eingeschenkt. Das war nicht schön. Ich muss sogar vermuten, dass mein Bruder Fiete der Mörder von Anna Maria ist.«

Kommissar Hansen schüttelte ungläubig den Kopf. Fiete Rasmussen hatte also tatsächlich seine Schwägerin im Boot nach St. Peter-Ording befördert. »Herr Rasmussen, warum sollte Ihr Bruder Anna Maria umbringen, wenn er sie eigentlich liebte?«

Rasmus Rasmussen griff jetzt in die Tasche seines Jacketts und holte einen Lederbeutel hervor. »Mein Bruder ist zwar gern mit dem Börteboot gefahren, aber gekümmert habe ich mich um das Boot. Diesen Ring habe ich letzten Montag in der Bilge gefunden. Auf der Innenseite ist ›Claudia‹ eingraviert. Ich kenne den Ring. Er gehört Michael Reinicke. Offensichtlich hat ihn mein Bruder dem Opfer abgezogen, um die Identifizierung der Leiche zu erschweren. Er muss dann unter die Planken gerutscht sein. Als ich die Motorverkleidung hochgenommen hatte, lag er vor meinen Füßen.«

Es war still im Schankraum geworden.

»Haben Sie noch mehr in Ihrem Lederbeutel?«

Wortlos zog Rasmussen ein Haarbüschel heraus, an dessen Haarwurzeln noch vertrocknetes Blut klebte. »Das habe ich am Mittwochmorgen in einer Ritze auf dem Boot gefunden, nach dem Mord in Cuxhaven.«

Hansen musterte den Hotelbesitzer ernst. »Herr Rasmussen, Sie haben wichtige Beweismittel zurückgehalten.«

Der Hotelbesitzer wehrte ab. »Kommissar, ich habe doch nicht vermuten können, dass mein Bruder ein Mörder ist. Aber jetzt, wo Anna Maria tot ist ...«

Rasmussen versagte die Stimme, und Ten Hoff sah ihn mitleidig an.

Auf Hansens Handy-Display erschien der Name von Oberkommissar Stüber. Er hastete nach draußen.

»Chef, der Kollege vom Ermittlungsdienst hat eben angerufen. Halten Sie sich fest. Die Rasmussen ist vor ihrem Tod vergewaltigt worden. Sie haben auch frische Spermaspuren gefunden, die gerade analysiert werden. Ich habe schon Blutproben bei Duckstein und Rasmussen im Untersuchungsgefängnis veranlasst. Morgen früh wissen wir mehr.«

Hansen wurde flau im Magen. Sollte er das jetzt etwa dem genug gebeutelten Rasmus Rasmussen mitteilen? Nein, das konnte er nicht, der tat ihm so schon leid genug. Das war eindeutig eine Sache für den Wasserschutzpolizisten und Insulaner Jörn Rost.

34 SPIELSCHLUSS

Es war endlich Freitagabend, und wieder saß Stuhr im Vereinsheim bei Torge am Brett. Die Freitagsspiele vom zweiten Bundesliga-Spieltag standen unmittelbar bevor, und er hatte ein Nucki Nuss Schoko geordert. Unparteiisch wie immer war er in seinem blauen Lieblingstrikot von Holstein Kiel aufgelaufen, auf dem in nostalgischer weißer Schrift ›Deutscher Meister 1912‹ aufgedruckt war. Er bezweifelte, dass Jenny sein aktives Fußballerleben jemals prickelnd finden würde. Aber sie schien ihm zumindest nicht böse zu sein, dass er sich heute früh aus dem Staub gemacht hatte, denn sie hatte ihm eine liebevolle SMS gesendet und ihm noch einmal für seinen gestrigen heldenhaften Einsatz im Bett gedankt. Diese Zweideutigkeit schätzte er durchaus an ihr.

Mit seinem dunklen Weizenbier prostete er Torge zu, der so kurz vor Spielbeginn alle Hände voll zu tun hatte, seine Kundschaft zufrieden zu stellen.

Stuhrs Telefon klingelte. Genervt wollte er es ausschalten, um sich sein Fußballvergnügen nicht trüben zu lassen, aber im letzten Moment sah er, dass es Kommissar Hansen war. Neugierig nahm er das Gespräch an.

Hansen platzte mit seiner Neuigkeit sofort heraus. »Die Fälle sind gelöst, Stuhr. Alle vier auf einen Streich. Den Täter kennst du übrigens.«

Stuhr wollte eigentlich Fußball schauen und kein Ratespiel absolvieren. Ungeduldig versuchte er, den Kommissar schnell zur Auflösung zu bewegen. »Komm schon, Hansen. War es der Gärtner?«

Hansen lachte kurz. »Lass uns ein Bier trinken gehen, oder steckst du etwa noch in Sankt Peter bei deiner Dame fest?«

Was mit Jenny war, ging Hansen nichts an. Aber ihn treffen wollte Stuhr schon. »Richtig, Hansen, ich halte ein wunderbares, eiskaltes Glas Weizenbier in meinen Händen. Wenn du auch so etwas haben möchtest, dann musst du wohl oder übel zu meinem Tennisheim am Wasserturm kommen und dir mit mir die Bundesligaspiele ansehen. Ist allerdings eine reine Männerrunde hier.«

Das schien Hansen zu gefallen. »Du kannst schon einmal ein kleines Frischgezapftes ordern, ich bin in zehn Minuten da.«

Stuhr bestellte das Bier für den Kommissar, und kaum stand das Pilsglas mit der prächtigen Schaumhaube auf dem Tresen, da betrat Kommissar Hansen schon schwungvoll die Bildfläche und gesellte sich zu ihm. Er wischte sich den Schweiß von der Stirn.

Stuhr prostete ihm zu und genoss einen tiefen Schluck. »Geht auf meine Kappe, Hansen, aber nur, wenn du mich nicht zu lange zappeln lässt.«

Hansen nickte dankend. »Ach was, Stuhr. Kurze Rede, langer Sinn. Fiete Rasmussen war es. Er war das schwarze Schaf in der Familie. Fast ein Klassiker, wenngleich dieses Mal ungewöhnlich brutal für hiesige Verhältnisse.«

Wie sollte Stuhr diese Aussagen einordnen? »Und nun? Bekommt Fiete Rasmussen lebenslänglich?«

Hansen schüttelte resolut den Kopf. »Die Option

fällt weg, denn Rasmussen hat sich heute Nacht erhängt. Zum Glück hat er gestern aber im Verhör ausgepackt, nachdem wir ihm die Beweisstücke präsentiert haben, die sein Bruder Rasmus uns übergeben hatte. Fiete Rasmussen war scharf auf die Anna Maria, und er wollte den lästigen Duckstein mit aller Gewalt ins Gefängnis bekommen. Letztendlich hat Rasmussen deswegen auch gestanden, denn Duckstein spricht nur über seinen Anwalt mit uns. Rasmussen hat sein Ziel auch posthum erreicht, denn die Beweislast gegen Duckstein ist nun erdrückend.«

Die Bundesligaspiele wurden jetzt angepfiffen, aber Stuhr interessierten die Ausführungen des Kommissars weitaus mehr. »Was ist eigentlich mit dem Toten auf Sylt?«

Hansen sah ihn erstaunt an. »Ach so, das kannst du ja nicht wissen. Wir hatten eine Nachrichtensperre verhängt. Der Tote war Richard Heidenreich, der Ex-Mann von deinem blonden Gift. Rasmussen hat ihn umgebracht.«

Stuhr pfiff durch die Zähne. Unrecht war es ihm nicht. Einer weniger, der die Griffel nach Jenny ausstrecken konnte. »Und warum hat er Richard Heidenreich umgelegt?«

Hansen leerte mit einem mächtigen zweiten Schluck sein Glas und orderte zwei neue Biere. »Da muss ich etwas länger ausholen. Rasmussen und Duckstein haben früher krumme Geschäfte miteinander betrieben. Das Geld dafür hatte Duckstein stets von Heidenreich geliehen. Dann musste Fiete Rasmussen in den Knast, und sein Bruder Rasmus hat ihn vor acht Jahren auf die

Insel geholt, damit er auf andere Gedanken kommt und ein ordentliches Leben führt. Das ging auch bis vor vier Jahren gut, als Rasmus Rasmussen in seinem Hotel seine neue Frau kennenlernte, die Anna Maria, die eigentlich an der Seite von Dieter Duckstein auf Helgoland weilte. Sie klagte ihm das Elend an der Seite des Lebemanns Duckstein, und Rasmus hat ihr daraufhin angeboten, einfach auf der Insel zu bleiben.«

Stuhr pfiff durch die Zähne.

Hansen setzte seine Schilderung fort. »So weit ist alles noch gut, denn zunächst sind beide glücklich und zufrieden. Sie heiraten schließlich. Rasmus Rasmussen hat nun eine attraktive Frau, und Anna Maria fühlt sich als Hotelbesitzerin aufgewertet. Doch dann verliebt sich ausgerechnet Rasmus' Bruder Fiete in Anna Maria. Unsterblich, wie er in der Vernehmung mehrfach betont hat. Anna Maria fühlt sich zwar durch die Avancen geschmeichelt, die Fiete immer wieder heimlich unterbreitete, aber letztendlich hat sie ihn nicht an sich herangelassen. Als dann Duckstein immer häufiger Geschäfte mit Reinicke auf Helgoland anbahnt, nimmt Anna Maria zum Ärger von Fiete Rasmussen wieder Kontakt mit ihm auf. Blind vor Wut beschließt Fiete, Ducksteins Geldgeber Heidenreich umzubringen. Da von dem Mord nicht in der Zeitung berichtet wird, erfährt Duckstein jedoch nicht, dass seine Geldader abgeschnitten ist. So bittet er Fiete Rasmussen in alter Manier, den Reinicke nachts zur Absprache mit Heidenreich für ein wichtiges Projekt mit dem Börteboot nach Sankt Peter zu transportieren. Fiete bekommt aber mit, dass Duckstein wieder versucht, den Finger an Anna

Maria zu legen. Bei der Bootspassage gerät er kurz vor Sankt Peter in Streit mit Reinicke wegen Duckstein, und er entschließt sich wütend vor Eifersucht, den Reinicke als Warnung für Duckstein umzubringen. Reinicke hatte sich tatsächlich unbemerkt das Flugticket in den Hals gestopft als Fingerzeig auf Rasmussen. Er musste geahnt haben, dass ihm der Tod bevorstand. Der Morgen graute jedoch schon, und Rasmussen schaffte es gerade eben noch, unerkannt den toten Reinicke unter dem Holzpodest für die Strandkörbe zu verstecken. Dann kehrte er zur Insel zurück.«

»Wie lange dauert denn die Überfahrt nach Helgoland?«, fragte Stuhr nach.

»Das geht relativ schnell, etwa gut zwei Stunden. Jedenfalls, kam am Sonntag ja der Sturm auf, und Fiete Rasmussen nutzte die Gunst der Stunde, nach Sankt Peter zurückzukehren. Auf dem menschenleeren Sand zerrte er Reinickes Leiche unter dem Podest hervor und band ihn auf die Palette. Der Tote sollte abschreckend auf Duckstein wirken. Er hat sich dann nach Westerheversand abgesetzt, um dort mit dem kleinen Boot zunächst den Sturm abzuwarten. Montagmorgen ist er kurz vor Sonnenaufgang zurück nach Helgoland aufgebrochen.«

»Ist er danach auf der Insel geblieben oder noch einmal zurückgekehrt?«

»Er ist auf Helgoland geblieben und hat versucht, Duckstein die Hölle heißzumachen, als der Dienstag wieder auf die Insel kam. Allerdings hatte er Wind davon bekommen, dass sich auch zwei Schnüffler auf Helgoland befinden sollen. Daher musste er vorsichtig agieren. Mit dem Abfackeln der Arche hatte er ausnahmsweise nichts zu tun, wenn du das meinst.«

Kommissar Hansen nahm wieder einen tiefen Schluck Bier. Das nutzte Stuhr für eine Gegenfrage. »Habt ihr denn einen Verdacht?«

»Klar, das wird Pahl gewesen sein. Es war eindeutig Brandstiftung, Benzin im Schankraum. Bei den meisten Gasthöfen, die abgefackelt werden, spielt der Besitzer eine wesentliche Rolle. Die Versicherungen können das nur oft nicht nachweisen. Pahl hatte seine Kreditlinien weit überzogen, und neue Ware konnte er nur noch mit den Tageseinnahmen beschaffen. Da ist ein warmer Abriss oft die einzige Lösung. Ich weiß aber nicht, ob wir Pahl das nachweisen können.«

Nachdenklich nippte Stuhr an seinem Bier. Das Fußballspiel schien keine Höhepunkte zu bieten, denn es war erstaunlich ruhig im Vereinsheim. »Dann wird Rasmussen ja auch den Aktivisten umgebracht haben, richtig?«

Der Kommissar nickte. »Genau. Rasmussen wollte den Verdacht auf Duckstein lenken, und deswegen hatte er sich abends mit dem Aktivisten Volker Krömmer in einer kleinen Bucht nahe Cuxhaven verabredet. Nach dessen gewaltsamen Tod ist er ohne Beleuchtung an den Anleger gefahren, der nachts verwaist ist, und hat ihn mit einem Stein am Fuß vorsichtig über Bord geschoben, um die Leiche anschließend kunstvoll mit Angelschnüren knapp unterhalb der Wasseroberfläche genau an der Anlegestelle des Bäderschiffs Atlantis zu fixieren. Krömmer hat er sich übrigens nur ausgesucht, weil er von allen

Aktivisten, die er kannte, mit geschätzten 60 Kilogramm mit Abstand der Leichteste war. Der kleine Duckstein wäre also durchaus in der Lage gewesen, das Opfer zu transportieren. Na ja, unser Verdacht fiel dann ja auch kurzzeitig auf ihn.«

Stuhr hakte ein. »Doch auch auf Dr. Rogge, oder nicht? Schließlich hat der recht dubiose Spielchen mit Duckstein betrieben, nicht wahr?«

Hansen klärte ihn auf. »Das ist einerseits richtig, aber andererseits hat es sich nur um ganz normale Ränkespiele mit seiner Verwaltungsleiterin Dr. Sommerfeld gehandelt. Sie wollten beide das Beste für die Biologische Anstalt, nur eben auf unterschiedliche Art und Weise. Durch den Mord in Cuxhaven hat sich Duckstein jedoch immer mehr in die Enge getrieben gefühlt. Er hat letzten Dienstag auf ein Treffen bei einem Tanzvergnügen mit Anna Maria Rasmussen bestanden. Er hat ihr geschildert, wie die Sommerfeld seine Projekte immer mehr torpediert hat.«

»Weißt du das von der Sommerfeld? Der Duckstein verweigert doch die Aussage.«

»Nein, das hat die Anna Maria dem Fiete erzählt. Daher wusste Fiete Rasmussen auch, dass Duckstein nach Sankt Peter geflüchtet war, um die ehemalige Frau von Heidenreich aufzusuchen. Da haben wir beide uns ja das letzte Mal getroffen.«

Stuhr zog eine missgelaunte Miene, aber Hansen fuhr ungerührt fort. »Aus irgendeinem Grund musste die Stimmung zwischen Anna Maria und Duckstein gekippt sein. Sie wollte nur noch von der Insel, und bei dem Tanzvergnügen hatte sie mit Duckstein offensichtlich reinen

Tisch gemacht. Allerdings hatte sie ihn gebeten, wegen ihrer Flugangst aus alter Freundschaft mit ihr am nächsten Tag nach Büsum zu fliegen, aber aus unbekannten Gründen hat er sich allein aus dem Staub gemacht. Vorher hat er noch versucht, auf die Sommerfeld einzuwirken, aber die hat sich nicht einschüchtern lassen und ist schnurstracks zum Hotel Panoramic gelaufen, um dort Anna Maria vor ihrem Mann bloßzustellen und alles zum Platzen zu bringen. Anna Maria ist dann noch Duckstein wutentbrannt zum Hafen hinterhergelaufen, aber der hat sich allein mit dem Flieger abgesetzt.«

An den beiden Zeigefingern erkannte Torge sofort, dass er für Stuhr noch einmal nachlegen sollte.

Hansen nickte dankend. »Eines kann ich ja wohl noch vertragen. Nun ja, in ihrer Verzweiflung ist sie zu Fiete Rasmussen geflohen und hat ihm erzählt, dass Duckstein sie im Stich gelassen hat. Fiete war enttäuscht, dass Anna Maria Rasmussen offensichtlich die ganze Zeit dem Duckstein hinterhergerannt war und nicht ihm. Nun sah er die einmalige Chance, an Duckstein heranzukommen. Er hat ihr angeboten, sie mit dem Börteboot mit auf das Festland zu nehmen. Sie ist dann mit auf sein Boot gestiegen. Unterwegs hat Rasmussen einen letzten Versuch unternommen, ihre Liebe zu erlangen, aber sie war mit ihren Gedanken offensichtlich längst schon wieder bei Duckstein, obwohl der sie im Stich gelassen hatte. Da kam ein heiliger Zorn über Fiete Rasmussen, so hatte er es jedenfalls zu Protokoll gegeben. Zunächst schimpfte er nur mit ihr, aber dann folgte auch schon der eine oder andere Schlag. Es erregte ihn zunehmend, dass sie jetzt zum ersten Mal vor ihm kuschte und alles tat, was er wollte. Irgendwann fiel er im Boot über sie her. Es dauerte nicht lange, bis er mit ihr fertig war. Als er hinterher am Überlegen war, sich bei ihr zu entschuldigen, bemerkte er aus den Augenwinkeln, dass sie sich heimlich den Anker geschnappt hatte und im Begriff war, auf ihn einzuschlagen. Er konnte sich gerade noch seitwärts wegdrehen, dann ergriff er sofort ihren Hals und würgte sie, bis sie nachgab. Er wollte angeblich nicht, dass sie starb. Er wollte nur Ruhe auf dem Schiff.«

Nur Ruhe auf dem Schiff. Stuhr spürte einen Kloß im Hals. Ein Idiot rastet aus, und eine Frau wie Anna Maria Rasmussen muss sterben. Nicht, dass er sie geliebt hätte, aber sie wurde jetzt noch einmal lebendig für ihn. Er musste an den wunderbaren Moment denken, wie sie sich im Flieger ängstlich bei ihm einhakte. Ihm fiel der Kuss auf die Wange im Nebel am Hafen ein, für den sie sich auf die Fußspitzen stellen musste. Vermutlich hatte auch sie einen starken Arm gebraucht, genau wie Jenny. Aber Anna Maria Rasmussen war letztendlich an der Brutalität ihrer Lebensumwelt gescheitert.

Der Kommissar nutzte die Denkpause Stuhrs, um einen Schluck von seinem Bier zu nehmen. Dann berichtete er weiter von dem Verhör. »Dem Fiete Rasmussen, der jetzt auch noch Anna Maria auf dem Gewissen hatte, musste jetzt endgültig klar geworden sein, dass er nichts mehr zu verlieren hatte, denn sonst hätte er kaum ihre Leiche nur wenige Steinwürfe von dem verankerten Börteboot lieblos in einer Sandkuhle abgelegt. Dann hat er sich auf den Weg zu euch ins Hotel gemacht, um Duckstein aus der Welt zu schaffen.«

In Gedanken versunken nippte Stuhr an seinem Bier. Vielleicht hatte Jenny gestern doch die richtigen Worte gegenüber diesem Rasmussen gefunden, sonst hätte er sie vielleicht einfach im Bett abgeknallt. So richtig bei Sinnen schien der ja nicht mehr gewesen zu sein. Jenny. Warum war er nur schon wieder in Gedanken bei ihr? »Das ist schon eine ekelhafte Geschichte, Hansen. So etwas kannst du nicht einmal in einem Buch lesen oder auf der Leinwand sehen.«

Hansen nickte zustimmend. »Ja, da magst du recht haben. Die schlimmsten Geschichten schreibt nun mal das Leben.« Dann zeigte er auf das Fußballspiel. »Auf der Leinwand siehst du sowieso nur langweiligen Rasenschach. Das Schönste sind doch die Geschichtchen um den Sport herum. «

Stuhr musste ihm zustimmen, obwohl er vom Spiel bis jetzt noch nichts mitbekommen hatte.

Hansen drehte sich vom Tresen weg. »Ich muss los, Stuhr. Einen unterhaltsamen Abend und viel Spaß noch.«

Der Kommissar schien sich wenig Gedanken um die Bezahlung zu machen. Das war jetzt aber auch egal. Stuhr richtete seine Aufmerksamkeit auf die Leinwand, damit er doch noch etwas vom Spiel mitbekam, aber in diesem Moment griff der Schiedsrichter zur Pfeife. Null zu Null, es war Halbzeit.

Die Gäste im Vereinsheim stürmten auf die Bar zu, und Torge hatte noch mehr als sonst alle Hände voll zu tun, denn sein Helferlein war heute wegen einer

Unpässlichkeit nicht erschienen. Es machte keinen Sinn, Torge jetzt näher nach dem Spielverlauf zu befragen. Dennoch war es erstaunlich, wie viele Patriotenteller den Weg über den Tresen fanden. Das an Ziepen von Fernmeldetönen erinnernde Intro der Nachrichtenredaktion ließ ihn wieder zur Leinwand zurückdrehen. Zunächst wurde ein Luftbild von der heruntergebrannten Arche auf dem Sand vor St. Peter-Ording gezeigt. Der Nachrichtenkommentar war wegen der Unruhe im Lokal kaum zu verstehen, doch die Fotos der Opfer waren alle mit Namen unterlegt. Dann folgte ein Bild von Fiete Rasmussen, dem sich eine kurze Filmsequenz mit dem abgeführten Duckstein anschloss, der sich trotz der angelegten Handschellen wild wehrte. Rasmussen schien es geschafft zu haben, Duckstein in den Abgrund zu stoßen.

Vermutlich war Stuhr jedoch der Einzige im Vereinsheim, den dieser Bericht interessierte. Erst bei der Wettervorhersage, die das nächste Tiefdruckgebiet mit Abkühlung und heftigen Regenschauern bereits für den späten Abend vorhersagte, schaute der eine oder andere Kollege von der Fangemeinschaft wieder zur Leinwand. Dann erfolgte auch schon der Anstoß zur zweiten Halbzeit, und Stuhr machte es sich jetzt auf dem Hocker richtig bequem. Er versuchte, in das Fußballspiel einzutauchen, aber es war wirklich langweilig. Die Bayern stürmten, und die Kölner vernagelten mit allen Mitteln das Tor. Der kurze Nachrichtenbericht hatte ihn aufgewühlt. Was war eigentlich aus Olli geworden? Er würde ihn gleich morgen früh anrufen. Doch das war nebensächlich, denn immer wieder musste er an Jenny denken. Hätte er nicht doch besser bei ihr in St. Peter-Ording bleiben sollen? Sie hätten vielleicht genau in diesem Moment von der Terrasse aus die rote Sonne im Wattenmeer versinken sehen können.

Die Kölner kamen jetzt ein wenig besser in das Spiel, was die Stimmung und den Lärmpegel im Vereinsheim deutlich anhob. Stuhr bestellte noch ein letztes Bier.
 Torge musterte ihn skeptisch. »Stuhr, du bist irgendwie nicht mehr der Alte. Kommst braun gebrannt aus dem Urlaub, doch gleichzeitig fix und fertig. So kenne ich dich überhaupt nicht. Schoko oder Vanille?«
 Stuhr entschied sich diesmal für helles Weizenbier. Im gleichen Moment verstummten schlagartig alle Diskussionen im Vereinsheim. Den Grund dafür bekam er allerdings erst mit, als Torge ihn mit verdeckter Hand auf die Eingangstür hinwies.
 »Schau mal, die Granate dahinten im Eingang.«
 Obwohl sein Nacken von den Anstrengungen der letzten Tage mehr als strapaziert war, drehte er sich vorsichtig um und wurde mit dem Blick auf Jenny Muschelfang belohnt, die sich im hautengen schwarzen Kostüm und mit hochhackigen Sandaletten vorsichtig suchend umblickte. Stuhr traute sich jedoch vor seinen Kollegen nicht, die Hand zu heben. Vielleicht suchte sie ihn überhaupt nicht.
 Aber sie schien ihn bereits entdeckt zu haben, denn ihr Blick heftete sich auf ihn. Die Köpfe der Fußballkameraden wendeten sich nun durchgängig vom Spiel weg und verfolgten ihren Gang zum Tresen durch das Spalier der Zuschauer, was den Eindruck erweckte, als

befände sie sich auf einem Laufsteg. Das Ende dieses Laufstegs schien ausgerechnet er zu bilden. Die zweite Halbzeit konnte er wohl auch abhaken.

Einen halben Meter vor seinem Barhocker blieb Jenny stehen. »Bereit für eine kleine Aussprache, Helge?«

Jein, schoss es Stuhr durch den Kopf, zumal Torge hinter dem Tresen durchaus interessiert zuzuhören schien.

An Feinheiten war Jenny momentan scheinbar wenig interessiert, denn sie nahm ihn sich jetzt mächtig vor die Brust. »Mein lieber kleiner Feigling. Ich habe viel Verständnis für alles, was du machst. Aber wenn du dich hier in deinem Vereinsladen jetzt nicht irgendwie zu mir bekennst, dann sind wir geschiedene Leute, bevor wir jemals verheiratet waren.«

Das saß. Stuhr liebte doch eigentlich nur sie. Jenny Muschelfang hatte alles, was sein Leben schöner erscheinen ließ. Wie oft widerfährt einem so etwas schon? Er zog sie an sich heran und flüsterte ihr ins Ohr. »Warum soll ich mich nicht zu dir bekennen? Ich will, dass du irgendwann Frau Stuhr wirst.«

Sie lachte ihn aus. »Jenny Stuhr? Nein, Helge, das geht doch gar nicht. Natürlich wirst du meinen Namen annehmen. Helge Muschelfang. Einen schöneren Namen kann man sich doch überhaupt nicht vorstellen.«

Das konnte sich Stuhr schon, aber eine bessere Frau nicht. Auf einmal begannen die Gäste im Vereinsheim, mit den Fingern zu schnippen und ›küs-sen‹ zu skandieren. Offensichtlich wollten sie wenigstens noch ungestört den Rest des Spiels der Kölner gegen den Goliath aus Bayern mitbekommen. Stuhr blickte sich unschuldig um. »Kameraden, das liegt doch aber nicht an mir, dass ihr euch gestört fühlt, oder?«

Mehr als 50 Zeigefinger wiesen jetzt jedoch zurück auf ihn. Also nahm er Jenny in seine Arme und drückte ihr einen langen und zärtlichen Kuss auf die Lippen. Der folgende tosende Jubel im Vereinsheim war einfach unbeschreiblich. Dass seine manchmal etwas nörgeligen Fußballkumpel so temperamentvoll an der glücklichen Wendung seines Schicksals teilnehmen würden, damit hätte er niemals gerechnet.

Doch Jenny beendete unerwartet schnell den Kuss und drehte sich zur Großbildleinwand um. Prinz Poldi hatte endlich das Führungstor für den 1. FC Köln gegen den deutschen Rekordmeister FC Bayern München geschossen.

35 KIRCHSPIEL

Innerhalb von nur zwei Wochen hatte sich für Strandwächter Hein Timm auf Eiderstedt fast mehr verändert als in den 50 Jahren zuvor. Er hatte sich mächtig geärgert, dass Achim Pahl ausgerechnet im Nationalpark Wattenmeer die Lunte gezündet hatte, um mit dem Brand der Arche sein wirtschaftliches Überleben zu sichern. Solche Schmarotzer wie Pahl müssten mit dem Beifang dem Meer überlassen werden, befand er. Jetzt ging es von der Jahreszeit her gesehen merklich auf den Herbst zu. Das Wetter wurde noch nicht schlecht, aber zunehmend wechselhafter. So war es eben. Nach dem Sommer kommt der Herbst und dann der Winter. Der kalte Nordwind pustet dann nicht nur die unverwüstlichen Strandwanderer durch und kneift deren Nasen rot, sondern macht auch die Gesichter älter. Er konnte das noch aushalten, aber die Alten standen das nicht endlos durch. Hein Timm fühlte sich im Spätherbst seines Lebens, doch der Winter klopfte immer öfter mit vielen kleinen Zipperlein an seiner Tür.

Er hatte keine Probleme mit der Endlichkeit des Lebens, denn schließlich endete mit dem Tod auch ein großes Stück Plackerei, und seine eigene Beerdigung bekam man glücklicherweise nicht mit. Wann immer in Sankt Peter auch die Kirchenglocken zum letzten Gebet läuteten, hatte er sich früher vom Tagesgeschäft aufgerafft und viele Mitbewohner auf ihrem letzten Weg begleitet. Als die meisten Begräbnisse in den letzten Jahren wegen

Platzproblemen auf den größeren Friedhof hinter dem Gewerbegebiet verlegt wurden, pilgerte Hein Timm dort nur noch zu besonderen Anlässen hin. Heute läuteten allerdings endlich wieder einmal die vertrauten Glocken der alten evangelischen Kirche an der Olsdorfer Straße in St. Peter-Dorf. Fast automatisch raffte er sich auf und machte sich auf den Weg zu dem alten Gotteshaus.

Die heutige Beerdigung war in den letzten Tagen in Dorf schlechthin in aller Munde gewesen. Die Deern, die heute zu Grabe getragen würde, hatte zwar einen friesischen Nachnamen, aber sie sollte von polnischer Hekunft sein. Das war für sich genommen nichts Gutes oder Schlechtes. Das Polenmädchen hatte auch nie in Sankt Peter gelebt, doch ihre letzte Liebe stammte von hier. Es musste eine wirklich große Liebe gewesen sein, wenngleich sie nur im Verborgenen blühen durfte, wenn man dem Geschwätz im Dorf Glauben schenken konnte. Ihr Liebhaber lebte bereits seit der Geburt hier, und daher war es nicht ungewöhnlich, dass die Kirche mit vielen Schaulustigen gefüllt war.

In der ersten Reihe vor dem Sarg standen nur wenige erkennbare Angehörige. Der Witwer, ein kleiner, dicklicher, aber nicht unsympathischer Mann, stand ein wenig abseits. Er schien sich in der fremden Umgebung bewusst darüber zu sein, dass er nicht die wichtigste Person in diesem Raum der Trauer war. Wie immer begann auch dieser Abschied vom Leben mit getragener Orgelmusik, die Hein jedoch völlig unbekannt war. War es vielleicht ein Stück, das die beiden Liebenden verbunden hatte? Was mochte der hinterbliebene Ehemann dabei denken? Bei den Beerdigungen der Alten wurden glücklicherweise meistens nur die bekannten Orgelstücke vorgetragen.

Als die Orgel verstummte, öffnete sich knarrend das große Hauptportal der Kirche, und die junge Revierleiterin Clausen von der Polizeiwache zwängte sich durch den Türspalt, was sich schwierig für sie gestaltete, denn sie trug ihren kleinen Bengel auf dem Arm. Über Clausens Scheidung wurde heute noch im Dorf wild und kontrovers spekuliert.

Der Pastor schielte ein wenig tadelnd zu der jungen Frau mit ihrem Kind, bevor er die Geschichte aus dem Neuen Testament mit der Ehebrecherin vortrug, die von der aufgebrachten Menge gesteinigt werden sollte. Der Pastor erhob theatralisch seine Stimme.»Nein, nicht mehr Auge um Auge und Zahn um Zahn, darum kann es nicht gehen. Kein Mensch ist frei von Sünde, aber es ist auch kein Mensch so voller Sünde, dass er nichts mehr wert ist. Bei Johannes steht: ›Wer unter euch ohne Sünde ist, der werfe den ersten Stein.‹ Aber wer von uns Anwesenden hat noch nie einen Fehler begangen, der unter ungünstigen Umständen eine Katastrophe hätte herbeiführen können? Wohl jeder hat in seinem Leben schon Anlass gehabt, Gott zu danken, dass das eigene Fehlverhalten nur harmlose Folgen gezeitigt hat.«

Hein Timm wusste wieder, warum er an normalen Sonntagen nie in die Kirche ging. Er hasste diese vagen Kurvenfahrten zwischen Moral und Unmoral, und auch der neue Pastor schien die Leitplanken des Lebens noch nicht zu kennen, an denen alle Grundsätze gerettet werden konnten oder zerschellten.

Jetzt ging ein Raunen durch die Menge, weil der

kleine Junge auf dem Arm der Clausen nach vorn gezeigt und Papa gerufen hatte. Seine Mutter legte ihm vorsichtig den Zeigefinger auf den Mund. Viele Dorfbewohner versuchten, dabei den Anblick der Angehörigen zu erheischen. Die blickten jedoch allesamt stumpf zu Boden.

Der Pastor beendete die Unruhe, indem er seine Predigt fortsetzte. »Ja, es ist schwer, eine versöhnliche Haltung auch gegenüber Menschen zu entwickeln, die vielleicht ungewollt Schuld mit schweren Folgen für andere auf sich geladen haben. Doch muss man nicht gerade Verständnis aufbringen für jemanden, dem dieses Glück nicht zuteil wurde und der plötzlich am Pranger steht? Anna Maria Rasmussen war dieses Glück nicht vergönnt gewesen. Sie war zwar dabei, ihr Leben neu zu ordnen, um wieder Glück empfinden zu können, auch wenn es die hier Anwesenden und Vertrauten verletzen mag, sodass sie es kaum fassen können. Ihrem Bemühen wurde aus niederträchtigen Motiven ein gewaltsames Ende gesetzt, doch mit den zahlreich versammelten Vertrauten von Anna Maria Rasmussen hier im Gotteshaus wollen wir sie unserem liebenden Gott überlassen, der sie zu sich rufen und zukünftig beschützen wird.«

Die Verstorbene war zwar bis auf das Geschwätz im Dorf völlig unbekannt, aber immerhin schien der neue Pastor noch die Kurve gekriegt zu haben. Der hob jetzt beschwörend die Arme zur Kuppel der Kirche, um sie anschließend auf die Eingangstür zu senken. »Wenn Sünden von uns begangen worden sind, die wir hier im Gotteshaus versammelt sind, dann hat uns der Messias durch sein Leiden davon erlöst. Wir müssen gleichermaßen Achtung und Ehrfurcht vor den Lebenden und den Toten haben. Begleiten wir Anna Maria Rasmussen auf ihrem letzten Gang.«

Der kleine Junge im Arm der Clausen schien nicht zu verstehen, warum sein Papa so weit weg und so unendlich traurig war. Er wedelte immer wieder kräftig mit der Hand, um endlich seine Gunst zu erlangen. Doch im nächsten Moment wurden die mächtigen Türen der Kirche von unbekannten Händen aufgezogen, und das einfallende Sonnenlicht lenkte die Aufmerksamkeit der Trauergemeinde auf den Sarg, den sechs Träger vorsichtig anhoben, um die filigrane Tischlerarbeit mit den sterblichen Resten feierlich auf den letzten Weg zum Gottesacker zu bringen.

Hein Timm erstaunte schon, dass die junge aufstrebende Polizistin mit ihrem Sohn an der Tür stehen blieb und ungerührt den Zug der Trauernden passieren ließ, die jetzt dem Sarg folgten. Endlich konnte der kleine Junge die Wange seines traurigen Vater kurz mit der Hand berühren, um ihn zu trösten. Das schien er vermutlich zu kennen, als seine Eltern noch zusammenlebten und sich vermutlich am Ende der Ehe ständig gestritten hatten.

Die Welt in Sankt Peter schien in dem Moment stillzustehen, als die Clausen ihrem ehemaligen Ehemann starr in die Augen blickte und fast mechanisch die Frage stellte, die sie in den letzten Tagen bestimmt schon hundertmal bewegt hatte. »Thies, warum hast du uns beiden das nur angetan?«

Thies Theißen streichelte seinen Sohn kurz zurück. Dann richtete sich sein Blick wieder auf den Sarg mit der sterblichen Hülle von Anna Maria Rasmussen, und er setzte den Weg mit ihr schweigend fort.

Hein fand das natürlich übertrieben von der Clausen, wie Frauen manchmal eben so sind, denn Thies Theißen galt im Dorf eigentlich nicht als schlechter Kerl. Im Gegenteil, man sagte ihm nach, dass er das breiteste Kreuz an der Westküste haben sollte. Hein Timm erinnerte sich an einen Spruch seines Vaters. Im Krieg und in der Liebe ist alles erlaubt.

Sicherlich, den Jungen hatte Thies Theißen gemeinsam mit der Clausen, aber Anna Maria Rasmussen schien seine große Liebe gewesen zu sein. Theißen sollte nach dem Auffinden der Leiche von Anna Maria sofort den Kontakt zu ihrem gehörnten Ehemann auf Helgoland gesucht und alle Karten auf den Tisch gelegt haben, was ihn wiederum menschlich auszeichnete. Letztendlich soll dieser Rasmus Rasmussen angeblich sogar erleichtert gewesen sein, seine Frau nicht an einen Schmutzfinken wie Duckstein oder seinen Bruder verloren zu haben. Gemeinsam sollten sie sich beide auf Sankt Peter als Grabesstätte geeinigt haben. Das erzählte man sich jedenfalls in Dorf, man wusste es aber nicht genau. Um also ein richtiges Bild zu gewinnen, musste man eben selbst in die Kirche gehen.

Hein Timm interessierten diese Geschichten ansonsten aber nur wenig. Er lief dem Trauerzug nur noch hinterher, um zu sehen, wer die letzte Rose in das Grab warf. Es war Thies Theißen.

Wieder läuteten die Glocken und trugen die Kunde von Anna Maria Rasmussens Beisetzung bis über das

Meer. Hein Timm hatte diese Beerdigung mehr gerührt als vermutet, denn der Junge tat ihm leid. Er blickte sich um. Gab es hier denn nicht einen Platz auf dem Friedhof, wo er Ruhe finden konnte?

ENDE

*Weitere Krimis finden Sie auf den
folgenden Seiten und im Internet:
www.gmeiner-verlag.de*

REINHARD PELTE
Kielwasser

275 Seiten, Paperback.
ISBN 978-3-8392-1082-6.

AUF HOHER SEE Ein merkwürdiger Fall lässt Kriminalrat Tomas Jung, Leiter der Abteilung für unaufgeklärte Kapitalverbrechen in Flensburg, keine Ruhe: Ein deutscher Mariner ist spurlos im Arabischen Meer verschwunden. Die Ermittlungen sind eigentlich bereits abgeschlossen. Der Soldat sei über Bord gegangen und ertrunken – so das Ergebnis. Aber seine Vorgesetzten mögen daran nicht glauben. Ein Unfall passt nicht zu dem Menschen, den sie kennen gelernt haben.

Jung und sein pensionierter Kollege Boll schalten sich ein. Nicht offiziell, sondern under cover …

DIETER BÜHRIG
Schattengold

276 Seiten, Paperback.
ISBN 978-3-8392-1088-8.

IM SCHATTEN DER ZEIT In Lübeck scheint die Zeit stehen geblieben zu sein. Aina, ein Adoptivkind, das seine Herkunft nicht kennt, lernt bei ihrer Aufnahmeprüfung an der Musikhochschule die Klavierpädagogin Rana Ampoinimera kennen. Diese ist von dem Ausnahmetalent der jungen Frau überzeugt und lädt sie in ihr Haus ein. Aina trifft auf Ranas Ehemann Adrian, einen Goldschmiede- und Uhrmachermeister, und seinen Gesellen Raik.

Doch dann erschüttert eine Serie von mysteriösen Todesfällen die Idylle. Was bedeuten die fremden Worte auf den Zetteln, die man bei den Toten findet? Kriminalinspektor Kroll ist ratlos …

Wir machen's spannend

HARDY PUNDT
Friesenwut
....

367 Seiten, Paperback.
ISBN 978-3-8392-1102-1.

RASENDE WUT Eine Landstraße in Ostfriesland, weit nach Mitternacht. Es kracht. Die Landwirtstochter Freya Reemts, mit dem Fahrrad von der Disco nach Hause unterwegs, wird von einem Auto erfasst und in den Straßengraben geschleudert. Kurz darauf verliert der Fahrer die Kontrolle über sein Fahrzeug und prallt gegen einen Baum.

Für Kommissarin Itzenga und ihren Kollegen Ulferts von der Kripo Aurich scheint der Fall klar – der Unglückswagen war viel zu schnell unterwegs. Bis ein Stückchen Stoff am Unfallort entdeckt wird. Es ist Teil eines Kleidungsstücks, das keiner der beteiligten Personen zugeordnet werden kann ...

HORST BOSETZKY
Promijagd
....

276 Seiten, Paperback.
ISBN 978-3-8392-1085-7.

BERLINER JAGDSAISON Berlin-Schöneberg. Bernhard Jöllenbeck, 39 Jahre, Politiker der NeoLPD, wird am U-Bahnhof Bayerischer Platz von einem Zug überrollt. Die Umstände sind unklar. Sicher ist nur: Ein Mann ist geflüchtet. Kurze Zeit später wird der bekannte Promipsychiater Dr. Hagen Narsdorf erpresst. Der tote Politiker war einer seiner Patienten gewesen.

Narsdorf bittet Ex-Kommissar Hans-Jürgen Mannhardt um Hilfe. Schnell wird dem erfahrenen Ermittler klar, dass ein skrupelloser Soziopath Jagd auf Berlins Prominente macht ...

Wir machen's spannend

BERNWARD SCHNEIDER
Spittelmarkt
....

372 Seiten, Paperback.
ISBN 978-3-8392-1099-4.

PHARAONENKINDER Berlin im Herbst 1932. Der Anwalt Eugen Goltz reist im Auftrag des Bankiers Philipp Arnheim nach New York, um die Scheidung von dessen amerikanischer Ehefrau Florence zu regeln. Dort erfährt er von einem mysteriösen »Pharao«, dem Oberhaupt einer okkulten Geheimgesellschaft in Berlin, die mit der nationalsozialistischen Bewegung in Verbindung zu stehen scheint. Kurz darauf kommt Florence Arnheim auf rätselhafte Weise ums Leben.

Goltz kehrt nach Berlin zurück. Angewidert und fasziniert zugleich nähert er sich dem Geheimbund und macht eine furchtbare Entdeckung …

FRANZISKA STEINHAUER
Gurkensaat
....

420 Seiten, Paperback.
ISBN 978-3-8392-1100-7.

UNTER WÖLFEN Ein nebliger Novemberabend in der Lausitz. Kommissar Peter Nachtigall wird in das Herrenhaus der Unternehmerfamilie Gieselke gerufen. Maurice, der sechsjährige Enkel des Spreewälder »Gurkenkönig« und Hobbyjägers Olaf Gieselke, liegt tot im Arbeitszimmer – erschossen mit einem Gewehr aus dem Arsenal des Großvaters.

Am nächsten Tag wird eine weitere Leiche entdeckt. Es handelt sich um den Naturschutzaktivisten Wolfgang Maul, der sich für die Wiederansiedlung von Wölfen in der Lausitz eingesetzt hatte.

Nachtigall beginnt sich durch ein Gestrüpp aus Hass, Neid und dunklen Geheimnissen zu kämpfen …

Wir machen's spannend

Das neue KrimiJournal ist da!
**2 x jährlich das Neueste
aus der Gmeiner-Krimi-Bibliothek**

In jeder Ausgabe:

- Vorstellung der Neuerscheinungen
- Hintergrundinfos zu den Themen der Krimis
- Interviews mit den Autoren und Porträts
- Allgemeine Krimi-Infos
- Großes Gewinnspiel mit ›spannenden‹ Buchpreisen

*ISBN 978-3-89977-950-9
kostenlos erhältlich in jeder Buchhandlung*

KrimiNewsletter
Neues aus der Welt des Krimis

Haben Sie schon unseren KrimiNewsletter abonniert?
Alle zwei Monate erhalten Sie per E-Mail aktuelle Informationen aus der Welt des Krimis: Buchtipps, Berichte über Krimiautoren und ihre Arbeit, Veranstaltungshinweise, neue Krimiseiten im Internet, interessante Neuigkeiten zum Krimi im Allgemeinen.
Die Anmeldung zum KrimiNewsletter ist ganz einfach. Direkt auf der Homepage des Gmeiner-Verlags (www.gmeiner-verlag.de) finden Sie das entsprechende Anmeldeformular.

Ihre Meinung ist gefragt!
Mitmachen und gewinnen

Wir möchten Ihnen mit unseren Romanen immer beste Unterhaltung bieten. Sie können uns dabei unterstützen, indem Sie uns Ihre Meinung zu den Gmeiner-Romanen sagen! Senden Sie eine E-Mail an gewinnspiel@gmeiner-verlag.de und teilen Sie uns mit, welches Buch Sie gelesen haben und wie es Ihnen gefallen hat. Alle Einsendungen nehmen automatisch am großen Jahresgewinnspiel mit ›spannenden‹ Buchpreisen teil.

Wir machen's spannend

Alle Gmeiner-Autoren und ihre Romane auf einen Blick

ANTHOLOGIEN: Tatort Starnberger See • Mords-Sachsen 4 • Sterbenslust • Tödliche Wasser • Gefährliche Nachbarn • Mords-Sachsen 3 • Tatort Ammersee • Campusmord • Mords-Sachsen 2 • Tod am Bodensee • Mords-Sachsen 1 • Grenzfälle • Spekulatius **ARTMEIER, HILDEGUNDE:** Feuerross • Drachenfrau **BAUER, HERMANN:** Verschwörungsmelange • Karambolage • Fernwehträume **BAUM, BEATE:** Weltverloren • Ruchlos • Häuserkampf **BAUMANN, MANFRED:** Jedermanntod **BECK, SINJE:** Totenklang • Duftspur • Einzelkämpfer **BECKER, OLIVER:** Das Geheimnis der Krähentochter **BECKMANN, HERBERT:** Mark Twain unter den Linden • Die indiskreten Briefe des Giacomo Casanova **BEINSSEN, JAN:** Goldfrauen • Feuerfrauen **BLATTER, ULRIKE:** Vogelfrau **BODE-HOFFMANN, GRIT / HOFFMANN, MATTHIAS:** Infantizid **BOMM, MANFRED:** Kurzschluss • Glasklar • Notbremse • Schattennetz • Beweislast • Schusslinie • Mordloch • Trugschluss • Irrflug • Himmelsfelsen **BONN, SUSANNE:** Die Schule der Spielleute • Der Jahrmarkt zu Jakobi **BODENMANN, MONA:** Mondmilchgubel **BOSETZKY, HORST (-KY):** Promijagd • Unterm Kirschbaum **BOENKE, MICHAEL:** Gott'sacker **BÖCKER, BÄRBEL:** Henkersmahl **BUEHRIG, DIETER:** Schattengold **BUTTLER, MONIKA:** Dunkelzeit • Abendfrieden • Herzraub **BÜRKL, ANNI:** Ausgetanzt • Schwarztee **CLAUSEN, ANKE:** Dinnerparty • Ostseegrab **DANZ, ELLA:** Schatz, schmeckt's dir nicht? • Rosenwahn • Kochwut • Nebelschleier • Steilufer • Osterfeuer **DETERING, MONIKA:** Puppenmann • Herzfrauen **DIECHLER, GABRIELE:** Glaub mir, es muss Liebe sein • Engpass **DÜNSCHEDE, SANDRA:** Todeswatt • Friesenrache • Solomord • Nordmord • Deichgrab **EMME, PIERRE:** Diamantenschmaus • Pizza Letale • Pasta Mortale • Schneenockerleklat • Florentinerpakt • Ballsaison • Tortenkomplott • Killerspiele • Würstelmassaker • Heurigenpassion • Schnitzelfarce • Pastetenlust **ENDERLE, MANFRED:** Nachtwanderer **ERFMEYER, KLAUS:** Endstadium • Tribunal • Geldmarie • Todeserklärung • Karrieresprung **ERWIN, BIRGIT / BUCHHORN, ULRICH:** Die Gauklerin von Buchhorn • Die Herren von Buchhorn **FOHL, DAGMAR:** Die Insel der Witwen • Das Mädchen und sein Henker **FRANZINGER, BERND:** Zehnkampf • Leidenstour • Kindspech • Jammerhalde • Bombenstimmung • Wolfsfalle • Dinotod • Ohnmacht • Goldrausch • Pilzsaison **GARDEIN, UWE:** Das Mysterium des Himmels • Die Stunde des Königs • Die letzte Hexe – Maria Anna Schwegelin **GARDENER, EVA B.:** Lebenshunger **GEISLER, KURT:** Bädersterben **GIBERT, MATTHIAS P.:** Schmuddelkinder • Bullenhitze • Eiszeit • Zirkusluft • Kammerflimmern • Nervenflattern **GRAF, EDI:** Bombenspiel • Leopardenjagd • Elefantengold • Löwenriss **GUDE, CHRISTIAN:** Kontrollverlust • Homunculus • Binärcode • Mosquito **HAENNI, STEFAN:** Brahmsrösi • Narrentod **HAUG, GUNTER:** Gössenjagd • Hüttenzauber • Tauberschwarz • Höllenfahrt • Sturmwarnung • Riffhaie • Tiefenrausch **HEIM, UTA-MARIA:** Totenkuss • Wespennest • Das Rattenprinzip • Totschweigen • Dreckskind **HERELD, PETER:** Das Geheimnis des Goldmachers **HUNOLD-REIME, SIGRID:** Schattenmorellen • Frühstückspension **IMBSWEILER, MARCUS:** Butenschön • Altstadtfest • Schlussakt • Bergfriedhof **KARNANI, FRITJOF:** Notlandung • Turnaround • Takeover **KAST-RIEDLINGER, ANNETTE:** Liebling, ich kann auch anders **KEISER, GABRIELE:** Gartenschläfer • Apollofalter

Wir machen's spannend

Alle Gmeiner-Autoren und ihre Romane auf einen Blick

KEISER, GABRIELE / POLIFKA, WOLFGANG: Puppenjäger **KELLER, STEFAN:** Kölner Kreuzigung **KLAUSNER, UWE:** Die Bräute des Satans • Odessa-Komplott • Pilger des Zorns • Walhalla-Code • Die Kiliansverschwörung • Die Pforten der Hölle **KLEWE, SABINE:** Die schwarzseidene Dame • Blutsonne • Wintermärchen • Kinderspiel • Schattenriss **KLÖSEL, MATTHIAS:** Tourneekoller **KLUGMANN, NORBERT:** Die Adler von Lübeck • Die Nacht des Narren • Die Tochter des Salzhändlers • Kabinettstück • Schlüsselgewalt • Rebenblut **KOHL, ERWIN:** Flatline • Grabtanz • Zugzwang **KOPPITZ, RAINER C.:** Machtrausch **KÖHLER, MANFRED:** Tiefpunkt • Schreckensgletscher **KÖSTERING, BERND:** Goetheruh **KRAMER, VERONIKA:** Todesgeheimnis • Rachesommer **KRONENBERG, SUSANNE:** Kunstgriff • Rheingrund • Weinrache • Kultopfer • Flammenpferd **KRUG, MICHAEL:** Bahnhofsmission **KURELLA, FRANK:** Der Kodex des Bösen • Das Pergament des Todes **LASCAUX, PAUL:** Gnadenbrot • Feuerwasser • Wursthimmel • Salztränen **LEBEK, HANS:** Karteileichen • Todesschläger **LEHMKUHL, KURT:** Dreiländermord • Nürburghölle • Raffgier **LEIX, BERND:** Fächertraum • Waldstadt • Hackschnitzel • Zuckerblut • Bucheckern **LIFKA, RICHARD:** Sonnenkönig **LOIBELSBERGER, GERHARD:** Reigen des Todes • Die Naschmarkt-Morde **MADER, RAIMUND A.:** Schindlerjüdin • Glasberg **MAINKA, MARTINA:** Satanszeichen **MISKO, MONA:** Winzertochter • Kindsblut **MORF, ISABEL:** Schrottreif **MOTHWURF, ONO:** Werbevoodoo • Taubendreck **MUCHA, MARTIN:** Papierkrieg **NEEB, URSULA:** Madame empfängt **OTT, PAUL:** Bodensee-Blues **PELTE, REINHARD:** Kielwasser • Inselkoller **PUHLFÜRST, CLAUDIA:** Rachegöttin • Dunkelhaft • Eiseskälte • Leichenstarre **PUNDT, HARDY:** Friesenwut • Deichbruch **PUSCHMANN, DOROTHEA:** Zwickmühle **RUSCH, HANS-JÜRGEN:** Gegenwende **SCHAEWEN, OLIVER VON:** Räuberblut • Schillerhöhe **SCHMITZ, INGRID:** Mordsdeal • Sündenfälle **SCHMÖE, FRIEDERIKE:** Wieweitdugehst • Bisduvergisst • Fliehganzleis • Schweigfeinstill • Spinnefeind • Pfeilgift • Januskopf • Schockstarre • Käfersterben • Fratzenmond • Kirchweihmord • Maskenspiel **SCHNEIDER, BERNWARD:** Spittelmarkt **SCHNEIDER, HARALD:** Wassergeld • Erfindergeist • Schwarzkittel • Ernteopfer **SCHNYDER, MARIJKE:** Matrjoschka-Jagd **SCHRÖDER, ANGELIKA:** Mordsgier • Mordswut • Mordsliebe **SCHUKER, KLAUS:** Brudernacht **SCHULZE, GINA:** Sintflut **SCHÜTZ, ERICH:** Judengold **SCHWAB, ELKE:** Angstfalle • Großeinsatz **SCHWARZ, MAREN:** Zwiespalt • Maienfrost • Dämonenspiel • Grabeskälte **SENF, JOCHEN:** Kindswut • Knochenspiel • Nichtwisser **SEYERLE, GUIDO:** Schweinekrieg **SPATZ, WILLIBALD:** Alpenlust • Alpendöner **STEINHAUER, FRANZISKA:** Gurkensaat • Wortlos • Menschenfänger • Narrenspiel • Seelenqual • Racheakt **SZRAMA, BETTINA:** Die Konkubine des Mörders • Die Giftmischerin **THIEL, SEBASTIAN:** Die Hexe vom Niederrhein **THÖMMES, GÜNTHER:** Der Fluch des Bierzauberers • Das Erbe des Bierzauberers • Der Bierzauberer **THADEWALDT, ASTRID / BAUER, CARSTEN:** Blutblume • Kreuzkönig **ULLRICH, SONJA:** Teppichporsche **VALDORF, LEO:** Großstadtsumpf **VERTACNIK, HANS-PETER:** Ultimo • Abfangjäger **WARK, PETER:** Epizentrum • Ballonglühen • Albtraum **WICKENHÄUSER, RUBEN PHILLIP:** Die Seele des Wolfes **WILKENLOH, WIMMER:** Poppenspäl • Feuermal • Hätschelkind **WYSS, VERENA:** Blutrunen • Todesformel **ZANDER, WOLFGANG:** Hundeleben

Wir machen's spannend